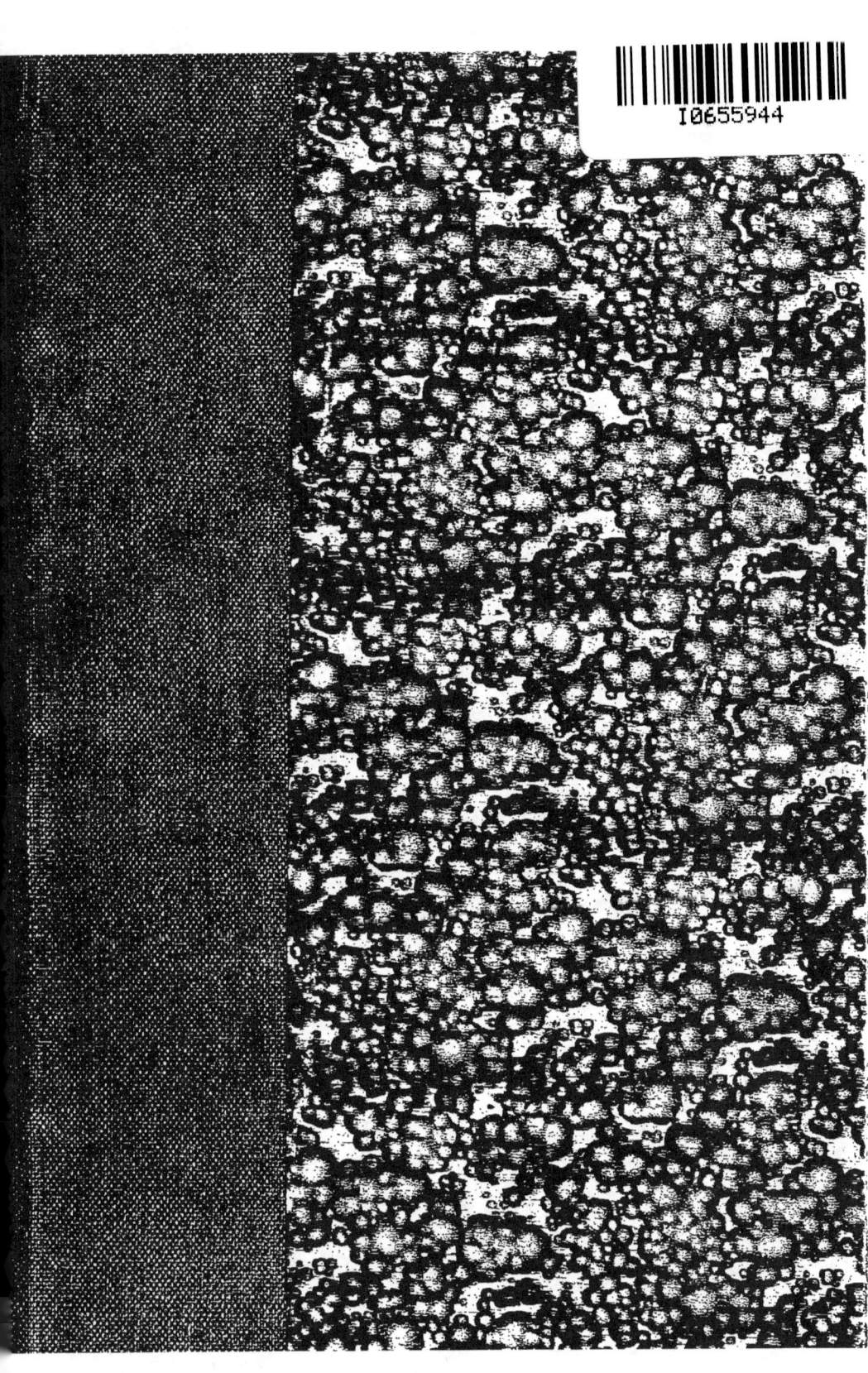

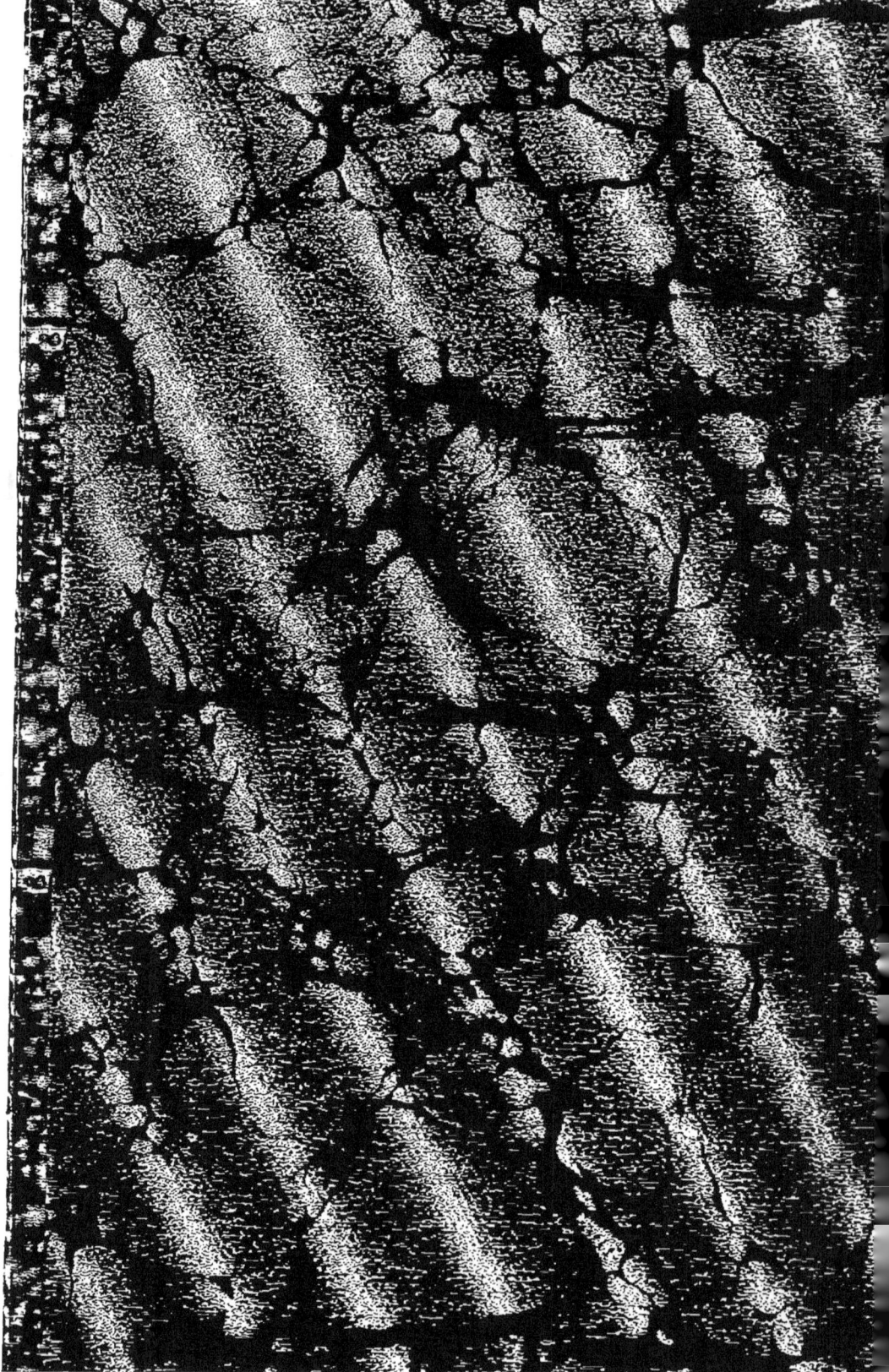

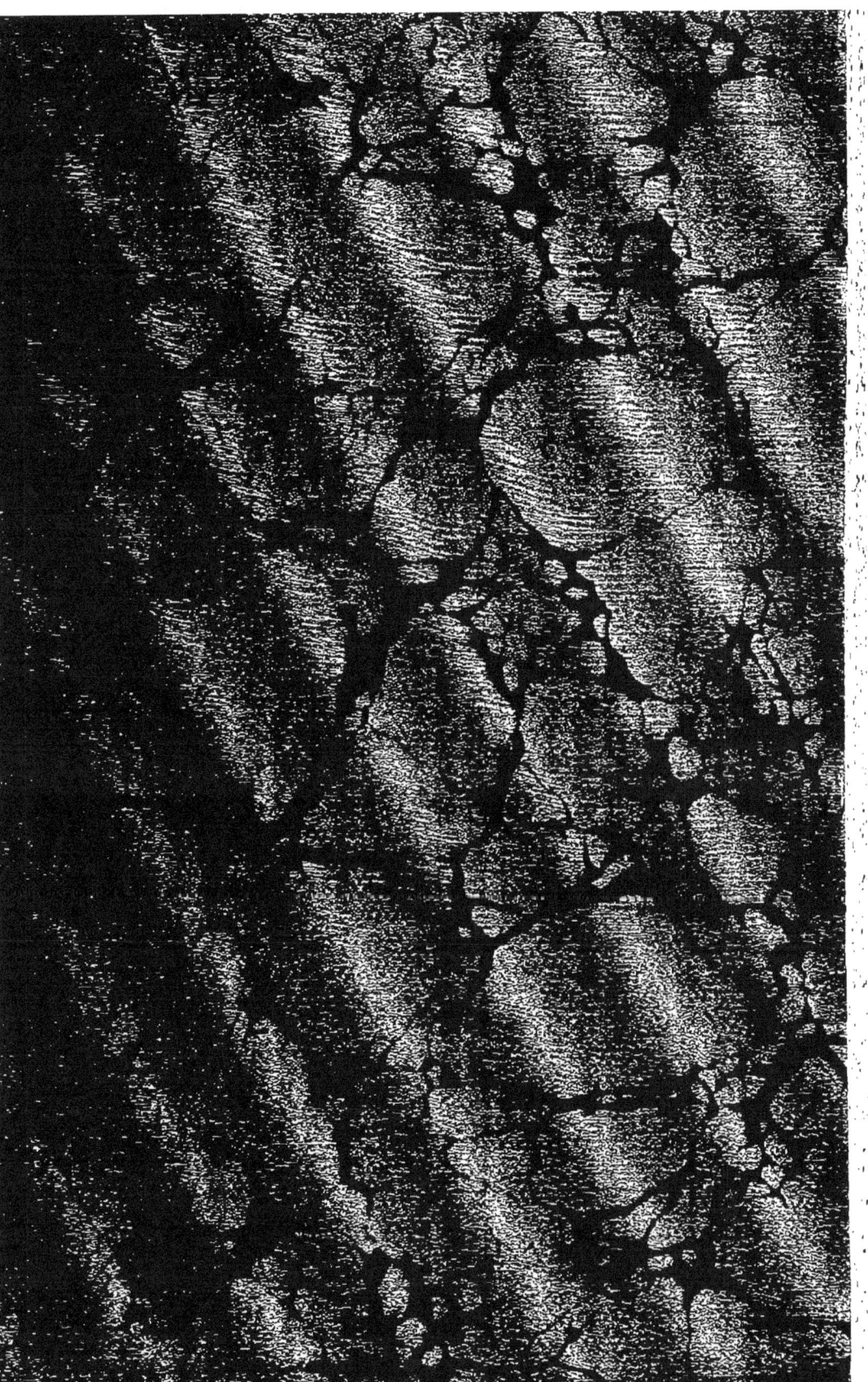

LUIGI GUALDO

UN MARIAGE

EXCENTRIQUE

FAC ET SPERA

PARIS

ALPHONSE LEMERRE, ÉDITEUR

27-31, PASSAGE CHOISEUL, 27-31

—

M D CCC LXXIX

UN MARIAGE

EXCENTRIQUE

PARIS. — CHARLES UNSINGER, IMPRIMEUR
83, rue du Bac.

LUIGI GUALDO

UN MARIAGE

EXCENTRIQUE

FAC ET SPERA

PARIS

ALPHONSE LEMERRE, ÉDITEUR

27-31, PASSAGE CHOISEUL, 27-31

M D CCC LXXIX

A PAUL BOURGET

UN

MARIAGE EXCENTRIQUE

PREMIÈRE PARTIE

I

Les domestiques paraissaient très-affairés dans la salle à manger de la villa Arombelli. C'était une grande pièce de forme demi-circulaire, un peu froide avec ses murs couverts de stuc rose et ses colonnes en marbre blanc soutenant un plafond où l'on voyait une classique naissance de l'Aurore sur un fond d'azur. La table, toute prête, était simple, mais non sans luxe. On n'y remarquait pas les raffinements de l'élégance moderne, mais de grandes pyramides de fruits, entassés dans des vases de Chine, entourés de fleurs, égayaient la blancheur de la nappe et alternaient avec de riches

candélabres d'argent, l'éclairage étant composé de
bougies seulement. Les coins de la salle restaient
sombres.

Les autres pièces du rez-de-chaussée, le vestibule, le grand salon, la salle de billard, la
bibliothèque étaient désertes ; le parloir du coin,
si habité dans la journée, semblait le plus solitaire.
Les fauteuils vides paraissaient plus grands que de
coutume ; le feu — ce feu qu'on allume si joyeusement et qui donne tant de bien-être dans les
premiers jours de l'automne — n'avait plus de
flamme ; mais transformé en un brasier incandes-
cent qu'on aurait pu croire alimenté par des
métaux en fusion, il jetait dans le milieu de la
pièce un large reflet rougeâtre qui rendait plus
noire l'obscurité environnante. De temps en temps
un domestique, traversant les salles sans bruit, troublait seul le silence profond de l'appartement ; les
choses mêmes avaient l'air d'attendre. La cloche
du dîner donnait le premier signal ; les horloges,
en sonnant six heures, semblaient se répondre.

Cette tranquillité contrastait avec l'animation
qui régnait en haut, au premier étage. Dans les
corridors, les chambrières se croisaient, portant
sur le bras des robes sous l'ampleur desquelles
elles disparaissaient presque, et dont les bouts frô-
laient le parquet ; des portes s'ouvraient parfois
montrant de petits intérieurs coquets et en dé-

sordre. Les coups de sonnette se succédaient, avec des timbres divers, vifs, prolongés ou impatients. Dans les chambres, les messieurs s'habillaient gravement, les dames se faisaient belles avec des soins minutieux ; on entendait par moments quelques mots prononcés à voix haute ou des éclats de rire étouffés.

Dans son boudoir, retraite où l'on ne pénétrait pas facilement, la maîtresse de la maison, la marquise Arombelli — vieille dame très-aimable, veuve et sans enfants, choyée par ses très-nombreux parents, et aimée de tous ses amis — déjà habillée pour le dîner, comme presque toujours en satin brun avec de vieilles guipures, — donnait des ordres à sa femme de chambre. La marquise était une petite femme assez forte et peu majestueuse, à la figure calme et bonne, au teint frais, aux cheveux gris bouclés ; ses petits yeux noirs dénonçaient toutefois une vivacité latente, et, malgré tout cela, elle avait assez grand air. A l'attention que la cameriste prêtait à sa maîtresse on aurait pu deviner facilement qu'il se passait quelque chose d'un peu insolite.

On s'en serait persuadé encore davantage si l'on avait pu visiter une à une les chambres des invités, et surprendre le babil des dames, qui se pressaient un peu, sans pour cela négliger les moindres détails de leur toilette. La plus élégante, la belle comtesse Lassardi, avait impérieusement renvoyé sa femme de chambre qui, disait-elle, ne comprenait plus rien.

Mais, dans la dernière pièce au fond du grand corridor, à droite, une jeune fille se trouvait toute prête, assise sur une chaise, le coude appuyé à un petit bureau, dans une attitude d'accablement. Élisa Valenti était très-pâle, avec les yeux rougis, la figure tirée; une grosse larme, une de ces larmes brûlantes qu'on ne se soucie plus d'arrêter, lui descendait le long de la joue. Elle regardait fixement le pupitre sans prononcer une parole; sans prendre garde à ce qu'on lui mettait, elle s'était laissé habiller, sérieuse et calme en apparence, puis à peine restée seule, elle avait profité de ce moment de répit pour pleurer à son aise. Maintenant elle ne voulait plus pleurer, mais sur son visage se peignait l'expression d'une douleur voisine du désespoir. Dans cette dernière chambre de cette villa où la vie paraissait si facile et si douce, il y avait donc la souffrance, et la souffrance aiguë; une scène solitaire d'un drame peut-être simple, mais poignant.

L'événement qu'on attendait ce jour-là n'avait certes rien de bien extraordinaire; il s'agissait de l'arrivée du neveu de la marquise, le beau Massimo d'Astorre, célèbre par ses folies, sa prodigalité et sa vie d'aventures. Sa tante, qui ne l'avait

plus revu depuis plusieurs années, l'aimait beaucoup, tout en désapprouvant sa conduite, et elle
s'était sentie tout émue lorsqu'il lui avait écrit
qu'il irait enfin lui rendre la visite depuis si longtemps promise. Il aurait dû arriver ce jour-là vers
deux heures; on l'avait attendu avec impatience,
avec curiosité, presque avec émotion—inutilement.
On ne parlait plus que de lui dans la maison depuis
dix jours. La vie y était si tranquille, les habitudes
si uniformes, que l'arrivée de Massimo prenait la
valeur d'un événement de la plus haute importance. C'était quelque chose d'intéressant, de
savoureux, de piquant, presque comme un léger
scandale. Vers cinq heures, au salon on causait
toujours de lui, on disait qu'il n'arriverait que le
lendemain, lorsque, annoncé à haute voix, il entra
tout à coup avec une aisance particulière, baisa
la main à la marquise, s'inclina devant les dames,
causa avec une facilité calme, et mit tout le monde
à son aise.

. Puis tous étaient montés s'habiller. Et, en haut,
on causait encore de M. d'Astorre; à voix basse,
on le détaillait, on se vantait d'être lié avec lui ou
de n'avoir pas voulu le connaître; on discutait sur
sa figure, sur ses manières, sur sa vie. Les femmes
de chambre se chuchotaient une histoire qu'elles
avaient entendue à l'office, et, qu'en bas, dans la
salle à manger, les domestiques se répétaient aussi.

Les invités mêmes en avaient su quelque chose et se le disaient à l'oreille. C'était une explication de la cause du retard du marquis. On prétendait qu'il était réellement arrivé par le train d'une heure, mais accompagné d'une dame à toilette tapageuse et parlant un peu trop haut; qu'on les avait vus déjeuner ensemble au petit restaurant de la gare, puis qu'il était remonté seul en wagon, et que pour cela seulement il n'avait pu arriver qu'à cinq heures. — Certes il ne s'imaginait pas qu'on s'occupât de lui à ce point, tandis que dans le joli petit appartement où l'on venait de le conduire, il causait avec son valet de chambre qui défaisait rapidement sa malle.

Le deuxième coup de cloche se fit entendre. M. Gorletti, petit personnage désagréable, très-riche et très-laid, l'air vieillot et à figure de fouine — espèce d'homme d'affaires retiré que la marquise invitait parce qu'il l'avait autrefois puissamment aidée à gagner un procès très-important — était déjà dans le salon du coin et avait ravivé le feu, quand tous descendirent. La salle reprit sa vie; des lumières avaient été apportées; on s'assit pour un instant dans les grands fauteuils.

— Je suis sûre qu'il va se faire attendre, dit la comtesse.

Mais non; Massimo entra au même instant où,

par une autre porte, un domestique annonçait le dîner. — La marquise donna le bras à son neveu, et l'on passa dans la salle à manger.

Mlle Valenti s'était bien lavé les yeux, avait refait son visage, et rien en elle n'accusait aucune émotion. La pâleur de ses traits fatigués dénotait plutôt l'état d'affreuse apathie où l'on arrive quand on n'espère plus rien.

Élisa Valenti était belle, d'une beauté triste et douce qui n'impressionnait pas tout d'abord, mais qu'on n'oubliait pas : — maigre, très-blanche, avec des yeux bleus, longs et voilés et de magnifiques cheveux châtains. — Massimo, qui ne l'avait point revue depuis quelques années, la trouva changée ; déjà la vie avait tracé ses lignes mystérieuses sur ce visage et elle paraissait souffrante. Quelque grand changement devait s'être produit pour qu'on le remarquât ainsi à l'extérieur. Certes elle devait déjà avoir acquis une grande force de caractère pour savoir dissimuler à ce point ; personne en la voyant causer, sourire et manger n'aurait pu deviner qu'un quart d'heure auparavant elle pleurait comme affolée de douleur ; sans doute elle avait dû prendre de précoces leçons à la dure école du monde, puisqu'elle savait déjà mettre un masque sur sa figure. Une seule fois son regard se fixa un instant dans le vide et y resta comme fasciné par une épouvantable vision ;

mais cela ne dura qu'une minute et on ne s'en
aperçut pas.

On était douze à table : ceux que nous avons
nommés, puis donna Maria Terzi, parente de la
maîtresse de maison, jeune femme d'une laideur piquante et d'une élégance excessive, son
mari, brave homme assez mûr et très-insignifiant,
qui ne savait causer que de chevaux ; leur ravissante petite fille et son institutrice, une Anglaise
très-pincée, victime à la fois des parents insoucieux
et de l'enfant volontaire ; le petit Giacomo Arombelli, héritier présomptif de la maîtresse de maison,
qu'on accusait de faire trop visiblement la cour à la
belle comtesse ; un jeune peintre protégé par la
marquise, et enfin le médecin, vieillard silencieux
et grand mangeur. La comtesse était venue sans
son mari, qui, comme d'habitude, avait refusé de
l'accompagner, détestant la vie de campagne.

Ce jour-là, la conversation roulait très-bien ; on
écoutait Massimo avec beaucoup d'attention et non
sans une nuance de curiosité trop vive que la politesse cachait à peine. La comtesse Lassardi et le
petit Giacomo lui adressaient même des questions
trop directes, auxquelles il répondait vaguement,
mais de la manière la plus courtoise ; il fut amusant et raconta des histoires scabreuses avec un
magnifique sang-froid ; — enfin il étonna tout le
monde par ce simple fait, extraordinaire pour eux,

qu'il disait quelque chose. Il fut très-aimable envers sa tante qu'il avait à sa droite, et galant avec une légère pointe d'ironie pour la belle comtesse placée à sa gauche et dont le teint et les yeux paraissaient plus brillants que d'ordinaire.

Tout cela ne l'empêchait pas d'observer. Il ne perdait rien de ce qui se passait sous ses yeux, et il devinait même assez bien ce qu'on ne voyait pas. Par habitude et par goût, il aimait, dans le monde où il allait rarement, à regarder « le dessous », à chercher les causes cachées des effets à peine visibles, à entrevoir les véritables visages sous les physionomies d'emprunt, la nature sous la convention, les vices et les vertus badigeonnées par la teinte uniforme de la vie mondaine. La gloutonnerie du médecin l'amusait, et il remarqua que M. Gorletti regardait à la dérobée Mlle Valenti, à peu près de la même façon que le digne docteur contemplait ce qu'il avait sur son assiette. Plusieurs prétentions cachées ressortaient pour lui du babil bruyant de Mme Lassardi et, tout en y répondant, il ne pouvait s'empêcher de sourire aux œillades féroces que le cousin lui lançait pendant ce temps.

En regardant Élisa Valenti, il se persuada tout à fait qu'un secret se cachait maintenant sous son maintien tranquille et digne, sous l'expression calme et un peu forcée de son visage. Sa pensée devait être absente. Pourquoi, n'étant pas timide, et dans un milieu intime, baissait-elle si souvent les yeux ? Était-ce pour éviter des regards trop souvent fixés sur elle ? Sa réserve, excessive par moments et contrastant avec le naturel de ses manières, dérivait-elle simplement de la supériorité que, même sans se l'avouer, elle devait se sentir sur ceux qui l'entouraient ?

— Le train de Mouza a été aujourd'hui horriblement en retard, n'est-ce pas, mon cher cousin ? — dit Giacomo.

— Je n'en sais rien ; j'arrive du lac de Como où j'ai été voir un ami d'ènfance, et je suis venu ici en voiture.

— Ah, voilà ! Es-tu venu vite ?

— En trois heures vingt-trois minutes.

Tout le monde le regardait, mais il n'avait pas l'air de s'en apercevoir ; seulement, comme M. Gorletti ébauchait un sourire bêtement malicieux, il lui jeta un coup d'œil qui le fit cesser.

— Est-ce qu'on peut espérer, Élisa, que vos parents arrivent enfin demain ? demanda la maîtresse de maison.

— Maman arrivera pour sûr ; je viens de recevoir une lettre d'elle. Mais je crois que mon père est encore retenu à Milan pour quelques jours.

— Je serai heureux de revoir madame votre mère, dit M. Gorletti, avec un sourire. Élisa baissa les yeux et ne répondit rien.

— Oserais-je vous demander, mademoiselle, si votre migraine est passée ?

— Oui, docteur, cela va beaucoup mieux, grâce à vous.

En même temps une petite discussion s'était engagée à l'autre bout de la table.

— Eh ! donna Maria, vous exagérez....

— Que dit donna Maria ?

— Mais je prétends tout simplement — dit Mme Terzi, en se tournant vers Giacomo qui avait fait l'interruption, — qu'il n'est pas possible pour un ménage de vivre maintenant selon les exigences d'aujourd'hui dans un certain monde; enfin de vivre convenablement et à son aise — à moins de cent mille livres de rente. Voyons, marquis, n'ai-je pas raison ?

— C'est une théorie dangereuse, — murmura M. Gorletti.

— Et qui peut conduire très-loin, — riposta le peintre à voix basse.

— Permettez-moi de vous déclarer, donna Maria, répondit d'Astorre, que je ne suis pas de votre avis. Cent mille francs par an, c'est trop, ou pas assez.

— Oh ! voilà du nouveau !

— Je pourrais même le prouver parfaitement, mais cela serait trop long. Réfléchissez et vous conclurez que je n'ai pas tort.

— Moi, je voudrais un million pour moi toute

seule, avec Sarah ! s'écria la petite fille de sa voix flûtée, en embrassant son institutrice. — Tout le monde rit, mais son père lui fit : chut! en riant aussi cependant, et se tournant vers Mlle Valenti :

— Peut-on savoir l'opinion de mademoiselle sur ce grave sujet?

La marquise fit à son neveu une moue très-significative, comme pour l'arrêter. Massimo le remarqua. Il savait, du reste, que les Valenti n'étaient pas riches. M. Gorletti, au même instant, se pencha avec curiosité en attendant la réponse.

— Je trouve que tout est relatif, et qu'on peut être content avec peu ou pauvre avec des millions.

— Vous ne faites, mademoiselle, qu'exprimer mon opinion d'une façon plus simple.

— Ah! pardon, ce n'est pas la même chose, s'écria Giacomo.

— Je croyais — dit M. Gorletti, — que Mlle Valenti méprisait l'argent et toutes les choses positives.

Le docteur dit qu'il le croyait aussi, car elle devait être un peu romanesque.

— Vous vous trompez, docteur, j'estime au contraire la fortune à un très-haut degré, et pour une raison bien juste, c'est que seule elle nous assure l'indépendance.

On se tut pendant une minute; la marquise en

profita pour changer la conversation. Quelques instants après le dîner était fini, on se leva.

A peine au salon, la comtesse Lassardi s'approcha de d'Astorre :

— Vous savez que je suis en colère contre vous ? lui dit-elle, en baissant un peu la voix.

— Déjà ? Prenez garde, vous allez me rendre fat.

— Comme si vous ne l'étiez pas ! Oui, je suis furieuse, parce que vous n'avez pas voulu dire ce qu'on racontait de moi à Nice ; il ne fallait pas alors me laisser savoir qu'on racontait quelque chose. Mais je peux me venger, car j'en sais de belles sur votre compte.

— Eh bien, comtesse, faisons la paix. Venez ici, je vous raconterai votre histoire, vous me direz les miennes ; nous verrons qui sera le plus amusant.

Ils prirent place sur une causeuse et pendant vingt minutes au moins, ils furent comme séparés des autres. Deux ou trois fois elle jeta de petits cris, en se cachant la figure avec son grand éventail. Pendant un instant elle le regarda fixement dans les yeux, et un léger sourire parut sur ses lèvres. A l'autre bout du salon le cousin tenait un journal à la main et les regardait en dessous d'un air furieux.

Quand la confession de la belle dame fut finie, la marquise appela son neveu près d'elle.

— Voyons, Massimo, viens un peu causer avec

moi maintenant. Seras-tu donc toujours incorrigible, mauvais sujet?

— Toujours, chère tante. On a des principes...

— Ou on n'en pas. Tu dis des choses affreuses... et tu en fais. — On m'a raconté des histoires à faire frémir. On prétend que tu es tellement épris d'une actrice célèbre dont j'ai oublié le nom (j'oublie toujours les noms), que tu veux diriger un théâtre pour elle.

— Oui, c'est un projet qui me tourne par la tête. Il faut encourager les arts, et je vous assure, ma tante, que la Kantzler est une artiste d'un ordre supérieur.

— Non, ne m'en parle pas. Mais cela n'est encore rien. Et cet affreux vice du jeu!

— Ah! quant à cela, vous ne savez donc pas que c'est une passion qui vous enlève le libre arbitre?

— Tais-toi, tu me fais horreur. C'est ridicule de ma part de persister à t'aimer malgré tout. Je veux oublier tes méfaits, puisque tu es ici; car c'est très-bien d'être enfin venu. J'en avais presque perdu l'espoir. Savez-vous, monsieur, qu'il y a bien longtemps qu'on ne vous a vu?

— C'est effrayant. Dix fois j'ai été sur le point de venir et toujours... Songez, ma tante, il y a trois jours j'étais encore à Paris, et je n'étais pas sûr de pouvoir venir... Enfin, m'y voilà.

Près de la grande cheminée, la causerie continuait très-animée. Une nouvelle discussion s'était engagée entre Terzi et la comtesse, et Giacomo voulait y prendre part. Élisa regardait le feu qui flambait, pensive. A une certaine distance, M. Gorletti l'observait.

— Qu'a donc Élisa? Elle a encore l'air triste ce soir, — disait donna Maria, qui feuilletait des livres sur une table.

— Je n'en sais rien, répondit Terzi. Ma foi, je m'y perds.

— Depuis quelques jours cela devient tout à fait incompréhensible.

— J'ai beau l'observer, c'est un mystère même pour moi, ajouta le médecin.

Donna Maria s'approcha alors de la marquise et de son neveu.

— Savez-vous de quoi nous parlions? — demanda-t-elle en jetant un regard de côté sur Élisa.

— Je le devine. Laissez-la tranquille, la pauvre enfant; elle fait des efforts pour être sociable; il ne faut avoir l'air de s'apercevoir de rien.

— Naturellement. Mais je vais lui parler pour la tirer de sa contemplation. — Et elle alla aussi s'asseoir près du feu.

— As-tu déjà remarqué, Massimo, qu'Élisa est préoccupée?

— Oui, aussitôt que je l'ai vue. Elle m'a même paru très-changée.

— Je la trouve belle, cependant.

— Oui, mais il y a sur son visage une expression qui fait de la peine à voir.

— Crois-tu qu'il te serait possible de parvenir à comprendre quelle est la cause de sa tristesse?

— C'est à moi que vous le demandez? Mais, chère tante, vous devez bien le savoir, vous qui l'avez toujours sous les yeux; puisque moi, en la revoyant ce soir après des années, je l'ai deviné depuis une heure.

— En causant avec la comtesse?

— Mais oui; cela ne me fermait pas les yeux.

— Eh bien, pourquoi est-elle si pensive?

— Mais, ma tante, pourquoi veut-on la forcer à épouser ce vilain M. Gorletti?

La marquise eut un soubresaut.

— Massimo, tu dois être le diable en personne!

Il se mit à rire.

— Mais point du tout. Quelques petits indices à table, à l'attitude de Mlle Valenti et de ce vilain monsieur ont suffi à me mettre sur la voie. A propos, comment se fait-il qu'il soit de vos amis?

— Il m'a rendu service autrefois dans une circonstance très-difficile. A dire vrai je comprends que tu ne l'aimes pas à première vue. Il n'est pas sympathique, j'en conviens ; mais je t'assure qu'il possède d'excellentes qualités. C'est un homme droit et habile, qui a doublé sa fortune honnêtement et lentement. Il fait beaucoup de bien, et est très-serviable. Entre nous, il y a trois ans, il a sauvé les Valenti d'une ruine certaine.

— Et c'est pour cela qu'ils veulent lui donner leur fille ?

— Il l'a demandée en mariage ; Élisa ne voulait pas, on l'a priée d'attendre avant de donner une réponse définitive, mais cela finira par arriver. Elle n'a presque rien ; les affaires de sa famille sont de nouveau horriblement embrouillées ; on les dit criblés de dettes. Je comprends qu'elle n'aime pas M. Gorletti ; je la plains même de tout mon cœur ; mais, je l'avoue en même temps, il me semble que refuser, dans sa position, serait une folie et une méchanceté envers ses parents. — Du reste, n'en parle pas, je t'en prie ; on n'en sait rien. Toi, tu devines tout ! Quel flair tu as !

— Vous avez peut-être raison en disant qu'elle ne peut refuser ; cependant ce M. Gorletti est laid, vieux, dur, vraiment trop affreux ! Au point de vue simple et naturel, en dehors des nécessités sociales, c'est une infamie ! Mais peut-on les compter dans ce détestable monde ?

Il se leva ; sa figure, un instant rembrunie tandis qu'il prononçait les dernières paroles, reprit son

expression habituelle, et, le sourire sur les lèvres,
il se rapprocha de la comtesse. La conversation
redevint bientôt générale. M. le curé arriva, et la
marquise joua avec lui une longue partie à *tresette.*
Giacomo, dans un coin, tenant toujours un livre à
la main, boudait; ce qui naturellement faisait re-
doubler les agaceries de la belle comtesse envers
le nouvel arrivé. Celui-ci raconta de nouveau
les anecdotes parisiennes, parla de ses voyages,
lança à Giacomo, à M. Gorletti et même au
médecin quelques réponses très-applaudies, et
devint de plus en plus amusant. On se répétait à
voix basse qu'il avait réellement de l'esprit; et
ses récits ne faisant qu'augmenter le désir d'en
savoir davantage, on le regardait avec une curiosité toujours croissante. La marquise surtout,
bien qu'en faisant ses réserves, l'admirait. Élisa
elle-même, avait presque vaincu sa tristesse, et
prenait part à la causerie, tranquillement. On
servit le thé. Le feu flambait de nouveau, jetait
de grandes lueurs dorées sur la tapisserie vert-clair
à grands ramages de couleurs vives, sur les cadres
luisants des vieux tableaux sombres. Peu à peu,
on causa moins; leur tasse à la main, les dames
parlaient chiffons, avec une certaine langueur.
Massimo avait été entraîné dans un coin par le
petit Giacomo, qui le questionnait sur des sujets
équivoques, et riait aux éclats, en flatteur sincère,

des réponses de son magnifique cousin. Sur un canapé M. Gorletti prenait des notes dans son carnet, et le docteur dormait du sommeil du juste, dans un des grands fauteuils, en digérant selon la science.

Onze heures et demie sonnèrent; le vieux curé avait pris congé, et tout le monde se souhaita le bonsoir sur le vaste escalier, éclairé par les domestiques portant des flambeaux.

Un quart d'heure après, tout était tranquille dans la villa. Le peintre s'endormait d'un sommeil de plomb, le petit Giacomo et Arombelli veillèrent encore en fumant et en causant chevaux; la maîtresse de la maison lisait dans un grand lit à colonnes le dernier roman de la *Tauchnitz Edition;* donna Maria, dans la chambre de son amie, la taquinait à cause de d'Astorre, qui, de son côté, ne pensait certes pas à elle, car, assis à une petite table, près du feu, une cigarette éteinte à la bouche, il écrivait des lettres qui paraissaient absorber toute son attention. — Mais, tout au fond du grand corridor, dans la solitude de sa chambre, Élisa Valenti venait d'éteindre sa lumière, et, la figure sur l'oreiller, elle pleurait encore silencieusement dans la nuit.

II

Ce fut une nuit affreuse pour Élisa; chaque pensée était pour elle une souffrance, et des images désolantes se dessinaient brusquement devant elle —visions prophétiques aussi terribles que la réalité. Puis elle s'endormit d'un sommeil lourd, plein de cauchemars, que les premiers rayons du matin interrompirent. Elle se réveilla en sursaut, et la vérité, sans exagérations ni frayeurs nerveuses, lui apparut dans toute sa laideur. Sa mère arriverait par le train du matin décidée à ne plus accorder de sursis. Il fallait prendre une décision dans la journée même, et la réponse devait être affirmative. Au milieu de toutes ses angoisses, elle se sentait encore libre, à cette dernière minute; elle ne le serait plus le soir. On l'obligerait à accepter la cour officielle de M. Gorletti, et, dans un mois, dans quinze jours peut-être.... A cette pensée, le sang se figeait dans ses veines; et toute son âme se soulevait pour la révolte. — Puis, de nouveau, l'horrible résignation l'affaiblissait. Peu à peu le cercle de ses pensées s'agrandit; elle revit sa vie se dérouler à ses yeux; les souvenirs inoubliables, les joies perdues surgirent devant elle; car, quoique jeune, elle avait déjà un passé qu'elle ne pourrait jamais effacer de sa mémoire. Ses plus lointains souvenirs lui montraient un décor somptueux, lorsque elle et ses parents habitaient Florence. Elle se rappelait vaguement le fourmillement des promeneurs et la longue file des voitures, aux cascines, dans les chaudes journées d'été, tandis que sous la vaste fraîcheur des arbres, on regardait paresseusement un spectacle si éclatant et si magnifique qu'il l'éblouissait par moments, depuis la route poudroyante jusqu'à l'horizon incendié par le soleil baissant, — elle se revoyait assise sur les coussins d'une grande calèche verte, où parfois on ne parvenait pas à la faire tenir tranquille, enfant capricieuse ennuyée par les lenteurs de la marche, et où parfois au contraire elle se taisait et ne bougeait plus, rendue rêveuse par l'admiration précoce des beautés du paysage. Les jeudis, on amenait le petit Giulio Bardi, son fidèle compagnon de jeux, qu'elle aimait bien, mais qu'elle s'étonnait toujours de voir si sérieux sous ses habits étriqués de collégien, malgré la joie d'un jour de sortie, et dont elle tâchait de ne pas trop remarquer les pauvres souliers qu'il tenait cachés sous la banquette.

Elle se souvenait d'un vaste et riche appartement et des splendides toilettes de sa mère, qu'elle voyait souvent le soir prête pour aller au bal, couverte de pierreries, et boutonnant ses gants devant le miroir où elle jetait un dernier coup d'œil, tandis que la vieille Annunciata se tenait toute droite derrière elle, lui présentant un bournous brodé. Et si toujours sa mère l'intimidait un peu, elle la glaçait dans ces moments-là surtout. Quant à son père, des semaines entières se passaient, sans qu'elle l'aperçût; puis, un beau matin, il entrait brusquement dans sa chambre, l'embrassait en riant, lui donnait des bonbons et s'en allait.

Ensuite la scène changea. C'était le commencement de la ruine. Elle n'oublierait jamais les angoisses devinées, les malheurs entrevus, les luttes, les querelles, les misères auxquelles elle avait assisté sans trop les comprendre — et ses premières mélancolies, traversées par des réveils de joies enfantines.

Ses parents alors se décidèrent à partir, et ils voyagèrent longtemps. Après un séjour de quelques semaines à Cannes, qui lui avait paru très-ennuyeux, entre sa mère silencieuse et triste et son père qui fumait toute la journée en se promenant sur la plage, ils allèrent à Paris. Là, effrayée d'abord par le tumulte de la grande ville, elle regretta presque sa petite chambre, où elle étouffait, mais dont la fenêtre s'ouvrait sur la grande mer écumeuse, bleuissante au soleil. Peu à peu elle s'intéressa au continuel spectacle qui se déroulait sous ses yeux. Elle aimait faire de longues promenades avec Annunciata ; surtout, lorsque fatiguées, elles prenaient l'omnibus pour rentrer. Comme alors les beaux jours de Florence lui semblaient déjà loin !

Elle passait presque toutes les journées avec la vieille bonne, et la soirée avec sa mère, qui sortait rarement et finissait par s'endormir, un roman à la main. Son père les avait quittées pour aller à Londres, où, à ce qu'elle put comprendre, il espérait pouvoir refaire sa fortune dans une vaste spéculation. Bientôt il s'y fixa et elles le suivirent. Mais leur séjour n'y fut pas long. Élisa eut à peine le temps de vaincre la première impression de tristesse, mais elle songea, longtemps après qu'on l'eut emmenée, aux pelouses vert-clair des parcs publics sous un ciel presque incolore où brillait un soleil rouge, à ces longues échappées de gazon tendre et très-vert qu'on ne retrouve pas ailleurs.

L'affaire tentée par M. Valenti ne réussit pas et ils retournèrent à Paris. Puis, par l'Allemagne, ils revinrent en Italie, et, toujours forcés de vivre très-modestement ils allèrent se fixer à la campagne, en Piémont d'abord ; puis, définitivement au lac de Como. Sa sœur, qu'on avait mise en pension à

Florence, étant trop petite pour voyager, les y rejoignit. Élisa, qui l'aimait par-dessus tout, redevint gaie en jouant avec elle. — Cependant à l'âge où les autres ne sont encore que des enfants, Élisa n'était plus gamine qu'à ses heures ; et, par les belles soirées de ce premier été passé au bord du lac, elle restait longuement accoudée à sa fenêtre, pensant à tout ce qu'elle avait vu, réfléchissant déjà à ce qu'elle savait de la vie et à ce qu'elle tâchait d'en deviner, roulant dans sa tête ces premières pensées vagues et troublantes, qui, si elles pouvaient être exprimées, formeraient un sublime poème. Mais le charme de ses mélancolies se dissipa bientôt, car la véritable douleur la visita, et vint aider le rapide épanouissement de son être, en ajoutant l'horrible souffrance d'un premier deuil, à ce qu'avait déjà fait la solitude, la passion de la lecture et le recueillement. Un mois seulement après leur réunion, sa sœur, cette enfant à tête blonde possédant déjà l'adorable beauté des êtres privilégiés qui ne doivent connaître que l'aube de la vie terrestre, tomba malade, et lentement mourut après une longue lutte. — Quand Élisa put enfin se calmer un peu, elle crut sentir qu'un cœur de femme battait déjà dans sa poitrine. Il lui sembla que la douleur qui était venue la prendre ainsi par la main dès les premiers pas, devrait l'accompagner jusqu'au bout. La vie lui apparut comme une longue épreuve, et en même temps, elle se sentit forte pour tous les combats. Mais elle se trouva bien seule.

Elle sentait bien encore, dans le magnifique élan de sa jeunesse commençante, comme des pressentiments de bonheur ; mais, devant son regard tendu en avant, les lointains paraissaient mélancoliquement voilés.

Une chose la désolait dont elle n'osait pas cependant se rendre compte : elle n'aimait pas ses parents comme elle l'aurait voulu. Son affection pour son père était très-vive, il est vrai ; mais il s'absentait trop souvent, paraissait toujours préoccupé, et était très-maussade, lorsqu'il arrivait à la maison, lui qu'on disait si amusant dans le monde ! Et elle ne parvenait pas à sentir envers sa mère cette confiance douce et illimitée qu'elle croyait devoir être naturelle, quoiqu'elle fît tous ses efforts pour l'aimer. Il faut bien le dire, l'attitude de Mme Valenti donnait raison à sa fille. Toujours occupée d'elle-même, aigrie contre tout le monde, ne pouvant jamais se résigner au changement de position, elle ne savait pas chercher dans sa fille désormais unique, la consolation qu'elle aurait dû trouver là, et se contentait de faire semblant parfois de diriger ses études. Élisa en souffrait intérieurement, en silence, s'efforçant de sourire et d'être aimable, et apprenant ainsi — à l'âge de

l'insouciance — à cacher ses peines et ses pensées
intimes.

La modeste maisonnette où ils s'étaient retirés
était située sur la rive droite du lac de Como, per-
chée à mi-côte sur le penchant un peu abrupt de la
montagne. Elle était petite, et toute peinte d'une
horrible couleur lilas foncé avec des persiennes
jaunâtres. Un jardinet, rempli de roses, sur le devant ; à droite un verger, la route taillée en escalier
à gauche ; et derrière, la montagne qu'on pouvait
presque toucher des fenêtres du premier étage.
Du balcon de devant, en revanche, on jouissait
d'une vue spacieuse qui changeait continuellement
selon les moindres variations du ciel. Par les belles
journées, le regard se reposait sur le lac tout bleu,
et sur la rive opposée, parsemée de claires villas,
ayant pour fond les hautes silhouettes brunes des
montagnes ; à gauche le lac se resserrait en tournant ; tandis que de l'autre côté, il semblait s'é-
tendre dans un déploiement infini de beautés. En
quittant la maison, marchant vers la droite, l'œil
était bientôt attiré en bas par la blancheur de la
Pliniana, éclatante dans sa sombre couronne de
verdure, et exhalant, du ravissant ravin qui se pro-
longe derrière la villa, comme le parfum d'une
fraîcheur inconnue ailleurs — presque divine.

M. Gorletti venait alors les voir souvent, et avait
de longues conversations tantôt avec M. Valenti,

tantôt avec Madame. On lui montrait les plus grands égards et souvent, malgré tout, il s'en allait, l'air mécontent.

Une fois Élisa l'entendit qui se fâchait et grondait son père, et ce jour-là, à sa grande surprise, on fut encore plus aimable avec lui qu'à l'ordinaire, et, au moment de son départ, on le pria instamment de revenir. Dès cette heure, elle commença à le détester franchement. Sa mère, au contraire, ne cessait de chanter les louanges de M. Gorletti sur tous les tons. Elle finit par déclarer à sa fille que cet homme de bon conseil, d'un grand savoir et d'une incomparable habileté était leur meilleur ami ; et que, puisqu'il se dévouait pour eux au point de les aider à débrouiller leurs affaires, il fallait lui rendre la plus grande reconnaissance, et se fier à lui complétement.

Leur condition, en effet, s'améliorait un peu. Non qu'ils eussent à espérer de refaire leur fortune ; mais on était du moins parvenu à arrêter la ruine qui les aurait irrévocablement conduits à la misère — et ils pouvaient maintenant regarder plus tranquillement l'avenir et vivre même dans une aisance relative. Par quels moyens M. Gortelli avait-il pu accomplir ce miracle ? cela restait un mystère.

Mme Valenti, qui n'aimait pas le séjour du lac, et qui restait toujours sombre lorsqu'elle était seule, commençait cependant à trouver quelques charmes dans la société des familles du voisinage, et allait souvent leur rendre visite, en s'arrangeant pour ne pas les recevoir chez elle, car elle n'aimait pas à montrer de quelle façon ils étaient logés. C'étaient des Milanais qui passaient là presque toute l'année, par goût ou par économie; des étrangers à peu près établis, d'autres ne faisant qu'un court séjour, mais avec qui on liait promptement connaissance — souvent des gens un peu déclassés et dont on chuchotait toutes sortes d'histoires plus ou moins fausses. Mais Mme Valenti n'avait jamais été très-difficile sur ce point, et elle le devenait de moins en moins; pourvu qu'il y eût des dehors d'élégance, elle ne s'inquiétait pas d'autre chose. Elle avait connu beaucoup de monde pendant son séjour à l'étranger, et à chaque instant elle retrouvait des personnes qu'elle avait déjà rencontrées et disait de toutes indistinctement : « Ce sont de vieux amis ».

Pendant ce temps Élisa croissait en liberté et se développait moralement et physiquement sans qu'on songeât beaucoup à aider la nature. Sa mère, parfois, lui donnait des conseils de toilette, et ne se mêlait plus de son éducation, comme elle avait eu la prétention de le faire autrefois, la jugeant à peu près terminée. « Dès qu'elle pourra habiter une ville, elle se formera bien vite; tout ce qui était possible dans les circonstances présentes a été fait », disait-elle. En réalité, l'instruction d'Élisa avait été bien négligée, et elle fût restée presque ignorante, si l'amour de la lecture et le désir de savoir n'eussent merveilleusement suppléé à la négligence de ses parents.

On la laissait libre, tout en désapprouvant à chaque instant ce qu'on appelait ses manies. Ainsi, elle passait parfois des journées entières dans sa chambre à lire, tandis que par un temps magnifique tout le monde était dehors. Puis, dès que le vent ridait la surface du lac et que de gros nuages noirs s'amoncelaient au ciel, elle allait faire d'interminables promenades, finissait par se perdre sur le penchant boisé des collines, s'enfonçait à la découverte d'endroits inconnus, dans les petits sentiers couverts de broussailles, pour revenir à la maison, après des heures d'absence, la robe déchirée et souvent toute mouillée par la pluie battante. On la grondait alors, ce qui ne l'empêchait pas de recommencer. Souvent elle emportait un petit sac, comme si elle partait pour un court voyage, et elle restait à lire ou à rêver, blottie dans quelque coin étrange, à l'ombre d'un arbre d'où l'on dominait le lac. Chaque jour elle devenait plus sauvage, et refusait d'accompagner sa mère dans ses visites, quoiqu'elle ne fût pas exempte de coquetterie, et qu'elle apprît déjà à s'habiller avec un certain cachet, bien que

trèssimplement et d'une façon un peu anti mondaine. Elle finit par connaître tous les chemins,
tous les sentiers, tous les creux, et à se familiariser
avec le ravissant paysage qui l'entourait, et dont
elle ne pouvait toutefois se fatiguer, car il était plus
varié que ses pensées de jeune fille, et semblait
vouloir lui complaire, en s'accordant si bien avec
tous les rêves de son imagination.

A la fin de l'été, les villas et les hôtels se peuplè-
rent. On arrivait de toutes parts. La saison élégante
commençait; on parlait de fêtes, de princes souve-
rains attendus avec une suite nombreuse, de régates,
d'illuminations. Mme Valenti trouvait le séjour du
lac moins désagréable. M. Gorletti recommandait
l'économie. Élisa craignait que sa solitude n'en fût
troublée. Elle dut, en effet, changer un peu de ses
habitudes, modérer la liberté de ses allures, et se
rendre à des invitations que sa mère avait accep-
tées pour elle. On fit des courses sur le lac. Une
fois, par exemple, on alla à Como à la rencontre
« d'amis » qui arrivaient droit de Venise pour aller
à Colico prendre la route de la Suisse. C'était une
occasion pour Élisa de voir tout le lac, dont elle ne
connaissait encore que le premier bassin.

Ils partirent de grand matin; la *breva* avait
soufflé dans la nuit; mais à l'aube, le ciel s'était
complétement éclairci et le lac était d'une tranquillité parfaite. Il faisait une chaleur agréable; du

bord du bateau à vapeur on apercevait les deux
rives charmantes avec leur verdure sombre où
blanchissaient des villas, et, s'élevant doucement
au-dessus, les montagnes aux cimes couronnées de
soleil. De grosses barques traversaient le lac, sans
se hâter, d'une rive à l'autre. Tout près du steamer,
dans de petits canots de forme très-allongée, des
jeunes gens et des jeunes filles ramaient gaiement,
en riant de la légère tempête soulevée par les roues
dans le sillage, et regardaient les passagers. A gauche, où la côte est parfois presque à pic, quelques
maisons paraissaient surgir de l'eau ; tandis qu'à
droite on voyait courir des voitures sur la route,
d'où s'élevaient de temps en temps de grands
arbres. En face, le lac s'élargissait et le regard se
perdait dans un brouillard lumineux ; en arrière
disparaissait la petite ville de Como, avec son
port en miniature, sa place encombrée de monde
et d'omnibus, et la coupole de sa cathédrale. Il y
avait beaucoup de monde sur le pont du bateau,
ce jour-là ; des hommes d'affaires, des étrangers,
des *villeggianti*. Élisa jouissait intérieurement du
radieux spectacle qui se déroulait devant elle, mais
elle parlait peu, et souvent son regard s'attristait.
Elle ne faisait que répondre machinalement aux
questions qu'on lui adressait, et qui venaient
interrompre sa tranquille extase. Certains passagers
l'intéressaient ; elle remarqua une dame d'une

beauté toute spéciale, la figure très-jeune et les cheveux tout blancs, accompagnée d'un vieux monsieur à tournure militaire, son père probablement; puis un jeune homme, dans un coin, à demi-couché sur la banquette, et qui, malgré la chaleur du jour, était emmitouflé dans un châle jusqu'aux yeux — deux grands yeux noirs qui parfois la regardaient fixement. Mme Valenti, elle, était gaie et causait beaucoup avec tout le monde, entre autres avec le marquis d'Astorre, qui se trouvait là en compagnie d'une famille anglaise. Elle était fière de se montrer intime avec un homme aussi élégant et aussi haut placé. Il adressa même plusieurs fois la parole à Élisa et quoiqu'elle ne l'aimât point, il parvint à attirer son attention par les idées paradoxales qu'il soutenait nonchalamment. Toutes les fois que par hasard on avait rencontré M. d'Astorre en Italie ou à l'étranger, Mme Valenti avait reproché à sa fille de n'avoir pas été aimable.

On dépassa le faux château peint en brique, entouré d'arbres magnifiques de la villa d'Este, et Élisa se retournant vers la rive droite, chercha des yeux leur maison. Et la voyant, toute petite, comme un joujou de géant oublié dans la verdure, elle sentit que déjà elle l'aimait de tout son cœur, ce modeste refuge si détesté par sa mère. Puis le lac s'élargit. Les rives étaient moins habitées; on n'apercevait que quelque humble village, et parfois

une modeste maison de campagne. Aux endroits
où le bateau n'abordait pas, on voyait de grosses
barques remplies de monde et on s'arrêtait un
instant pour prendre à bord les nouveaux venus.

Il y avait mille choses à observer sur la rive dont
on était tout près. On comprenait à la façon dont
certains vieillards étaient accoudés à un parapet de
pierre, que c'était là leur seule et journalière distraction depuis bien des années. Des prêtres, gros,
le tricorne posé de côté pour se garantir du soleil,
un parapluie rouge à la main, sautaient lourdement
du steamer dans la barque en adressant familière-
ment la parole à des femmes du peuple déjà assises,
un paquet à la main, un mouchoir à fleurs sur la tête,
et qui répondaient en souriant largement. Sous
une tonnelle, dans le petit jardinet d'une auberge,
des bourgeois en goguette étaient attablés, et on
devinait presque l'expression de leurs grosses figures, rouges de chaleur et de l'effort fait pour
s'amuser.

Peu à peu la scène changeait de caractère. Les
montagnes s'élevaient plus majestueuses, dans une
nudité brune. Le lac se rétrécissait d'un côté; un
promontoire formait une large sinuosité, et au delà,
dans un petit golfe abrité du vent, les maisons
semblaient cuire au soleil.

Élisa remarqua une darse entourée d'un mur
de pierre, terminée par une statue d'évêque noircie

de mousse, qui, les doigts en l'air, semblait bénir les passants; en levant les yeux elle les tint longuement attachés sur le svelte portique qui surgit au sommet du promontoire, au-dessus de la villa Arconati, et dont les trois arcs élégants, remplis de ciel bleu, se dessinent nettement en plein espace, et par les claires journées acquièrent une blancheur éclatante dans la limpidité de l'air.

Le rivage devenait aristocratique; ce n'étaient que jardins à verdure sombre, finement sablés, que lourdes grilles à écussons dorés. Un hôtel tout neuf, avec son luxe banal, s'apercevait tout à coup pendant qu'on admirait encore une ancienne villa 'talienne à demi-abandonnée, où la nature avait presque repris possession, et débordait librement à travers les charmilles architecturales — mettant ainsi en relief l'antithèse de l'opulence de jadis et du gaspillage moderne. Parfois des canots passaient, ornés à la poupe d'un drapeau armorié, où deux *barcaioli* en costume de matelots, ramaient avec entrain. En suivant du regard ces embarcations qui filaient rapidement, on pouvait s'imaginer toute la vie des gens qui les occupaient. Souvent une fenêtre brusquement ouverte, une voiture qui s'arrêtait à un perron, un intérieur vaguement entrevu, montraient des lambeaux d'existences qu'Élisa, dans sa jeune tête, refaisait en entier.

A Cadenabbia, d'Astorre descendit. Il y avait beaucoup de monde à l'embarcadère et devant l'hôtel. Des étrangers prenaient du thé, assis à une petite table rustique. Une tête de jeune fille, belle comme un portrait de Lawrence, apparut à un balcon. On se bousculait beaucoup. Du bateau à la rive c'était un échange de vociférations et d'injures ; des paquets étaient jetés au risque de les faire tomber dans l'eau. Les portefaix, pliant sous le poids des malles, juraient en se cognant. Pendant que deux gentlemen se demandaient pardon de s'être heurtés légèrement, un *facchino* les écartait d'un coup de coude et passait outre. Le secrétaire de l'hôtel se tenait tout droit dans sa tenue très= correcte, et souriait aux étrangers.

On ne toucha point Bellaggio. Le paysage prenait à chaque instant un aspect plus sévère, et sans la chaleur étouffante, on eût déjà pu se croire en Suisse. Le soleil brûlait, mais on sentait que certains souffles de brise arrivaient directement des Alpes. Le lac, toujours large, se bifurquait et s'allongeait d'un côté jusqu'à Lecco, encaissé par de hautes montagnes arides que l'on était étonné de voir se découper sur un ciel tout bleu. Les pas= sagers purent seulement plonger un long regard de ce côté, car le bateau fila tout droit.

Pendant le repas à Colico, Élisa causa un peu, mais au retour, sur le pont presque vide et silen=

cieux — au moment où sa mère ne cessait d'exprimer combien elle était triste d'avoir quitté ses amis et combien elle aurait aimé à les accompagner en Suisse, elle redevint rêveuse, tandis que l'ombre montait des bords du lac et envahissait lentement les hauteurs. En vain, son père tâcha de plaisanter avec elle. Ses pensées la tenaient éloignée de tout ce qui l'entourait, et elle faisait un effort pour résumer les impressions de cette journée que, dans la monotonie de son existence, elle ne pouvait facilement oublier. Rien ne lui était arrivé ; mais ses idées avaient pu prendre une nouvelle direction — et, à l'époque de la vie où elle se trouvait, les pensées semblent choses réelles et ont l'importance des événements.

Septembre commençait, mais, cette année-là, la chaleur semblait plus accablante qu'en juillet. Élisa en souffrait ; elle devenait paresseuse, ne faisait plus de longues promenades, et passait des heures assise à l'ombre, sur l'herbe, les yeux à demi fermés, contemplant. C'était ce qu'on appelle « la belle saison », mais elle ne l'aimait pas, et aurait préféré l'épouvante d'une tempête à la lourdeur de ces journées toutes pareilles, lorsque dans la lumière crue, les teintes se confondent, et que sous un ciel d'une sérénité agaçante, le paysage apparaît tout confus dans un poudroiement lumineux. Par moments, elle en arrivait à trouver le lac antipathique et laid. Depuis deux mois elle pensait que l'été allait finir, mais l'été tenait bon et prolongeait ses insupportables journées caniculaires.

Elle ployait sous le poids de la solitude. Il lui semblait être toute seule au monde, et devoir y rester toujours seule ; tous ceux qui l'entouraient étaient pour elle des étrangers. Et ce sentiment devenait de plus en plus fort à mesure que les rives du lac se peuplaient davantage, que sa mère parlait à chaque instant de nouveaux arrivés et qu'on voyait les steamers encombrés de monde passer fièrement et lentement, comme accablés de chaleur, sur l'azur métallique de l'eau, secouant leur noir panache de fumée dans l'air torride.

Il était encore presque impossible de sortir dans la journée, et les villas bien closes, jalousies fermées et stores baissés, faisaient la sieste. Celles dont les pieds baignaient dans l'eau paraissaient plus heureuses. Le marbre, — ce symbole de froideur — s'enflammait au soleil. L'asphalte des terrasses se fendillait sous les rayons puissants. Les briques et les tuiles semblaient cuire de nouveau. Les fleurs trop largement épanouies ployaient leur tête fragile et se fanaient tout à coup. Les petites allées du jardin étaient jonchées de feuilles de rose, éparpillées par le souffle obstiné de l'été ; c'était en vain que dans la fraîcheur relative des premières heures du matin Élisa relevait les plantes tom-

bantes, car toujours midi les recouchait presque à
terre.

Les paysans imploraient la pluie. Elle vint enfin.
Les orages éclatèrent coup sur coup. De courtes
averses torrentielles rayèrent de leurs mille flèches
grises le ciel assombri. — Ceux qui avaient arrangé
des excursions pour le lendemain étaient désolés.
— Mais Élisa, ravie, contemplait le magnifique
changement de décor à travers les persiennes
entrebâillées. Puis, après ces premières batailles
hardies, le mauvais temps s'installa en vainqueur.
Pendant plusieurs jours une pluie fine tomba incessamment. Les ciels étaient variés et parfois bi-
zarres ; de gros nuages blancs voyageaient lentement, changeant de forme et de nuances, laissant
par hasard apercevoir quelque court lambeau
d'azur, puis se mêlant tout à coup et s'étalant en
un grand linceul couleur de plomb. Tout revivait
sous la pluie bienfaisante — mais l'été, qui avait
résisté pendant si longtemps, finissait brusquement.

Cependant quelques semaines se passèrent encore avant qu'Élisa pût sentir tout le charme
secret et pénétrant de l'automne. Elle en jouit
presque tout à coup. Dans les mêmes jours, vers la
fin d'octobre, les étrangers s'envolèrent effrayés
par les premières brises ; les feuilles jaunies jon-
chèrent le sol dans les jardins déserts des villas —

et là où tant de joyeuses causeries avaient eu pour accompagnement le chant des oiseaux, le silence régna subitement sur les arbres dépouillés. Comme toujours il semblait que les éclats de rire qui s'étaient évanouis dans l'air, augmentaient la tristesse des maisons closes.

Mais les jeunes filles pensives, qui ne connaissent encore que les souffrances saines et dans leurs aspirations aux joies pures n'ont d'autres pressentiments que celui de la douleur inconnue, adorent la mélancolie des choses. Élisa sentait qu'elle reprenait possession du paysage, maintenant que tous ces importuns étaient partis. Comme autrefois elle confiait à *son* lac tout ce qu'elle ne savait pas exprimer, et il lui semblait que ses plus secrètes pensées étaient comprises par cette admirable nature.

Un matin, par une de ces douces et troublantes journées automnales où l'on voudrait pouvoir marcher toujours, comme dans les contes des fées, à la découverte de pays inconnus, Élisa, poussée par le charme renouvelé d'une de ses promenades habituelles, s'était laissé entraîner un peu trop loin ; elle s'égara. Sa robe en drap brun artistement relevée sur ses bottines mignonnes, son chapeau de feutre à bords retroussés posé de côté sur ses beaux cheveux, sa jeune figure un peu rougie par le grand air, elle marchait résolûment, et elle regardait au loin devant elle, à travers les obstacles, comme cherchant l'horizon, tandis que sa pensée se perdait plus loin encore. S'apercevant tout à coup qu'elle ne savait plus où elle était, elle s'arrêta. Puis, réfléchissant, elle rebroussa chemin, mais plusieurs petits sentiers creux et une route s'ouvraient devant ses yeux. Indécise, elle s'aventura sur la route, au hasard, ralentissant sa marche dans l'espoir de voir quelqu'un à qui demander des renseignements. Enfin à une petite distance, elle vit un homme qui lui tournait le dos, et qui, la tête baissée, semblait chercher quelque chose à terre. — Elle le prit pour un paysan et le héla. Vivement il se retourna et courut à elle ; mais, quand il se fut approché, elle dut rougir un peu et ce fut d'une voix très-timide qu'elle lui demanda son chemin.

Ce n'était pas un paysan, quoiqu'il fût habillé comme peut l'être le fils d'un fermier. Son costume grossier contrastait avec un beau visage très-régulier et blanc sous le hâle, des cheveux châtains, de grands yeux d'un bleu sombre, et une élégance particulière de démarche. Il ôta son chapeau tout déformé par les pluies, et, un peu troublé aussi, il lui demanda la permission de la remettre dans le bon chemin.

Ils échangèrent quelques mots embarrassés, puis marchèrent en silence. Élisa prit son parti de la situation un peu difficile. L'italien très-pur, et la manière correcte et même un peu recherchée de s'exprimer du jeune homme, l'étonnèrent, et elle ne parvenait pas à deviner qui il pouvait être. Elle le regardait attentivement, à la dérobée, comme malgré elle. Évidemment il connaissait les environs et le hasard seul avait fait qu'ils ne se fussent pas déjà rencontrés plusieurs fois ; il semblait même la connaître aussi, elle et sa famille. — Je vous quitterai quand nous apercevrons votre maison, lui avait-il dit. — Certes il devait avoir reçu une éducation supérieure, mais il paraissait pauvre. En même temps qu'elle se rassurait, et risquait quelques mots, lui, devenait plus réservé. D'abord il l'avait regardée timidement, comme prêt à parler, mais ne sachant s'y résoudre ; puis il n'avait plus osé lever les yeux sur elle. Une fois, il lui tendit respectueusement la main pour l'aider à franchir un mauvais pas ; mais, quand le sentier, effondré par la pluie, devint décidément mauvais, il ne le fit plus. — Tout à coup, après un long silence, il dit : Vous devez être fatiguée, mademoiselle, ne voudriez-vous pas vous reposer un instant ? Nous ne sommes qu'à mi-chemin.

Elle s'arrêta et s'assit sur un gros tronc d'arbre qu'il avait nettoyé ; lui, resta debout devant elle. Tous deux alors se sentirent très-embarrassés. Le vent bruissait entre les dernières feuilles. Ils ne pouvaient s'empêcher d'écouter ce bruit. — Un

peintre qui les eût vus en ce moment, eût trouvé
un tableau tout fait, tant était charmant le contraste
entre eux et le paysage qui les entourait, tant la
fraîcheur de leur jeunesse éclatait sur le fond assombri de la nature.

Alors Élisa, si heureuse une minute auparavant,
se sentit inquiète; elle eut presque peur, et le
pressentiment seul qu'il allait dire quelque chose,
la fit rougir.

Mais elle pâlit quand enfin il dit d'un air troublé :

— Vous ne me reconnaissez donc pas, signora
Élisa? Moi, je vous ai reconnue tout de suite, sur le
bateau, il y a vingt jours. J'étais dans un coin,
tout emmitouflé, car je sortais de maladie. Et
comme vous me regardiez, j'ai espéré un instant,
et j'ai eu en même temps presque peur. Je suis
devenu tout à fait sauvage, et votre mère m'a toujours intimidé. — Mais voilà ce que je voulais :
vous rencontrer seule.

Élisa se leva, presque effrayée et fit un mouvement comme pour partir.

Il sourit. — Vraiment, dit-il, vous voulez fuir?
Je suis donc bien changé?

Une inflexion de voix la fit tressaillir. Elle le
regarda avec attention, très-étonnée. — Il s'écria,
presque involontairement :

— Comme vous voilà devenue belle et grande!

— Giulio Bardi! dit-elle.

C'était lui, en effet, son ancien camarade, le collégien chétif de Florence, devenu un beau jeune homme. Elle lui tendit la main, avec un sourire étonné, et il la serra amicalement.

Puis ils se remirent en marche. Tous deux auraient voulu parler et ne trouvaient rien à dire ; ils pensaient que c'eût été naturel de causer, et qu'ils devaient avoir bien des choses à se confier — et ils se taisaient. Élisa sentait mille pensées germer dans sa tête et regardait parfois son compagnon, dont la rencontre inattendue lui redonnait ses souvenirs d'enfance, — mais il y avait maintenant une contrainte entre eux.

Cependant, elle se perdait en conjectures : Comment était-il là ? Où demeurait-il ? Pourquoi ne s'étaient-ils pas rencontrés plus tôt ?

Enfin il prit courage, et d'une façon un peu embrouillée, respectueux et familier en même temps, il lui raconta comment il avait perdu ses parents, et était resté seul et pauvre. Heureusement son père lui avait donné une éducation utile, et l'avait mis à même de se tirer d'affaire. Abandonné bien jeune à ses propres ressources, il avait acquis une certaine maturité précoce, qui, visible sur son visage, et y contrastant avec sa jeunesse, lui donnait un charme de plus. Élisa en le regardant observait combien il avait changé, mais elle retrouvait aussi les traces des anciennes lignes à demi-effacées dans sa mémoire. Un pli de la lèvre, un coup d'œil, un geste suffisait pour évoquer devant elle une scène de son enfance, — et, parfois, il lui semblait tellement le même, quoique bien plus grand et plus beau, qu'elle s'étonnait de ne l'avoir pas d'abord reconnu.

Il lui raconta sa vie, les dernières années de son père qu'elle se rappelait très-bien, sa sortie du collége où il avait tant souffert, ses rapides études à l'université de Pise, qu'il venait à peine de quitter, un diplôme d'ingénieur dans sa poche.

Maintenant il était employé dans une fabrique située à deux kilomètres de distance et appartenant à un de ses cousins, dont le père avait fait fortune aux Indes où il possédait plusieurs établissements de commerce. Il y étudiait la pratique des machines, en attendant qu'on lui procurât un emploi convenable, car il devait travailler beaucoup et suivre sérieusement la carrière à laquelle il se destinait. Très-occupé le matin et le soir, il était souvent libre dans la journée, et il faisait alors de longues promenades. Bien des fois déjà il avait espéré la rencontrer.

— Et pourquoi n'êtes-vous pas venu tout simplement à la maison ?

— Je ne sais. Je n'ose pas. Je ne veux pas….

— Mais vous viendrez, maintenant ?

— Non, je préférerais ne pas venir, pour le moment du moins. Un jour peut-être….

— Il faudra bien que vous vous y décidiez cependant, si vous voulez me voir.

— Oui, mais....

Il n'acheva pas, mais elle devina, car elle l'interrompit pour lui faire remarquer quelques barques qui filaient rapidement sur l'eau.

Au moment où Élisa montrait à Giulio sa maison, ils virent quelques personnes s'approcher, à peine cachées par un massif. Élisa entendit la voix de son père et celle de M. Gorletti, et se retournant brusquement vers le jeune homme, elle lui dit : Adieu! Il lui serra la main en répondant : Au revoir, et s'éloigna rapidement.

Élisa rentra un peu troublée. Elle était très-contente d'avoir retrouvé son ancien ami et se sentit joyeuse, malgré la présence à dîner de M. Gorletti et les petites tracasseries de sa mère. Une fois elle fut sur le point de parler de la rencontre qu'elle avait faite, elle ne put s'y décider; elle éprouvait une invincible répugnance à en rien dire, surtout sans l'autorisation de Giulio.

Le lendemain elle sortit assez tard, et s'en alla par un chemin qu'elle ne prenait pas d'habitude. Au premier tournant, elle rencontra Giulio. Ils affectèrent d'être très-naturels, se mirent à marcher ensemble sans donner aucune importance à leur rencontre, et plus ils voulaient paraître à leur aise, plus ils se sentaient intérieurement embarrassés.

Pour elle, ce jeune homme qu'elle n'avait pas reconnu tout d'abord la veille, était en même temps
un frère et un étranger. Par moments, en sa présence, elle croyait redevenir enfant, et elle aurait
voulu courir et jouer comme jadis; puis, il lui semblait commettre une action bien étrange, en se
promenant ainsi seule avec ce jeune homme — et
elle sentait un vague regret que cela fût étrange, et
une mélancolie de ne savoir plus jouer. Il lui demanda si elle avait quelquefois pensé à lui pendant
ce temps et elle répondit négligemment : Oui, souvent. Et vous, vous rappelez-vous nos grandes
querelles dans le petit salon jaune, le jeudi soir, à
Florence?

Lui n'avait jamais perdu de vue ses anciens amis,
pendant ces années. Il demandait de leurs nouvelles, au collège, à toutes les personnes qui venaient lui faire visite. Il avait su leurs voyages,
leur retour, leur établissement sur le lac. Même il
fit délicatement une allusion à leurs malheurs. Et
il avait été bien content de trouver du moins, pour
quelques mois, un emploi si près d'elle. Les premiers jours, à peine arrivé, il en avait été tout
joyeux, puis sa sauvagerie l'avait empêché de
se présenter. Souvent il avait rôdé comme un
voleur autour de la petite villa. Très-ému en la
reconnaissant sur le steamer, il n'avait pas eu
le courage de se montrer. Son idée fixe était

de la rencontrer toute seule, pour lui parler, à elle, d'abord ; et une fois qu'il l'avait vue, il n'avait pas osé. Il la trouvait devenue imposante et il ne se serait peut-être jamais décidé à lui adresser la parole, si elle ne l'eût appelé. Cela la fit rire. Elle lui demanda s'il avait été heureux. Il lui répondit : Non, mon enfance a été triste, et je trouve la vie rude dès le commencement. Mais j'ai bon espoir. — Puis il lui dit brusquement :

— Resterez-vous toujours ici ?

— Je n'en sais rien. Maman voudrait aller à Milan ou à Florence. Moi, je préfère rester.

Ils causèrent longtemps, la première gêne se dissipait peu à peu. Élisa fut grondée en rentrant. Des visites étaient venues ; on l'avait demandée ; elle n'y était jamais. C'était une honte de courir toujours ainsi par les chemins, comme une petite sauvage.

Elle resta deux jours sans sortir, excepté avec sa mère, un soir. Le troisième jour elle s'en alla de nouveau, mais sans rencontrer Giulio. Elle se reprocha de s'en étonner, et fut de mauvaise humeur contre elle-même en se sentant involontairement mélancolique.

Cependant l'hiver était venu. La neige tomba tout à coup et pendant quelques jours raya de lignes blanches le ciel obscurci. Mais bientôt le précieux soleil de la saison morte reparut. La lumière redevint très-claire et les lignes lointaines s'accusaient sur le fond incolore de l'atmosphère, rapprochant les objets et rendant visibles les moindres détails. L'air était très-sain et le froid se faisait assez vif. Sur le ciel pur et grisâtre, avec des éclaircies de bleu pâle, les cimes des montagnes, déjà éclatantes sous la blancheur de leur premier manteau, étaient dorées par les timides rayons du soleil.

On ne sait pas assez ce que c'est que l'hiver au lac de Como. En réalité rien n'est plus beau. Mais, naturellement, par routine et par mode, on n'y va que dans la saison chaude, et seuls les paysans et quelques privilégiés jouissent des magnificences de janvier. Il est vrai toutefois d'ajouter que peu de personnes les comprendraient.

Les rives brunes et nues, les penchants des collines dépouillées, la dureté des contours, font que par les belles journées, le lac tranquille semble plus petit et comme plus profondément encaissé dans son bassin naturel. Il y règne un silence extraordinaire, qui semble descendre des hauteurs neigeuses et s'étendre sur l'eau; et de tout cela sort un charme intime, une paix qui apaise doucement notre âme et nous donne des idées si vraies et si saines que même les villas toutes closes et qui paraissent mortes ne nous affligent pas, car dans la majesté vivifiante de cette scène, la présence des hommes nous paraît peu nécessaire. C'est là que les amis qui s'aiment sincèrement, peuvent sentir la bonne illusion de se croire seuls au monde. Qu'on est bien, pendant ces belles journées, vers trois heures de l'après-midi, dans une barque qui file rapidement à travers le lac! Le bruit des rames troublant seul le silence presque solennel a, pour ceux qui savent l'écouter, un bercement d'une douceur singulière. Bien couvert, on a chaud, sous le soleil qui serait insupportable quelques mois plus tard, et qui n'a alors que la douceur d'une chaude caresse. Et dans ce bien-être physique complet, dans cette douce chaleur qui ne permet pas de regretter Nice, le regard jouit du contraste du paysage hivernal qui déploie toutes ses froides beautés. L'eau est couleur d'acier, le ciel est bas, les couleurs sobrement somptueuses, les blancheurs miroitantes. Des endroits où le rivage descend à pic de prestigieuses stalactites penchant leurs innombrables pointes aux reflets prismatiques sont suspendues aux rochers sourcilleux qui couvrent l'eau de leur ombre.

Ce fut pendant un des plus poétiques hivers qu'il soit possible de désirer, sur la rive droite du premier bassin du lac — la mieux abritée et la plus chaude — que Giulio et Élisa se rencontrèrent souvent sans se donner de rendez-vous et sentirent peu à peu leur ancienne amitié renaître et se modi-

fier en eux. Élisa refit avec lui toutes ses promenades habituelles, et ils allèrent ensemble à la découverte d'endroits encore inconnus.

Un soir, en descendant au salon, elle eut une
secousse et s'arrêta une minute sur le pas de la
porte, étonnée. Giulio était là, assis et causant
tranquillement avec sa mère et une voisine qui
venait souvent. Il ne l'avait pas prévenue, et, après
s'être laissé prier par elle tant de fois inutilement,
il avait surmonté sa sauvagerie et l'éloignement
qu'il éprouvait pour les parents d'Élisa, et était
venu pour lui faire une surprise.

— Élisa, lui dit son père, j'espère bien que tu
ne vas pas faire semblant de ne pas le reconnaître.
C'est le petit Bardi, ton ancien camarade.

Elle rougit légèrement en lui serrant la main,
mais pas un mot ne trahit le lien qui existait déjà
entre eux. Giulio causa naturellement, parla de ses
études, de ses projets, mais en s'en allant il jeta
à Élisa un coup d'œil qui signifiait : à demain. Elle
était contente qu'il se fût décidé à venir, car l'idée
de le voir en cachette lui répugnait. Mais en se
retrouvant le lendemain seule avec lui, en pleine
campagne, elle se sentit au contraire moins rassurée, et, en même temps, un dangereux sentiment
de bien-être nouveau la pénétra.

La manière dont ils s'étaient retrouvés, leurs
rencontres qui semblaient assignées par le hasard,

donnaient à leurs relations un mystère tout rempli d'attente. Ils pouvaient se promener ensemble sans être vus de personne. Les paysans, qui parfois les saluaient en passant, les prenaient pour frère et sœur. Giulio ne retourna que rarement à la petite villa, où il avait été toutefois assez bien reçu. Assis aux bords du sentier, d'où il voyait le lac à leurs pieds, admirant les grands nuages qui couraient au ciel, sur les blanches crêtes des Alpes noyées de brume, ils se taisaient souvent, embarrassés comme au premier jour. Un sentiment surgissait entre eux qui s'accentuait d'heure en heure. — Ils n'eurent jamais besoin de se dire qu'ils s'aimaient, tant cela vient naturellement, et dès la première fois, ils se le répétèrent.

Les sentiments se colorent selon le milieu et le cadre peut modifier la passion. Leur amour, né dans la solitude, eut quelque chose de primitif; et, comme dans les temps légendaires, — la nature avec sa paix vivifiante, avec ses charmes profonds et ses voix secrètes, y apporta son inconsciente complicité. Il fut bercé par les calmes beautés d'un hiver doux et sévère, dans un paysage d'une uniformité magnifique, et les enveloppa dans la léthargie des choses.

Déjà fort quand le printemps revint, cet amour éclata joyeusement dans la sourde joie universelle. Le temps avait passé pour eux comme en un songe.

Ils se virent bientôt environnés par les grands
arbres touffus, couverts par l'ombre des branches,
enivrés par les parfums, regardés par les oiseaux
qu'ils ne troublaient point. L'azur tout nouveau du
ciel les remplissait d'une immense confiance. Ils
obtinrent la familiarité de la nature; rien ne se
gênait autour d'eux, ils n'effarouchaient aucune
bête, aucune aile ne s'ouvrait à leur approche. Ils
comprirent tous les bruits, et en même temps le
divin silence des choses. L'éclat du soleil sur le lac
et l'ombre des taillis les remplissaient d'une lumière
égale. La grande sérénité éparse entrait dans leurs
cœurs; le lien qui les unissait se resserrait à
l'exemple du lien intime de la création, les harmo-
nies extérieures se reflétaient dans tout leur être,
leur amour grandissait, puisant sa force dans toutes
les forces visibles, unissant toutes les puissances
et toutes les puretés.

Élisa mûrissait rapidement. Sa courte vie avait
été, nous le savons, assez variée. Dans les fré-
quents déplacements d'horizon, elle avait acquis
des vues larges et vraies, et sa liberté exceptionnelle lui avait donné une justesse de jugement,
un certain courage et une adresse en toute chose,
rares dans son monde. Et, sous l'influence de la
grande épreuve définitive à laquelle elle se soumet-
tait alors, toutes ces qualités se développaient magnifiquement dans une éclosion presque subite.

Souvent elle se demandait comment elle avait pu aimer si vite et ne trouvait pas de réponse à se donner. Du reste, une saison s'était à peine écoulée depuis que le grand changement avait eu lieu, et il lui semblait qu'un très-long temps se fût passé. Son enfance élégante, les souvenirs des jours pénibles, la vie à l'étranger, la solitude des derniers mois, comme tout cela était déjà loin ! Comme toutes ces heures n'avaient été qu'une graduelle préparation à l'heure présente toute illuminée d'une lumière révélatrice ! Il lui était arrivé, dans une des rares visites de Giulio, le soir, de le regarder longuement à la dérobée, pendant qu'on causait sans prendre garde à elle, et en le contemplant, elle s'étonnait de penser que ce jeune homme qu'elle n'avait pas reconnu quelques semaines auparavant, était devenu le maître de son âme ; et cependant elle trouvait cela tout naturel.

Il y avait une certaine similitude entre la destinée d'Élisa et celle de son compagnon d'enfance : tous les deux étaient nés au milieu des richesses (car le père de Giulio aussi s'était ruiné, non par sa faute, il est vrai, mais complétement), et tous les deux se trouvaient, au commencement de la vie, presque pauvres ; pour tous les deux le problème de l'avenir se posait d'une manière sérieuse ; lui, devait regagner une position, elle — chose plus inquiétante — était condamnée à chercher dans le mariage la fortune avant le bonheur. Giulio, garçon sérieux, travailleur opiniâtre, était jeune d'une façon dont on ne l'est presque plus de nos jours; prêt à recevoir les sentiments sains et vivifiants, il aimait la vie à la campagne, le grand air et l'espace, l'activité du corps et de l'intelligence; il ignorait le vice, les désirs maladifs, les curiosités morbides. Et en même temps il était tout aussi loin du sentimentalisme faux, du romanesque de convention; il se tenait dans le réel, mais tellement tourné du côté de la vérité, qu'il pouvait s'approcher de l'idéal. Son séjour à la fabrique, ses études mêlées de longues promenades solitaires, sa vie pure de campagnard libre, le prédisposèrent à recevoir cet amour qui, depuis longtemps déjà, — dès qu'il avait revu Élisa — avait peu à peu rempli son cœur.

Autour d'eux la nature seule existait; ils se sentaient isolés et contents de ne rien devoir à personne; d'eux-mêmes ils s'étaient retrouvés, et ils sentaient qu'ils se suffisaient. Du reste, ils ne pensaient à rien; ils ne songeaient à l'avenir que rarement et sans s'y arrêter. Mais, au fond, ils comprenaient bien que même le présent ne leur appartenait pas tout à fait, puisque de jour en jour ils se trouvaient forcés de se voir moins souvent, pour ne pas éveiller de soupçons. Parfois il ne leur était permis que de se rencontrer un instant en toute hâte, et ils restaient plusieurs jours sans se voir.—Lui cependant était rempli de confiance; elle, au contraire, n'espérait que par moments et tout à coup pressentait la séparation. Au mois de juin Giulio dut partir en effet. Son oncle maternel, le père du cousin chez qui il était, venait d'arriver de Calcutta. Il ne resta qu'un jour pour visiter la fabrique et emmena ensuite son neveu à Milan, où il avait des affaires. Les adieux furent très-tristes; cette première séparation, qui devait être bien courte, semblait définitive aux deux jeunes gens. Les parents d'Élisa, son père surtout, s'aperçurent bientôt d'un grand changement chez leur fille. Une mélancolie presque physique et qu'elle tâchait en vain de dissimuler s'abattit sur elle. Comptant les jours, elle attendait : car Giulio devait revenir tout de suite après le départ de son oncle.

Le jour fixé arriva; Giulio ne parut point. Élisa dissimulait toujours, mais il y avait quelque chose de fiévreux dans ses gestes. Elle s'en allait seule faire ses promenades — pour lesquelles on était redevenu indulgent — pas à pas, elle repassait par tous les chemins, par tous les sentiers qu'elle avait suivis avec lui. Enfin un dimanche, tandis qu'elle marchait plus triste que jamais, Giulio lui apparut tout à coup, derrière un gros tronc d'arbre, dans une allée étroite. Il était très-pâle, et avait l'air un

peu changé. Rien qu'en le voyant, la jeune fille eut
le pressentiment d'un malheur.

Giulio ne voulait rien dire tout d'abord, et,
pendant quelques minutes, ils furent tout au bonheur de se revoir. Enfin, peu à peu, avec tous les
ménagements possibles, essayant de cacher l'immense douleur que lui-même ressentait, il parla.

C'était simple et terrible. Son oncle lui avait fait
une proposition splendide ; il l'emmènerait avec
lui, l'associerait à son commerce et l'aiderait puissamment à refaire une fortune. En un mot, il offrait
très-généreusement au fils de sa sœur devenu pauvre un très-bel avenir, qui désolait le pauvre garçon.
Il avait voulu refuser, son oncle alors l'avait regardé
dans le blanc des yeux, et lui avait dit en souriant
d'une façon spéciale : Voyons, pas de bêtises,
monsieur mon neveu. — La situation n'était que
trop claire, du reste ; refuser serait une folie

Ils étaient au pied de ce même arbre, où, le jour
de leur première rencontre, Élisa avait voulu se
reposer. Elle se laissa choir sur le gros tronc mous-
seux, l'œil fixé à terre, aussi pâle que lui, stupide.
Elle resta quelques instants immobile, pendant que
lui, silencieux, la regardait ; puis elle fondit en
larmes.

— Il n'y a plus de bonheur pour moi, dit enfin
Giulio lentement, la tête baissée. J'irai là-bas, j'y
deviendrai horriblement riche ; à quoi cela me ser-

vira-t-il ? Maintenant la pauvreté est mon malheur ;
alors, d'ici à de longues années, la fortune m'acca-
blera comme une ironie, et augmentera mon désespoir. Je suis bien positif pour mon âge, je ne me
fais pas d'illusions ; en même temps je sens en moi
un amour éternel, je n'aimerai que vous toute
ma vie, même si je ne devais plus vous revoir.
Vous, vous devrez vous marier, m'oublier, car
mon souvenir ne pourrait que vous rendre malheureuse. Ah ! tout est fini !

— Non, répondit-elle simplement, je n'épou-
serai personne.

— Et que ferez-vous ?

— Je vous attendrai.

Il lui dit que c'était impossible ; qu'elle ne pouvait pas se sacrifier ainsi — mais il se sentait ému
et exalté. Leur amour, trop pur encore pour être
autre chose qu'une tendresse infinie, en remplis-
sant tout leur cœur, prenait dans leur pensée la
forme de l'enthousiasme. Dans un magnifique
élan, oubliant tout, ils finirent par accepter leur
dévouement réciproque et se firent des promesses
sublimes.

— Comme tout cela est faux ! s'écria Élisa tout
à coup, après un long et douloureux silence. Quel
besoin avons-nous de fortune ? La pauvreté n'est-
elle pas mille fois préférable à la séparation ?

Exaltés, ils décidèrent que lui retournerait à

Milan, et refuserait les propositions de son oncle ;
qu'ensuite elle aurait le courage de tout dire à son
père.

Élisa était soutenue par sa force intérieure ; elle
était sûre d'elle-même. Quoi qu'il pût arriver, elle
savait qu'elle au moins ne changerait jamais. Aux
premiers pas de la vie, elle avait pris le chemin
qu'elle suivrait jusqu'au bout. L'amour indestruc-
tible qui s'était emparé de son être entier — lui
paraissait comme l'explication de tout ; sa tristesse
dans la solitude, son désir de contemplation et de
liberté, ses rêveries, ses joies subites et sans cause,
elle comprenait tout cela maintenant. En même
temps bien des choses autour d'elle lui semblaient
fausses. Si par hasard elle lisait un roman où la
passion était décrite comme une flamme violente et
bientôt éteinte, elle souriait avec mépris, et fermait
le livre en disant : c'est faux, du ton sérieux de
l'expérience ; car l'amour lui semblait la lumière
éternelle. Elle tomba un jour en lisant sur cette
phrase : « La perte des illusions est bientôt suivie
de la perte des croyances, et que nous reste-t-il
sans la foi ? » et elle pensa que toute jeune qu'elle
était elle n'avait pas d'illusions, puisqu'elle ne
croyait qu'à la vérité, et que jamais elle ne perdrait
sa foi, même au milieu des plus terribles décep-
tions, ni frappée par les plus grands malheurs. Les
dimanches, dans l'humble église du village, elle

restait longuement agenouillée, la tête baissée ; et, souvent, dans son petit jardin, en regardant le ciel indifférent et bleu, elle priait Dieu naïvement de lui accorder le bonheur. Ses pensées mûrissaient de jour en jour, et il lui semblait pouvoir déjà embrasser du regard toutes les choses de ce monde, et distinguer clairement le grain de vérité qui se cache parmi les faussetés de la vie. Tout pouvait être trompeur, excepté ses sentiments à elle.

Avant qu'elle pût se décider à parler à son père, elle fut réprimandée par sa mère, qui lui dit qu'elle comprenait fort bien ce qui se passait et que c'était ridicule ; qu'un mariage entre elle et le petit Bardi serait absurde et qu'on n'y pouvait même pas songer, en ajoutant : Je suis très-heureuse d'apprendre qu'il va partir pour les Indes. Quand il reviendra, tu seras mariée, je l'espère, et bien mariée, et tu riras la première en pensant que ce petit monsieur ait pu te plaire une minute. Tu es bien jeune, et rien ne presse ; ton enfantillage le prouve du reste.

Mais, le soir, tandis qu'elle pleurait dans sa chambre devant la fenêtre ouverte, son père entra sans frapper. Il la baisa sur le front tendrement, et touchée par des marques d'affection auxquelles elle était si peu habituée, elle se jeta dans ses bras. Il lui posa des questions, avec douceur ; elle répondit silencieusement au milieu de ses larmes, en ho-

chant la tête. Alors, peu à peu, il tâcha de lui faire
comprendre raison. Il s'était assis, et elle, à ses
genoux, l'écoutait. Il lui dit avec fermeté que
Giulio devait accepter l'offre de son oncle, et
partir ; que se marier sans un sou comme ils le
feraient maintenant serait une folie à tous les
points de vue ; que deux ou trois ans suffiraient
peut-être à Giulio, puissamment aidé, pour acquérir une position ; qu'il reviendrait alors, et que
si tous les deux s'étaient gardé leurs promesses
mutuelles et s'aimaient toujours, il ne s'opposerait
point à leur mariage, quoiqu'il eût certes préféré
voir sa fille faire un choix plus brillant, et qu'il
essayerait même, chose plus difficile, de ranger sa
mère de son avis. De cette façon, Élisa se soumet-
trait à une épreuve d'où elle sortirait sûre de ses
sentiments, ou libre.

Élisa continuait à pleurer, mais elle sentait que
son père avait raison.

Le lendemain Giulio revint. Son oncle s'était
fâché tout rouge lorsqu'il lui avait encore parlé de
refuser, et avait déclaré que si on le poussait à bout,
il était capable d'emmener son neveu de force.

Des deux côtés donc la séparation avait été
trouvée nécessaire. Il fallait se soumettre à l'inévitable.

Les dernières heures furent navrantes. Ils ju-
rèrent de ne point s'oublier, ils se firent toutes les

promesses. La chaleur étouffante de l'été augmentait l'oppression de leurs cœurs. Dans le ciel d'un seul azur, que de grands nuages d'un blanc argenté et paraissant presque lourds coupaient par grandes masses, dans la lumière crue et aveuglante, il y avait quelque chose d'implacable. Même sous les arbres pleins de nids endormis, dans l'épaisseur profonde des taillis qu'ils connaissaient si bien, on ne trouvait plus de fraîcheur; le vert devenait sombre; sous les voûtes de feuilles impénétrables aux rayons s'infiltraient les souffles pesants de l'été. Pendant que tout était comme en suspens dans la nature, il leur semblait que leurs cœurs aussi allaient s'arrêter; malgré son silence, son vide apparent, l'heure était suprême dans sa tranquillité solennelle. — Rien n'était encore changé, ils se trouvaient ensemble comme auparavant, plus que jamais ils s'harmonisaient avec les choses environnantes — et déjà la vie leur apparaissait sous un nouvel aspect. Une invincible défaillance s'était emparée d'eux, lorsque après avoir un instant espéré, ils avaient dû retomber dans la réalité froidement cruelle; puis ils s'étaient roidis contre le sort, ils avaient voulu faire face courageusement à la nécessité, et en voyant la douleur que reflétaient leurs deux visages pâlis, ils étaient pris d'une telle pitié l'un pour l'autre, que leur souffrance cessait d'être égoïste et s'ennoblissait.

La vie leur semblait maintenant difficile, illuminée pourtant par l'espérance, — et ils acceptaient vaillamment l'avenir. La beauté même de leur amour les soutenait. L'exaltation de leurs âmes était arrivée à ce point où on ne la sent plus. Leur passion croissait en enthousiasme sans rien perdre en pureté ; un baiser sur le front leur semblait une audace, mais ils se tutoyaient déjà sans le savoir — et bien autrement que dans leur enfance.

Mais, lorsque le jour affreux vint enfin, lorsque, après qu'Albert eut fait ses adieux d'une voix émue, ils purent se retrouver seuls pendant une heure dernière, au milieu de leurs étreintes pleines d'angoisses, ils se sentirent troublés d'une façon nouvelle. Quelque chose surgissait entre eux qu'ils n'avaient pas senti jusqu'alors. En s'embrassant pour la dernière fois, il leur sembla échanger leur premier baiser.

Giulio partit. Son oncle le devait d'abord conduire à Londres, où ils resteraient deux mois, et d'où ils iraient ensuite s'embarquer.

Élisa, qui avait cru jadis souffrir de la solitude, s'aperçut qu'elle l'avait ignorée jusqu'alors ; et pour la première fois elle se sentit réellement seule. Elle faiblit et perdit tout son courage. Les heures d'adieu passées avec lui, ses accents suprêmes lui paraissaient s'enfuir rapidement à une distance énorme. Elle ne pouvait oublier, — mais elle essayait en vain de conserver devant son regard les couleurs inexorablement pâlissantes des souvenirs matériels ; l'affaiblissement graduel de l'écho la désespérait.

Sa raison l'abandonnait ; il lui semblait parfois avoir été dupe. — Oh ! s'il était encore là, je ne le laisserais pas partir ! se disait-elle. En même temps des idées nouvelles surgissaient dans son cerveau et ses sentiments perdaient leur simplicité. Elle avait maigri et un peu grandi, et, par moments, elle paraissait toute blanche. Parfois, lorsqu'elle regardait le lac, l'œil fixé sur quelque bateau qui contenait peut-être des heureux, elle sentait une rougeur subite lui monter au front. Tandis qu'elle perdait confiance et qu'elle n'osait presque plus sonder l'avenir, d'immenses regrets inconscients s'amoncelaient lentement dans son cœur. Des mots entendus par hasard, des phrases trouvées dans les livres et qu'elle avait lues sans y faire attention, lui revenaient à la mémoire et la faisaient rêver longtemps.

Quatre mois s'écoulèrent ainsi, et comptèrent pour elle comme quatre années. Le froid revint. Élisa avait changé un peu de caractère et beaucoup d'habitudes ; elle était maintenant devenue casanière. De temps en temps elle sortait et allait doucement jusqu'au bureau de poste, à Torno. L'employé, qui avait une grande sympathie pour elle, hochait la tête le plus souvent; mais s'il avait une lettre, il la regardait d'un œil paternel, content de la voir sourire. Elle restait toujours un instant à causer, et allait même parfois seulement pour le voir, ce qui le flattait hautement.

Une lettre de Giulio arriva même à M. Valenti. A Élisa il écrivait rarement, mais longuement. Il était toujours à Londres, et leur départ pour Calcutta était toujours ajourné. Tout allait bien, son oncle l'aimait de plus en plus, et dans sa maison il était choyé comme un frère par la famille nombreuse. Il travaillait beaucoup, et il espérait pouvoir être bientôt associé par son oncle à des affaires lucratives, et gagner assez rapidement une petite fortune pour pouvoir abréger son exil.

Ce qui, dans la force de son courage et de sa foi, avait d'abord paru tout simple à Élisa : se soutenir par le souvenir et l'espérance, l'attendre en le suivant sans cesse par la pensée, devenait de jour en jour plus difficile et plus douloureux. Elle luttait vaillamment, mais se sentait défaillir.

Lorsqu'il n'écrivait pas, tout devenait sombre autour de la jeune fille. Comme elle avait compris, la première fois qu'elle avait vu son écriture, la joie contenue dans ces trois mots : une lettre de lui, elle sentit bientôt le terrible serrement de cœur de l'attente trompée, de l'heure qui passe lentement en trahissant; cette déception continuellement renouvelée jusqu'à la perte complète de l'espoir : une lettre qui n'arrive pas.

En pensant à lui, elle le voyait à Londres, dans cette grande ville si somptueusement triste et froidement pittoresque, dont elle gardait un vague souvenir. Puis l'océan inconnu s'étendait devant son imagination, et sur l'immense désert de l'eau, un steamer, qui n'était qu'un point noir, emportait à toute vapeur, sous un ciel de feu, celui avec qui elle eût consenti à souffrir toutes les misères et à courir tous les dangers. Elle se troublait subitement lorsque la vision d'un naufrage surgissait devant elle avec la netteté de l'hallucination. Et, parvenant à chasser cette image insupportable de son bien-aimé mourant, seul entre le ciel sourd et l'eau furieuse, elle le voyait menant une vie enfiévrée dans une nouvelle ville exotique où des monuments lourds et gigantesques brillent sous un soleil tropical. Et le voyage de retour lui paraissait presque impossible. Oh! certes, on l'avait trompée, et plusieurs années devaient s'écouler avant qu'il pût revenir. Supporterait-elle la vie jusque-là ?

Il était bien naturel que cette jeune fille pensive, devenue femme sous le souffle d'un amour vrai, eût à se révolter intérieurement contre les mœurs du monde, et, inconsciemment, contre les lois humaines. Tout, dans la manière dont la vie est

réglée, lui paraissait absurde. Rien ne lui semblait
maintenant plus stupide que la « raison », et elle
ne pouvait se soumettre à la nécessité, toute con-
ventionnelle au fond, de vivre ainsi séparée de
Giulio. L'amour était la suprême raison et devait
tout vaincre. Non-seulement elle eût accepté la
pauvreté, mais elle eût bravé le scandale et la honte
pour vivre avec lui. Elle eût tout foulé aux pieds
avec indifférence. Pour le rejoindre, pour le suivre,
elle eût tout quitté, et elle eût tout défié pour ne
pas l'abandonner.

Un soir, assez tard, tandis qu'on dormait déjà
dans la maison, elle marchait de long en large,
pensant comme toujours aux causes possibles du
silence de Giulio. Tout à coup elle entendit un
bruit dans la chambre voisine, son cabinet de toilette dont la fenêtre donnait sur la montagne. Elle
entra, le bruit se répéta; on lançait quelque chose
contre les vitres. Instinctivement, quoique un peu
effrayée, elle ouvrit la fenêtre et se pencha pour
voir. Quelqu'un dans l'ombre prononça à voix
basse un mot qu'il lui fut impossible d'entendre.
Mais elle ne put contenir un cri, car elle avait reconnu la voix. Émue, affolée de surprise, elle sauta
à bas de l'escalier, plutôt qu'elle ne descendit, sans
même penser au danger d'être entendue — et une
minute après, elle vit une forme qui entrait par la
porte-fenêtre de la salle à manger; elle reconnut

celui qu'elle croyait si loin, et, tremblante, éper-
due, elle tomba dans ses bras!

L'oncle de Giulio avait dû revenir en Italie avant
de quitter l'Europe définitivement, et il avait son
neveu avec lui. Ils devaient rester quelque temps à
Milan — deux mois peut-être — pour terminer
leurs affaires. Giulio avait demandé et obtenu un
congé de quelques jours, et il était logé dans une
petite auberge tout au bord du lac, mais il avait
donné sa parole d'honneur de retourner et de repartir avec l'oncle, dès que celui-ci en manifeste-
rait le désir.

Élisa, croyant rêver, tombée brusquement de sa
morne apathie dans une profondeur de joie inconnue, s'abandonnait tout entière à l'extase qui la
remplissait. Elle connut l'intensité de l'heure présente que nous procurent les contentements infinis,
lorsqu'on oublie le passé et le présent, car, abimés
dans une jouissance extra-terrestre, nous vivons
momentanément hors du temps. Plus que jamais,
elle sentit son amour s'emparer de sa vie tout
entière.

Le froid était revenu, il faisait un temps affreux.
Ce n'était pas le magnifique hiver de l'année précé-
dente. Ils ne pouvaient se montrer dehors, Giulio
ne pouvant être dans ces parages qu'à l'insu de tout
le monde. Il mena une vie bien fatigante : souvent il s'en allait avec une barque dans la nuit,

pour attraper le premier train, et revenait de Milan au rendez-vous nocturne. Il entrait par la petite porte du jardin, qui s'ouvrait le plus facilement du monde, et pénétrait en bas au salon, où Élisa l'attendait. Tout dormait dans la maison ; et, dans le profond silence, un léger bruit, un craquement de meubles le faisait tressaillir ; elle, au contraire, ne tremblait pas.

La nature n'existait plus maintenant autour d'eux, avec sa luxuriante tranquillité pleine de paix. Ils se voyaient dans la pénombre d'un salon solitaire, et de la fenêtre seulement il leur était permis de jeter un regard fugitif au paysage nocturne, où l'on distinguait à peine le lac, d'un bleu presque noir, des solides ténèbres des montagnes. Leur amour ne pouvait plus maintenant se mêler à la beauté des choses ; il n'avait plus toute la terre pour fleurir et tout le ciel pour planer ; quatre murs le resserraient dans un espace où il se condensait terriblement et acquérait cette violence de parfum qui trouble le cerveau et donne l'ivresse à notre être tout entier. Ils s'abandonnèrent sans réserve à leur passion.

Ce furent de longues journées, rapides, enfiévrées, magnifiques — des matinées d'attente suivies de soirées bienheureuses. Le temps s'écoula avec la rapidité que connaissent ceux qui ont éprouvé un bonheur violent — et ils retombèrent du ciel en enfer, lorsque le jour arriva de la séparation — bien plus horrible cette fois. Ils luttèrent d'abord, se roidirent, refusèrent de céder. « Je le laisserais réellement partir, se disait Élisa, après m'être dit tant de fois que, s'il revenait, il ne partirait plus ? Comment ! nous quitter, puisque nous nous appartenons ? » — Il le fallait cependant. Ils devaient se résigner et espérer que la séparation serait le moins longue possible. D'ailleurs, l'honneur de Giulio était engagé. — Son oncle ne pouvait lui accorder une seule heure de liberté pendant les derniers jours. Mme Valenti ayant projeté une course à Milan dans une quinzaine, Élisa promit à Giulio qu'il la reverrait encore une fois. — La séparation n'en fut pas moins navrante ; car ils ne pourraient en ville que se serrer la main devant témoins ; ce qui arriva en effet une vingtaine de jours plus tard. Giulio partit définitivement et Élisa resta, se sentant plus désolée que la première fois, mais un peu plus forte.

Un an s'écoula, morne pour Élisa, mais dans lequel eut lieu un événement qui parut très-important à sa mère : elle renouvela ses relations d'amitié avec la marquise Arombelli. Celle-ci n'aimait pas trop les Valenti, mais elle se prit d'une telle affection pour Élisa, qu'elle vainquit tous ses scrupules et commença dès lors à les inviter à sa villa. La connaissance commune de M. Gorletti augmenta leur intimité.

Pendant ce temps Giulio écrivait toujours très-longuement, sinon régulièrement. Élisa tâcha de supporter avec courage son sort douloureux, et fit preuve d'une force de caractère dont on ne l'aurait pas crue capable. Elle devint moins maussade, chercha à être meilleure envers son père et sa mère, et, tout en pleurant et en priant souvent dans la solitude de sa chambre, elle sut trouver la sérénité dans sa tristesse même. Elle avait d'abord ployé sous le souffle de la destinée ; elle sut maintenant se roidir et résister. Elle comprit bientôt que le monde nie nos souffrances ou s'en réjouit, et qu'il nous faut les cacher, — que la dissimulation est une nécessité, surtout pour les âmes supérieures. Seule, elle resta elle-même ; avec les autres, elle se fit leur égale. Elle dut sentir de bonne heure qu'en dehors de la vie véritable de l'âme, la vie banale de chaque jour s'impose à nous, impérieusement — et qu'à moins de rompre tous les liens, il nous faut nous soumettre aux exigences sociales. On l'entendit donc causer comme tout le monde, cette jeune fille déjà femme dont un unique secret remplissait l'existence ; on la vit s'intéresser momentanément aux choses pour elle les moins intéressantes ; elle apprit à rire lorsqu'il le fallait.

Les lettres de Giulio, si remplies d'espérance dans les premiers temps, changèrent de ton peu à peu : il paraissait moins sûr de réussir, il semblait accablé de travail et attristé par le lent résultat de ses efforts. Puis ses lettres devinrent plus rares, s'espacèrent de plus en plus. Tout devint plus sombre autour d'Élisa. Elle comprit que la séparation serait certes plus longue qu'elle ne l'avait prévu.

La troisième année arriva. Il écrivit encore une fois vers la fin de janvier, puis il n'écrivit plus.

Des doutes affreux rongèrent Élisa ; sa mère lui dit un jour qu'elle savait avec certitude que Giulio avait une liaison avec une grande dame anglaise de Calcutta, connue par sa beauté et sa vie excentrique, en ajoutant qu'elle pouvait donner des preuves. Élisa ne voulut rien entendre ni rien croire, mais son spleen devint morne. Son père même n'osait plus la consoler ; elle répondait à tous ceux qui l'exhortaient à se considérer comme dégagée de sa parole et à oublier, qu'elle ne changerait jamais. Sa tranquille fermeté fut traitée par sa mère d'obstination absurde.

Quelque temps après, M. Valenti reçut de Giulio une lettre qu'il ne se décida pas à montrer à sa fille, mais ce fut inutile, car elle en reçut une le lendemain dans le même sens. Giulio disait d'une façon simple et brève que s'étant engagé pour son compte dans des spéculations un peu téméraires, il avait subi des pertes qui l'obligeaient à retarder son retour en Europe, et que ne pouvant plus désigner un terme précis à son absence, il se trouvait forcé d'honneur — quoi qu'il pût en souffrir — à prier Mlle Valenti de vouloir se considérer comme dégagée de toute promesse et libre de se marier, bien qu'il s'engageât, lui, à n'aimer jamais qu'elle au monde, et à garder — inutilement — la foi jurée. Une grande tristesse paraissait empreinte en ces lignes, sous une forme sévère.

Mme Valenti, triomphante, prétendit que cette lettre n'était qu'habile et ne prouvait que la vérité de ce qu'elle avait raconté. Elle ajouta que la dame en question était veuve et que Giulio allait l'épouser.

Élisa reçut le coup mortel en plein cœur, mais debout.

Ainsi était fini son roman; la vie lui semblait déjà close pour elle.

Cinq ans s'étaient maintenant écoulés depuis le départ de Giulio. Le temps aidant, sa noire tristesse s'était en apparence changée en mélancolie; elle resta bonne, affable, patiente, — mais elle devenait inflexible dès qu'on voulait la persuader de se marier.

Sa mère finit presque par la détester, lorsque, à six mois de distance, elle refusa, l'un après l'autre, deux assez bons partis. « Tu refuses un bonheur que tu n'avais même pas le droit d'espérer », lui avait-elle dit. Mais rien, ni prières, ni menaces, rien ne put la faire changer de résolution.

Ce que nous venons de raconter, tous ses souvenirs, ses joies passagères et ses constantes douleurs, sa vie enfin s'était déroulée devant elle tandis qu'elle pleurait aux froides lueurs de l'aube. Mais tout était dominé par l'horreur de l'heure présente.

Elle descendit un peu tard pour le déjeuner. Tous étaient très-gais, donna Maria et Mme Lassardi surtout. Giacomo seul, maussade, cherchait inutilement l'occasion de faire une scène à la comtesse. Massimo déclara que l'air de la campagne lui faisait déjà du bien, et réjouit tout le monde par son entrain et son appétit. M. Gorletti était très-aimable, presque galant avec Élisa toujours froide et polie. On apporta les lettres; il y en avait plusieurs pour Massimo, qui parut un peu préoccupé après les avoir lues, circonstance très-observée et commentée, par les dames surtout. — A une heure, Mme Valenti arriva, et tout de suite après avoir salué, elle monta s'enfermer dans sa chambre avec sa fille.

III

Au milieu de sa vie aventureuse, Massimo d'Astorre avait enfin trouvé un répit pour goûter à la villa Arombelli, un peu de ce repos dont il avait si grand besoin, et il en jouissait paresseusement. Il était ennuyé de recevoir et de lire ses lettres, même les plus importantes. Après quelques jours il trouva que cette existence calme convenait à la disposition actuelle de son esprit, et il résolut de prolonger son séjour chez sa tante. Il se sentait là heureux négativement, loin des excitations, du tracas et de la hâte de son existence habituelle.

C'était un homme compliqué et peu facile à comprendre que M. le marquis d'Astorre. On le connaissait mal. Il avait débuté dans la vie depuis si longtemps qu'on pouvait même se tromper sur son âge, et, bien qu'il fût jeune encore, on s'étonnait de sa jeunesse persistante. Il possédait du reste cette beauté absolue qui défie les années; on comprenait que le temps ne pourrait pas grand'chose contre ces traits d'une régularité sans faute, contre cette figure à l'aspect marmoréen, animée cependant par deux grands yeux bruns au regard profond. Ses cheveux noirs, rejetés violemment en arrière et sa courte barbe brune, faisaient ressortir la chaude pâleur de son teint, toujours le même. Son cou puissant et féminin à la fois, comme celui des statues grecques, et son corps aux proportions parfaites — si rares de nos jours — faisaient songer aux époques païennes. Grand, élégant jusqu'à l'exagération — d'une façon qu'il avait inventée lui-même, mais sans paraître s'en occuper — il savait être froid ou cordial, hautain ou charmant. Il était fêté, admiré, détesté. Car on ne pouvait qu'aimer ou haïr cet homme insolemment beau, généreux à l'excès, rempli de courage et d'audace, qui, une fois, à un bal à Londres, avait inspiré une telle folie à une très-grande dame, célèbre par sa beauté, qu'elle s'était éclipsée avec lui au milieu du cotillon et s'était laissé enlever, en traversant la Manche, au jour naissant, en robe de bal, et le capuchon de son bournous brodé d'or couvrant à peine sa tête ornée de fleurs. C'était un de ces types qu'on essaye inutilement d'imiter, et — naturellement — il avait de nombreux imitateurs. On le voyait à un tel point supérieur à ceux qui l'entouraient qu'on ne pouvait se soustraire à la

domination qu'il exerçait. Il descendait d'une des
plus anciennes familles de la Romagne, établie
depuis deux siècles à Florence, où il était né dans
un vieux palais noir fièrement blasonné aux angles.
Sorti de bonne heure du collège où on l'avait mis à la
mort de ses parents, et encore presque enfant, il
se trouva maître de lui-même et possesseur d'une
fortune de trois millions. Toutes les routes s'ouvraient devant lui ; rien ne s'opposait à l'exécution
de ses moindres caprices. Les premières folies de
ce bambin, dont l'aplomb extraordinaire contrastait
avec la figure encore toute rose, eurent un caractère
original qui ne déplut point. Malgré son extrême
jeunesse, il porta coquettement l'uniforme d'officier
de cavalerie, en 1859. Puis détestant déjà la vie
monotome que ses pareils menaient à Florence, il
voyagea. Ensuite, tout en sachant parfaitement
que cela ne le mènerait à rien ou à peu de chose,
il était entré dans la carrière diplomatique. Ce jeune
audacieux, qu'on croyait habile seulement aux
exercices du corps et aux prouesses physiques,
possédait en outre — sans qu'on sût de quelle
façon il s'y était pris pour l'acquérir — une très-
solide et assez grande instruction. Il fit de brillants
examens. On s'aperçut déjà à cette époque qu'il
se montrait superficiel, et ne l'était pas. Il fut content de sa décision, aimant le déplacement et
trouvant la diplomatie amusante tant qu'on ne

pensait pas à l'envoyer dans des villes ennuyeuses, et d'autant plus qu'on avait pour lui au ministère tous les égards dus à sa position et à son insouciance pour l'avancement.

Il trouvait qu'à son âge les mots : *attaché de légation* ne faisaient pas mal sur ses cartes de visites. Du reste, admis de bonne heure à tous les plaisirs, dans un milieu de luxe et de vanité, trouvant toutes choses à sa portée, et les hommes plus bas que les choses, trop rapidement mûri par la vie précoce et les lectures hâtives, savourant les jouissances avant les désirs, mordant aux pommes de toutes les sciences, n'acceptant aucune idée sans examen et raisonnant trop, ne considérant sa supériorité que relativement, de sorte que sa fierté devant les hommes ne trouvait pas sa juste compensation, dans l'humilité devant l'absolu, — il s'était trouvé à vingt ans aussi vieux qu'on peut l'être, et à l'âge des passions plus nobles, il ne se sentait que celle des vieillards, l'ambition. Et celle-là même faiblement.

Tout en se vautrant dans les plaisirs de l'air le plus ennuyé du monde, il cherchait autour de lui d'un œil avide une pâture à son ambitieuse vanité, tâchant d'apercevoir un but quelconque qui valût au moins la peine de l'effort. Il lui sembla impossible d'en trouver. Il s'obstina, essaya d'entrevoir, de calculer... il se persuada de plus en plus qu'il n'y

avait rien. — Peut-être, se dit-il, suis-je arrivé trop
tard, ou trop tôt.

Alors, trouvant que les choses dites « sérieuses »
ne méritaient pas d'être prises au sérieux, il ne
pensa plus qu'à *vivre,* et devint un homme de
plaisir. Comme il arrive toujours chez les désœuvrés qui ont de l'imagination, la passion du jeu
s'empara de lui, et, jointe à ses goûts raffinés de
luxe et d'élégance ; elle le mena si loin et si vite,
qu'il passa pour ruiné au bout de cinq ans. Il avait
en effet dissipé le capital amoncelé pendant sa tu-
telle, vendu le quart de ses terres et couvert le
reste d'hypothèques, ce qui ne l'empêchait pas de
continuer son train de vie et de jeter toujours l'argent à pleines mains.

Il dut enfin cependant connaître la gêne, toutes
les petites horreurs des expédients, la main de fer
de la nécessité, l'insensible commencement de
déconsidération dont on est entouré et qui réjouit
les envieux. Il connut par moments cette misère
relative qui a aussi ses cruautés. Il dut se mêler à
tous les « mondes » plus qu'il n'avait fait jusqu'a-
lors, et, il put étudier la vie sous ses aspects les
plus variés. Des jours pénibles commencèrent, et
si le présent était dur, l'avenir apparaissait sombre.
Mais il garda toujours la tête haute et le sourire
aux lèvres, défiant la destinée, reconnaissant
envers les amis sincères et dédaignant de s'aper-

cevoir des défections que l'ingratitude faisait autour de lui.

Au moment où on le croyait vraiment à bout de ressources, où on se disait qu'ayant fini de ramasser les débris de sa fortune, il serait forcé de montrer sa ruine, il fit deux héritages énormes coup sur coup. On s'attendait à le voir au fond de l'abîme, on le vit sur le pinacle. Dix fois plus riche alors qu'il ne l'avait jamais été, il eut pour servir ses désirs, pour satisfaire les caprices qui pouvaient lui rester, le pouvoir que prête une fortune colossale quand on a appris, à ses dépens, à en faire usage. Pour un homme déjà si vieux au moral, c'était presque un rajeunissement matériel. Il en usa généreusement, car, prodigue pour lui-même, il était fastueux en donnant, et il s'en cachait, peut-être par bon goût, comme il aimait le luxe peu voyant. — Mais au milieu de cette existence facile et fatigante en même temps, quelle était sa vie intérieure ? Ne s'occupait-il que de choses sensuelles, ou bien un penseur se cachait-il sous ce gentilhomme négligent et sceptique, méprisant l'opinion, bravant tout, ne se refusant rien, et assez distrait pour accepter souvent la société des imbéciles sans s'en apercevoir ?

Quelques-uns, parmi ceux qui le connaissaient le moins mal, avaient deviné à peu près tout cela, mais pour comprendre sa vraie nature, il eût fallu

fouiller plus profondément, et ceux-là eussent
peut-être alors été bien étonnés. Quoiqu'il se
donnât rarement la peine de plaire, il avait eu des
succès de tous les genres. Il s'en souciait fort peu
et ne s'apercevait pas de l'envie qu'il excitait. Il
abandonna la diplomatie et n'eut plus que sa fan-
taisie pour loi. Le dernier poste qu'il accepta fut
celui de Saint-Pétersbourg, qu'il dût quitter, au
moment où il devenait presque russe, à la suite
d'une fâcheuse aventure terminée par un duel. Il se
fixa alors à Paris.

Ses parents et ses amis d'Italie parlaient de lui
comme d'un personnage bizarre, et l'accusaient
d'être très-étrange tout en prétendant qu'il affectait
l'originalité. Ils tâchaient de le faire passer en
même temps pour un peu poseur et pour un peu
fou, ce qui ne les empêchait pas de l'envier de
toute la faiblesse de leur âme, et d'être prêts à commettre devant lui toutes les bassesses imaginables
après en avoir dit tout le mal qu'ils pouvaient. On
l'admirait involontairement, comme on admire
ceux qui vivent à l'étranger ou qui viennent
de loin. Son arrivée était toujours considérée
comme un événement ; on observait ses moindres
actions, ses manières, sa façon de s'habiller ; on
répétait tous ses mots. Tout ce qu'on acontait de
lui était commenté et exagéré.

Trois jours après, la comtesse changea brusquement de manœuvre et devint presque froide avec lui ; il ne daigna pas s'en apercevoir, ce qui la fit entrer dans une rage contenue au bénéfice momentané du cousin. Massimo n'en trouva pas son séjour à la villa moins agréable. On l'aimait assez, et on le craignait un peu. Le petit Giacomo observa que parfois on se sentait à l'aise en sa compagnie, puis qu'il intimidait subitement. On disait toujours un peu de mal de lui, chaque fois qu'il quittait le salon, et on l'écoutait toujours avec ravissement quand il voulait causer.

Bientôt fatiguée de bouder, la comtesse revint à l'assaut. Massimo, par mauvaise habitude invétérée se laissa aller à lui faire la cour. Cela donnait du piquant à la villégiature — car il aimait et cherchait le repos, mais ne pouvait le supporter trop complet. Quant à Elisa, la pauvre enfant qu'il avait retrouvée si pâle et si malheureuse, lui faisait réellement de la peine, en pensant au sacrifice qu'on voulait exiger d'elle, à l'avenir sombre qui l'attendait. — On accusait toujours Massimo de n'avoir aucun respect pour les femmes ; ses manières railleuses, son cynisme, sa conduite le prouvaient bien souvent — mais il y aurait eu une distinction à faire, subtile, mais vraie, c'est que s'il méprisait les femmes, dans son for intérieur, il estimait hautement la *femme*. Peut-être son culte donnait-il la raison de son mépris. — Élisa lui semblait une femme dans la plus haute signification du mot, chose rare.

Du reste, il faut l'avouer, si Massimo respectait la femme, s'il la plaignait surtout, il aimait la courtisane. Épicurien par nature et par habitude, n'ayant jamais pu qu'entrevoir l'amour par échappées fugitives, comprenant l'art sous sa forme la plus sensuelle, saisissant toute la gamme des voluptés, depuis les plus grossières jusqu'aux plus spirituelles, il aurait peut-être trouvé son idéal en une hétaïre grecque ressuscitée dans notre siècle. Blasé comme il l'était, il se souciait fort peu de tout; mais, depuis deux ans, il avait fait la connaissance d'une actrice qui l'avait charmé. Artiste passionnée, femme capricieuse, intelligence déliée et corrompue, la Kantzler était un type; elle possédait la beauté païenne, soumise et impérieuse à la fois. La douceur, l'indulgence moderne des sentiments s'unissait en elle à la dépravation antique. Elle avait les lignes du marbre, mais non sa sérénité; ses formes, ses attitudes rappelaient celles des déesses de la renaissance, mais son âme connaissait toutes les maladives tristesses de notre temps.

Massimo avait remarqué l'effrayante pâleur d'Élisa, quand elle était redescendue au salon à l'heure du dîner, le jour de l'arrivée de sa mère. L'affreux consentement avait-il été arraché ? — Le lendemain M. Gorletti était parti, rappelé en ville par d'importantes affaires. Quelques jours après M. Valenti était arrivé ; c'était un homme assez distingué et très-poli, affectant la gaîté et l'insouciance et disant parfois des choses très-bizarres. Lui aussi cependant, malgré ses bons mots paraissait préoccupé, et il eut de longues conversations particulières avec sa fille. Il annonça à la marquise qu'à son grand regret, il ne pouvait rester que deux jours.

En sa qualité de viveur « mis au vert », Massimo jouissait de la campagne comme un écolier en vacances. Ayant pu vaincre, dès le troisième jour, l'habitude de se lever pour le déjeûner — et à grand'peine encore — il goûta la saine volupté presque inconnue de se promener de grand matin à travers le parc, dans la fraîcheur du réveil des arbres. Il expliqua si bien à Mme Lassardi à quel point c'était agréable et hygiénique, qu'elle se convertit à sa nouvelle théorie — de sorte qu'un beau matin le cousin Giacomo les ayant reconnus de sa fenêtre se promenant ensemble lentement dans une allée lointaine près de l'habitation du jardinier, prit le parti de se faire rappeler en ville, et s'en alla tout à coup.

Le même soir des visites arrivèrent d'une villa voisine, et on arrangea une longue excursion pour le surlendemain. On devait partir à l'aube et revenir très-tard pour dîner. Massimo annonça qu'on ne pouvait compter sur lui, car il devait le lendemain aller voir dés amis à Como et ne serait de retour, lui aussi, que le surlendemain soir.

— Giacomo est parti bien subitement. Que lui est-il arrivé, marquise? demanda Terzi.

— Je n'y comprends rien, répondit la maîtresse de maison. Il prétend avoir reçu une lettre pressante. Il a toujours été un peu fou, du reste, mon excellent neveu. — Elle dit cela le plus sincèrement du monde, et en ajoutant : mais il reviendra bientôt.

La conversation devint générale; mais, à côté de la cheminée, d'Astorre et la comtesse avaient un à-parté. Elle était assise dans un fauteuil chauffant ses souliers mignons au feu flambant, le teint rosé par la chaleur, malgré l'écran japonais qu'elle tenait à la main et qu'elle semblait regarder fixement, en souriant. Lui, debout, un peu penché, l'air sérieux, lui parlait sans trop baisser la voix et de l'air le plus naturel.

— Comment! lui disait-il, vous qui prétendez être indépendante, vous n'avez même pas le courage de rester à la maison, quand une promenade vous ennuie? Pardonnez-moi, comtesse, mais je déclare que malgré vos airs de bravades, vous êtes la plus timide des femmes.

— Mais que dira-t-on?

— Que voulez-vous qu'on dise? Ah! comtesse,

si dans la vie vous vous laissez toujours arrêter par cette question-là, vous êtes une femme perdue. Et, sachez-le bien, on se taira toujours, quand on ne saura rien, et on dira régulièrement tout ce qu'on aura envie d'inventer, quoi que vous fassiez.

Elle se tut, songeuse.

— Vous me croyez donc bien dangereux ?

Elle leva les yeux, le regarda un instant sans répondre, et comme son regard affirmait, elle répondit résolûment : Non, pas du tout.

— Eh bien, alors? Personne ne le saura. Quand ils arriveront, je serais censé être revenu depuis dix minutes. Vous, votre migraine sera un peu passée, mais vous consulterez tout de même cet excellent docteur, et il vous écrira de suite une ordonnance.

— Je m'en vais. On nous regarde. Il faut que je fasse un peu ma cour à la marquise.

— Répondez d'abord. Oui ou non?

— Eh bien! non, c'est impossible.

— Vous en êtes sûre?

— Presque.

Et elle s'éloigna. Massimo alluma une cigarette et se mit à causer avec donna Maria et les autres.

Le surlendemain matin, à midi, Massimo était de retour. Il arriva à pied, ayant congédié le *vetturino* au bas de la montée conduisant à la villa, où son domestique était venu le rejoindre pour prendre ses effets, et il entra par la petite porte du parc. Personne ne le vit.

Il traversa les salons, se glissa dans un petit boudoir, tout au fond, et parut étonné de ne trouver personne. Il monta à sa chambre.

— Ils sont tous partis ce matin? demanda-t-il à son domestique.

— Oui, monsieur, excepté Mme la comtesse Lassardi. Elle a déjeûné seule à la maison. Mais il y a une heure, elle a reçu une dépêche, et elle a immédiatement ordonné d'atteler, tandis qu'on faisait ses malles. Il n'y a pas cinq minutes qu'elle a quitté la maison. Si M. le marquis était venu par la grande allée, il l'aurait certainement croisée.

— Vraiment? dit Massimo d'un air indifférent. Y a-t-il des lettres?

— Oui, monsieur. Elles sont là sur le bureau.

— C'est bien, laisse-moi.

Massimo prit les lettres. Deux portaient les timbres de la poste; puis il y avait un billet contenant quelques mots tracés au crayon :

« Je reçois un télégramme qui m'annonce que mon mari est arrivé à Milan, malade. Rien de grave, mais il faut que je parte. Je laisse une lettre pour la marquise et ce mot pour vous, en toute hâte. — J'étais restée; je ne puis le nier. Le hasard dispose autrement. Dois-je dire : tant mieux? Adieu, au revoir peut-être.

Désappointé, et fatigué de sa course, Massimo se coucha sur un canapé et s'y assoupit un instant. Puis il se leva et s'approcha de la fenêtre. Il y resta longtemps accoudé, goûtant le charme de ne rien faire. Ensuite, il descendit nonchalamment et arpenta les chambres en réfléchissant. Un sourire flottait sur ses lèvres. Près du petit boudoir du fond où il avait déjà pénétré en arrivant, il s'arrêta et prêta l'oreille, car il lui semblait y entendre un bruit indistinct. Après une minute d'attente il se décida à y entrer avec précaution.

Élisa Valenti, couchée de tout son long sur un divan qui tenait le fond de la pièce, la tête cachée entre ses bras croisés, pleurait à chaudes larmes, comme affolée de douleur. Il semblait qu'elle fût tombée là, brisée, pour ne plus se relever. On eût pu la croire morte, si, de seconde en seconde, les sanglots n'eussent secoué tout son corps. Elle portait un costume de matin très-élégant, et ses cheveux éclairés par un rayon de soleil prenaient des reflets dorés. De ses deux mains elle se cachait la figure contre le coussin.

Massimo resta quelques instants à la contempler, et oublia la comtesse Lassardi sentant se réveiller tout l'intérêt que la terrible situation de cette jeune fille avait excité en lui. Elle était là, jeune, belle, charmante, et déjà la douleur qui peut abîmer toute une vie, semblait la classer parmi les vaincus de ce monde. Certes, lorsqu'elle passait en voiture, à côté de la marquise, les petites paysannes devaient l'envier du fond de leur cœur. Elle avait sa place parmi les heureux de convention, le luxe l'entourait, l'élégance de sa toilette s'ajoutait à l'élégance de sa personne, mais comme elle aurait certes préféré le travail et la pauvreté à la misère cachée et réelle de son existence! Et, ce qui était encore pire, on l'aimait, on sympathisait avec elle, on la plaignait, mais qui pensait à la secourir? On lui prodiguait les expressions de l'attachement le plus affectueux, on la cajolait, on la flattait — mais l'idée ne venait même pas à ses amis de conspirer tous ensemble pour l'arracher au sort horrible qui l'attendait. Que d'impuissance égoïste au fond de cette amitié si belle en apparence, si sincère même, mais si faible! On acceptait le sourire d'emprunt d'Élisa, le masque de froideur que sa courageuse fierté lui imposait; on feignait lâchement d'y croire. Personne ne cherchait à l'aider. La marquise, si bonne, n'osait user de son influence. On l'aimait jusqu'à lui être utile, exclusivement. Certes, c'était chose bien difficile, presque impossible, il fallait en convenir, mais comment n'y avait-il personne du moins pour le tenter?

Elle cessa enfin de pleurer, et, se soulevant un peu sur ses coudes, elle regarda droit devant elle, sans rien voir, l'œil fixe, la figure pétrifiée. Ses yeux rouges étaient secs maintenant; mais on voyait sur ses joues la trace des larmes figées, tandis que sa bouche paraissait contractée par la souffrance intérieure. Massimo, caché pour elle, l'apercevait de profil.

Il se retira tout doucement et s'en alla au jardin. L'image de cette jeune fille, ployant sous la douleur, restait devant lui comme une vision; la tristesse de la vie lui apparaissait sous un aspect qui lui était presque inconnu. Irrésistiblement il se rapprocha encore du boudoir. Et lui aussi qui accusait presque les autres, lui qui était habitué à mépriser les obstacles, que pouvait-il faire pour elle! Rien, absolument rien. Il prêta l'oreille et entendit encore sa respiration haletante. La tentation lui venait d'entrer, de se montrer, de lui demander s'il pouvait lui être utile en quelque manière, de lui offrir ses services, son dévouement — mais à quoi bon? — Rien ne pouvait donc la soustraire à l'étreinte des mains crochues de ce détestable Gorletti! Massimo, qui, comme presque toutes les natures généreuses et imparfaites, haïssait bien, sentit que l'antipathie qu'il avait vouée dès la première vue à ce vilain petit homme, devenait de la haine. Il eût voulu pouvoir rendre la résistance possible à Mlle Valenti, autant pour la voir heureuse que pour faire du mal à M. Gorletti. Ce double but lui semblait également désirable.

Puis ces idées changeaient de cours. — Elle n'est pas de son siècle, la pauvre enfant, pensait-il. Combien de jeunes personnes seraient heureuses à sa place! Comme elles donneraient volontiers leur blanche main à quelque avorton dix fois plus laid que Gorletti, mais aussi riche que lui! Comme elles sauraient bien, dans leurs petites têtes à expression ingénue, s'arranger un joli avenir confortable! Comme elles le fouilleraient dans ses moindres détails, cet avenir, tandis qu'en les voyant les yeux baissés, accoudées à un fauteuil dans une pose réfléchie, on admirerait la modestie de leur maintien et leur charmant air sérieux!

Il rentra dans les appartements, et, sur la pointe des pieds, alla regarder par la porte du boudoir. Élisa était toujours à la même place. Par hasard, elle tourna la tête, et le vit. D'un bond, elle se leva, excessivement surprise, s'appuyant au dossier du canapé et essuyant rapidement avec son mouchoir la trace des larmes récentes.

Massimo lui tendit la main, comme il faisait tous les jours, et elle tendit la sienne, machinalement.

Elle était sans voix. L'idée que d'Astorre — qu'elle croyait à Como, — avait pu la voir dans l'état de crise où elle se trouvait, la troublait et lui faisait mal.

— Comment? Vous êtes déjà de retour? lui dit-elle dès qu'elle pût parler, et avec un vaillant effort pour paraître calme.

— Oui, mademoiselle. Et je ne vous savais pas là, autrement je ne me serais pas permis d'entrer. Je vous demande pardon. Je vais me retirer tout de suite, si vous le voulez.

— Mais non, je ne vous chasse pas, répondit-elle en s'efforçant de sourire. C'est moi qui devrai vous quitter dans un instant ; j'ai des lettres à écrire. Cela m'ennuie beaucoup, car je ne me porte pas bien ; j'ai un mal de tête affreux. C'est pour cela que je suis restée seule à la maison ; le sacrifice n'a pas été grand du reste, ces longues excursions ne m'amusent guère.

Elle parlait avec peine. La crise n'était pas finie ; par moments, des sanglots lui montaient à la gorge, aussitôt refoulés. Massimo ne disait rien et l'observait. Tout à coup elle dit :

— Étiez-vous là depuis longtemps ? m'avez-vous vue ?

— Oui ; j'étais là, je vous ai vue.

— Je dois vous paraître bien faible, sinon ridicule. Et cependant je ne suis pas sujette aux crises nerveuses — et je ne pleure pas facilement.

Massimo la regardait avec beaucoup d'attention et comme pour lire dans son âme, mais il n'y avait rien d'irrespectueusement curieux dans cette manière de l'observer.

— Signora Élisa, dit-il enfin, vous êtes à la fois bonne et intelligente. Je m'en étais toujours douté, j'en suis sûr maintenant. Les deux choses vont ensemble plus souvent qu'on ne le pense. Eh bien, moi, je ne dois pas non plus vous faire l'effet d'un idiot; c'est donc parce que vous me croyez méchant, que vous me parlez de cette façon? Permettez, veuillez ne point m'interrompre. Oui, vous devez avoir une très-mauvaise idée de moi. C'est assez naturel; vous croirez sincèrement à la réputation dont je jouis dans le monde, ou bien mon aspect, mes manières, les théories que je débite quelquefois, vous auront fait juger de moi défavorablement par vous-même. Eh bien, je crois que vous vous trompez. J'ai peut-être commis des crimes, mais au fond je suis aussi bêtement bon que doit l'être un homme d'esprit. Regardez-moi bien en face, peut-être vous apercevez-vous que vous ne m'avez jamais vu. Et si je vous faisais une question... Si je me permettais de vous parler sincèrement, me croiriez-vous poussé par une basse curiosité ou par un intérêt véritable?

Il avait raison, il n'avait jamais inspiré aucune confiance à Mlle Valenti; elle le prenait pour un homme froid, cynique, dangereux; il lui semblait faire part de cette bande insouciante et dure des heureux du monde avec laquelle elle ne pouvait avoir rien de commun — ses défauts lui faisaient

peur autant que ses qualités. Elle admirait son esprit, mais elle le craignait, le jugeant intelligent et
pervers, et tout en le trouvant aimable, elle ne
pouvait se défendre d'un certain éloignement instinctif.

Maintenant, peut-être à cause de la situation de
son âme — il lui apparut subitement tout autre. Il y
avait dans sa voix, dans son accent, dans son regard, dans toute sa personne, quelque chose de
sévère, de sincère, de profond, qu'elle découvrait
pour la première fois. Jamais elle ne l'aurait cru
capable de prononcer les paroles qu'il venait de lui
adresser, et que, dans sa surprise, elle comprenait
à peine. Lui, qu'on disait si léger et si orgueilleux,
si sceptique et si froid, était-ce bien lui qui venait
de lui dire ces quelques mots avec tant de bonté
et presque humblement ?

— Nous nous connaissons depuis longtemps,
continua-t-il, quoique nous ne nous voyions guère.
Vous rappelez-vous, un jour — il y a de cela quelques années déjà — où je vous ai rencontrée, avec
vos parents, sur le bateau allant à Cadenabbia ?
J'étais avec les Stanley, il me semble. Vous étiez
bien silencieuse ce jour-là, et déjà triste de la tristesse des jeunes filles. Je vous ai observée. Vous
rêviez à l'avenir, vous regardiez la vie et apparam-
ment cela ne vous semblait pas gai. Alors, votre
mélancolie était charmante. J'ai pensé : que cela

doit être bon de pouvoir être triste de cette façon-là !
Moi, j'étais très-gai ce jour-là et... je vous enviais.
— J'ai remarqué un grand changement, en vous
retrouvant ici. Je ne vous envie plus maintenant. —
Me permettez-vous de vous parler ainsi ?

Elisa ne pouvait répondre, car, malgré ses efforts
pour les retenir, les larmes revenaient. Elle faiblit
de nouveau tout à coup et cacha sa figure entre ses
mains pendant un instant. — Lorsqu'elle releva la
tête, les yeux tout rouges, d'Astorre reprit :

— Je ne vous fais pas peur, n'est-ce pas ? Pensez,
j'ai quatre-vingt-dix-neuf ans.

Un léger sourire involontaire passa sur les lèvres
de la jeune fille.

— Non, dit-elle enfin, vous ne me faites
pas peur. Veuillez m'excuser, vous devez me
trouver bien étrange. Je sens que vous êtes bon, je
vous remercie, mais laissez-moi. Il est inutile que
je vous raconte ce que vous n'ignorez pas. La marquise m'a dit, je m'en souviens, que vous avez tout
deviné dès le premier jour. Vous savez pourquoi je
me désole, bien que vous ne puissiez peut-être le
comprendre complétement. Tout le monde du reste
le sait maintenant. Et vous, que pourriez-vous me
dire ?

— Je ne voudrais rien dire, mais je serais heureux de pouvoir vous être utile de quelque manière.

— C'est impossible, répondit-elle en souriant amèrement, et avec un tel accent que Massimo resta quelques minutes sans ajouter un mot. — Pendant ce silence, il l'observa. La perte de tout espoir se lisait si bien dans son regard presque vitreux, ses traits rigides, sa pâleur contrastaient tellement avec la grâce juvénile de ses formes, — montrant en plein épanouissement la jeunesse de son corps et déjà finie la jeunesse de son âme, — les traces cruelles de la vie étaient déjà si visibles sur ce visage amaigri, qu'il eut presque peur, et qu'une sorte de respect religieux s'empara de lui devant un tel désespoir. Et cette force dans la souffrance, cette habitude de dissimulation étaient plus pénibles à remarquer chez cette jeune fille qu'une explosion de douleur. Par un effet habituel, elle s'était raidie, avait repris possession d'elle-même, et s'était relevée toute droite dans son maintien correct, telle qu'on la voyait dans le monde.

— Merci de l'intérêt que vous me portez, continua-t-elle d'une voix assurée. J'en suis touchée, mais je le répète, vous ne pouvez rien faire pour moi ; personne ne le peut. Vous le voyez, je suis calme. Je crois vous estimer comme vous le méritez, puisque je ne regrette plus que vous ayez vu pendant un instant ma physionomie réelle. Je serais fâchée que tout autre eût été à votre place. C'est peut-être un excès de fierté qui me donne cette pudeur exagérée des sentiments, mais que voulez-vous, je suis comme cela. Merci encore. Il faut que je monte, il est déjà trop tard...

Elle s'était levée, mais il la retint.

— Restez encore quelques moments, je vous en prie. Écoutez-moi, signora Élisa; vous ne pouvez donc pas me faire l'honneur de m'accorder votre amitié?

Elle le regarda étonnée, et fit un signe d'assentiment.

— Eh bien, mademoiselle, vous avez la mienne, vous l'avez complétement, comme je la donne quand je l'offre, ce qui ne m'arrive pas souvent. — Permettez-moi donc de vous dire tout ce que je pense, de parler ouvertement. Il ne faut pas que vous épousiez cet homme.

Elisa hocha tristement la tête, avec ce geste qui veut dire : à quoi bon parler ? — Puis, tout à coup se rasseyant :

— Savez-vous ce que m'a dit ma mère ? — Elle m'a dit... oh non ! je ne puis vous répéter ses paroles. Et mon père, mon pauvre père s'est mis à genoux devant moi... Mais comprenez-donc... M. Gorletti a tout fait pour nous. Deux fois déjà il a sauvé ma famille avec une habileté extraordinaire. Maintenant la ruine, la ruine complète nous menace encore... et que peut-on espérer cette fois? Il ne peut plus rien faire, toutes nos ressources sont à bout ; il n'y a plus rien à essayer. Il m'a demandé ma main, ce mariage arrangerait tout...

— Avez-vous accepté ?

— Oui, presque. Mais j'ai dit que je suis malade — ce qui est vrai — et qu'on me laissât encore en repos pendant quelques jours. Le hasard a fait qu'il a dû partir. C'est un court répit... Mais il reviendra, et il le faudra alors... Oh ! tenez, je voudrais bien mourir !

Ces derniers mots furent prononcés avec un si rare accent de sincérité, que Massimo resta quelques instants sans pouvoir articuler une syllabe.

— Ne parlez pas ainsi, dit-il enfin.

— Je serais résignée si on me laissait en paix. Je ne puis vous expliquer comment cela se fait, mais ma vie est finie, j'en suis certaine. N'attendant plus rien, je pourrais être calme et bonne si on m'accordait le repos. Mes parents auraient toute mon affection, je leur cacherais ma tristesse, je trouverais toujours un sourire pour mon père. — Mais plutôt que de me plier à ce qu'on veut, j'entrerais demain dans un couvent.

— Mais alors, résistez à outrance. — Que diable ! le temps des mariages forcés est passé.

— Et en effet personne ne me force. On n'exerce aucune violence. On se contente de me dire, que si je refuse, je suis un monstre d'une méchanceté stupide, et que par un caprice incon-

6

cevable, je plonge ma famille dans la misère, dans les angoisses, dans le déshonneur. Tout le monde me donne tort. Votre tante elle-même, la marquise, si bonne et si intelligente, me conseille le sacrifice.

— Êtes-vous sûre qu'elle n'ait pas raison ? Avez-vous réfléchi ? — moi, individuellement je sens ce que vous sentez, et ne vous dis ceci maintenant que par acquit de conscience. Mais enfin, ne pourriez-vous pas peut-être trouver au moins le calme dans cette vie nouvelle qu'on vous propose ? Tant d'autres seraient heureuses à votre place !

— Non, je ne trouverai que l'horreur de tous les instants. Mais je ferai ce qu'on veut que je fasse. — Vous-même, maintenant, semblez ne pas me comprendre. — Oui, je renoncerai à tout, à mes idées, à mes sentiments, à ma dignité et à ma liberté, et je souffrirai tant qu'on voudra me faire souffrir. Jamais sacrifice n'aura été plus complet, et personne ne pourra savoir combien cela m'aura coûté. — Puisqu'on me dit que je le dois, je ferai mon devoir jusqu'au bout ; mais on ne peut pas m'empêcher de souffrir, et de penser que mon devoir est plus difficile que celui des autres, et est bien lourd pour mes forces.

— Eh bien ! s'il en est ainsi, je le répète, résistez.

— Vous n'avez donc pas compris que c'est impossible, que mon père en deviendrait fou ? — moralement, j'ai raison ; mais au point de vue du

monde, pratiquement, j'ai tort. M. Gorletti n'est
pas seulement un homme riche, honorable; c'est
aussi le meilleur ami de ma famille. N'est-ce pas
absurde de ma part de ressentir pour lui une antipathie irrésistible, de ne pouvoir même l'estimer?
J'étais petite, qu'il venait déjà dans la maison, et
déjà je ne pouvais le souffrir. On me recommandait
d'être gentille avec lui et on me grondait parce que
je m'échappais dès que je le voyais venir. — Et puis
ce serait la même chose s'il s'agissait d'un autre. Je
ne veux pas me marier. — Pourquoi veut-on absolument que toutes les jeunes filles se marient ?

— Je sais, en effet, que vous avez déjà refusé
plusieurs mariages.

— Oui, et chaque fois ma mère s'est mise en
fureur. Quand M. Gorletti, qui ne paraissait pas du
tout songer à moi, a commencé un beau jour à me
faire des compliments, j'ai été tellement étonnée
que je refusai de croire mes propres oreilles. Alors
ma mère m'a jeté à la figure tous mes refus précédents, me disant que cette fois on devait vaincre
« un parti pris », et que je ne pouvais dire non. Puis
mon père qui m'aime à sa manière, a tâché de me
persuader. Il m'a parlé pendant des heures, me
demandant pardon d'insister, me démontrant que
c'était nécessaire, me suppliant, faisant briller à
mes yeux les avantages que j'aurais en acceptant, et
l'immense service que je lui rendrais. Mon antipathie

pour M. Gorletti n'a fait qu'augmenter. — Cependant je ferai mon devoir selon le monde, et si j'en meurs, tant mieux. Pardonnez-moi de parler ainsi ; je sens bien que je le ne devrais pas, mais vous avez voulu me connaître. — Par moment, voyez-vous, je suis presque résignée ; je ne sens qu'une morne douleur et qu'un dégoût profond. Puis, tout à coup, je me révolte encore, et je pleure et je me tords dans une nouvelle crise de désespoir. Personne ne me voit, et je retrouve tout mon calme apparent en public. Vous m'avez surprise aujourd'hui, dans un de mes moments de faiblesse. J'étais venue ici, me croyant seule dans la maison, car je déteste ma chambre en haut, la chambre où l'autre jour j'ai consenti à ma perte. Mais j'y remonte maintenant pour écrire. Je suis calme à présent. C'est fini. Oubliez, je vous en prie, ce que vous avez vu et ce que je vous ai dit, et à ce soir. Vous verrez que je dînerai comme tout le monde.

Elle se leva encore. Massimo la regardait attentivement. Son visage avait pris une expression résolue.

— Eh bien, non ! dit-il en se levant aussi et en frappant du poing sur la table, non, je le jure, vous n'épouserez pas cet homme ! Je le tuerai plutôt.

Elle le regarda.

— Ne me parlez pas ainsi. Songez que mon père lui doit tout.

— Non, je ne le tuerai pas, quoique cela eût simplifié la question. Mais vous ne l'épouserez pas. Je vous étonne, vous ne me croyez pas capable d'avoir un peu plus de volonté que les autres ? — Vous demanderez quel est mon droit pour venir ainsi vous offrir mon appui presque malgré vous ? C'est le droit qu'a tout homme d'empêcher qu'une infamie s'accomplisse, s'il le peut ; de sauver quelqu'un qui se perd, dût-il le faire contre sa volonté. Vous seriez sur le point de vous noyer, que je pourrais, je suppose, vous tirer de l'eau même sans votre permission. Je mettrai donc un obstacle à ce mariage, je ne sais pas encore comment, mais je dérangerai tout cela. Dans ma vie j'ai mis assez d'énergie dans l'accomplissement de choses qui n'en valaient pas la peine, pour qu'il me soit permis d'en user un peu afin d'empêcher le mal, lorsque je ne puis le voir de sang-froid. Je ne vous aime pas, signora Élisa, je ne suis même votre ami que depuis une heure ; quand je vous quitterai, je ne vous reverrai peut-être jamais ; mais puisque je suis là, je ferai tout ce qui est en mon pouvoir pour vous tirer de l'affreuse situation où vous vous trouvez.

Mlle Valenti monta et Massimo sortit par la porte-fenêtre du boudoir. Un jardin à l'italienne, à dessins réguliers, à parterres symétriques, s'étendait devant la façade de la villa. Derrière, de molles ondulations de terrain conduisaient à un parc boisé, très-vaste,

et où régnait en été une grande fraîcheur. Massimo
alluma un cigare, et fit rapidement le tour du parterre, puis tournant autour de la maison, il s'enfonça
parmi les arbres. Il marchait très-vite, comme pour
faire de l'exercice, piétinant sur les feuilles mortes,
qui déjà jonchaient le sol, tandis que les rouges
lueurs du couchant se réfléchissaient dans les allées,
passant entre les hautes branches à demi-dépouillées.
Peu à peu il ralentit le pas. Il réfléchissait profondément, et certes qui l'eût vu en ce moment eût deviné
qu'il était absorbé dans un long monologue. Parfois
même, tout en mâchonnant son cigare, il laissait
échapper de ses lèvres quelques mots décousus. Il
revint aux parterres à fleurs déjà ternies du jardin,
et s'y promena encore longtemps. La villa blanche
et gaie avec ses vérandahs ornées de plantes grim-
pantes, occupait tout le fond du jardin, et paraissait
basse, malgré ses deux étages. Il regardait, tout en
méditant, les vitres que les rayons du soleil couchant faisaient reluire. De l'autre côté la vue dominait la plaine, qui bariolée de couleurs, s'élargissait
jusqu'à l'horizon empourpré. Il se promena longtemps. On n'y voyait plus du tout qu'il errait toujours dans les allées sombres.

Quand il rentra, tous étaient revenus et sur le
point de se mettre à table. On s'était beaucoup
amusé et on était très-gai. La marquise déclara
qu'elle ne se sentait pas du tout fatiguée, et que, si

on le voulait elle recommencerait le lendemain. Quant au départ subit de Mme Lassardi, on s'en étonna naturellement un peu, mais pas trop, quoique le peintre essayât de faire remarquer la coïncidence de son départ avec celui de Giacomo. Toutefois une dépêche qui arriva après dîner, annonçant que M. Lassardi allait un peu mieux, mais que sa maladie était cependant assez grave, mit fin à ces conjectures.

Élisa paraissait exactement la même que les autres jours, mais elle ne parlait pas. M. Gorletti avait trouvé moyen de s'asseoir auprès d'elle. La présence de ses parents semblait aussi la rendre différente. Le marquis surprit plusieurs fois M. Valenti qui regardait sa fille à la dérobée, s'oubliant à la contempler affectueusement. L'intérêt puissant que Massimo prenait de plus en plus au drame caché qui se déroulait devant ses yeux, ne l'empêchait pas de causer. Mais son esprit devenait mordant, incisif ; il étala, sous des expressions charmantes et raffinées, des théories d'un cynisme excessif, et se montra amer, pessimiste, presque brutal. Mme Arombelli en fut fâchée, mais n'exprima pas son mécontentement, sachant par expérience que dans ces cas, les paroles ne faisaient qu'encourager son élégant neveu à faire parade deses idées, et à se montrer pire qu'il ne l'était. Elisa, après le dialogue inattendu qui s'était passé entre eux, le regardait, étonnée, et se demandait quels étaient ses véritables sentiments. Elle finit par décider qu'il avait peut-être été très-sincère dans ce qu'il lui avait dit le matin, et qu'il l'était encore. Ce jugement était celui qui se rapprochait le plus de la vérité, car certes, Massimo possédait une nature à plusieurs faces.

La soirée ne fut pas gaie. L'absence de la comtesse Lassardi se faisait sentir. Une vague contrainte régnait au salon. L'attitude de Gorletti montrait de plus en plus ses intentions matrimoniales. Le peintre, qui manquait absolument de tact, se permit même une demi-allusion — Élisa était si pâle qu'elle dût prétexter une indisposition, ce qui donna occasion au docteur de faire une diversion aux assiduités de Gorletti. Tandis que M. Valenti paraissait absorbé dans la lecture des journaux, la mère d'Élisa fatiguait tout le monde par son babil incohérent et sa bonne humeur déplacée. Seule la maîtresse de maison ne sortait pas de son calme habituel, mais elle aussi penchait souvent sa tête d'une façon pensive sur son éternelle broderie.

M. Gorletti s'étant levé un instant, Massimo traversa brusquement le salon et vint sans façon prendre sa place auprès d'Elisa. Il ne lui adressa que rarement la parole, mais ne bougea plus jusqu'au moment où tout le monde se leva. On trouva cela un peu étrange, et Gorletti le regarda plusieurs fois, mais lui, n'eut pas l'air de s'en apercevoir.

Quand il fut seul dans sa chambre, Massimo fit ses préparatifs comme quelqu'un qui n'a pas la moindre envie de se coucher. Il alluma toutes les bougies d'un candélabre, se revêtit d'un costume de chambre d'étoffe orientale, et, les pieds dans ses pantoufles, s'étendit dans un grand fauteuil. Il resta deux heures immobile, on eût pu voir à l'expression sérieuse, préoccupée de sa physionomie que des pensées très-définies se remuaient dans sa tête. Evidemment il continuait et reprenait le monologue du jardin.

Il prit un paquet de cigares, en choisit un avec beaucoup de soin et l'alluma. Il lut quelques pages d'un roman qui traînait, écrivit deux lettres, rangea des objets, des papiers en désordre, puis alla se mettre à sa toilette et se regarda minutieusement dans la glace. Là, il brossa longtemps ses cheveux et sa barbe, comme d'habitude avec le plus grand soin, mais en même temps d'une manière si distraite et si machinale qu'il ne semblait pas avoir pleine conscience de ce qu'il faisait. Il tomba dans une apparente contemplation interminable de lui-même ; mais de nouveau la pensée s'agitait active-ment sous son front.

Sur une étagère se trouvait un portrait qui ne le quittait jamais. Le cadre en était d'or, d'un magni-

fique travail, surmonté d'une couronne de marquis, et le portrait habituellement caché par deux
petits auvents fermés à clef. Massimo l'ouvrit et
le regarda longuement. C'était l'image d'une
femme dans la première jeunesse, charmante,
plutôt que belle, l'air doux et maladif, en grande
toilette, le cou entouré de sept rangs de perles ; son
regard enfantin et triste en même temps, ses cheveux bruns simplement coiffés avaient quelque
chose d'indéfinissable et de touchant. En voyant
cette peinture d'une extraordinaire finesse de
touche et sans aucun doute, l'œuvre d'un grand
artiste — en contemplant l'expression sereine et
presque inconsciente dans sa mélancolie de ce
jeune et pâle visage, on eût facilement deviné que
c'était l'image d'une personne morte. Qu'on expli-
que comme on peut ou que l'on nie ce mystère, il
est cependant arrivé à tout le monde, en voyant un
portrait, de se dire : l'original n'est plus sur cette
terre. — Et on sentait bien, en regardant cette douce
figure, cette tête de femme et d'enfant à la fois, que
maintenant ces lèvres devaient être décolorées, et
ces grands yeux fermés pour toujours.

Ce portrait, pareil à un reliquaire, suivait Massimo
partout dans la marche désordonnée de sa vie. En
le contemplant, son visage prenait une expression
de tristesse et d'amour qu'on ne lui voyait jamais.
Qui était donc cette femme ?

C'était une femme pour laquelle Massimo avait ressenti une affection profonde et dont la perte avait été la seule douleur saine de sa vie; seulement lorsqu'il pensait à elle, cet homme fort et dédaigneux, sentait son cœur faiblir, et dans sa poitrine oppressée renaître un éternel regret, presque un remords. C'était sa sœur.

Jamais il ne pouvait oublier le grand chagrin de son enfance, sa première séparation d'avec sa petite sœur adorée, la constante et gaie compagne de tous ses jeux, lorsque son tuteur eut décidé de le mettre au collége. En la revoyant, aux vacances, chaque année il la trouvait grandie, un peu changée, plus gentille pour tout le monde, et toujours se pendant à son cou de la même façon. Elle avait six ans de plus que lui, et tandis qu'il n'était encore qu'un petit garçon, elle devint subitement une femme.

Un jour son tuteur était arrivé au collège et lui avait annoncé une grande nouvelle : sa sœur allait se marier. Elle épousait le marquis Rinaldi, un beau jeune homme très-riche, capitaine de cavalerie et officier d'ordonnance du roi. C'était un magnifique mariage. Massimo en fut très-étonné, il lui semblait impossible que sa petite Lina pût devenir une grande dame d'un jour à l'autre, mais il n'en fut pas réjoui.

Il n'assista pas au mariage qui eut lieu à Florence, et il ne revit sa sœur que six mois après. — Elle se pendit à son cou et l'embrassa avec l'ancien abandon, mais avec une affection encore plus tendre, et fut très-joyeuse de le revoir. Grandie et un peu maigrie, sans être belle, il la trouva plus charmante que jamais. A sa demande si elle était heureuse, elle répondit : oui, et encore plus maintenant que je te revois. Quant à son beau-frère, Massimo vit en lui un bel officier et un parfait gentilhomme, mais il ne put se défendre d'une certaine répulsion qu'il s'efforça en vain de combattre, devant le visage un peu dur, les manières courtoises et guindées, et la conversation précise et pédante du marquis.

Trois ans après, Massimo dans la joie d'avoir quitté le collége pour toujours, revit sa sœur; il la trouva pensive et plus sérieuse qu'il ne l'avait jamais vue. Elle répondit à ces questions que par malheur on n'est pas toujours enfant.

Massimo comme nous le savons déjà, commença sa vie de plaisirs et d'aventures. Mais au milieu de toutes ses folies, ce jeune homme précocement mûr, ce viveur froid, cet insouciant attaché d'ambassade, n'oublia jamais sa sœur chérie qui lui avait semblé moins heureuse qu'elle ne le disait. Il resta cependant très-longtemps absent.

Quand, revenu en congé avant de partir pour Saint-Pétersbourg, il monta l'escalier du palais Rinaldi, il se sentit ému. En la regardant, tout en la tenant embrassée, il trouva Lina très-changée; puis, en causant, il s'aperçut qu'elle était inquiète, nerveuse, préoccupée. Elle ne ressemblait plus du tout à sa capricieuse petite compagne d'autrefois. Il lui prit les mains, la regarda longuement dans les yeux et lui reprocha de n'avoir plus de confiance en lui. Elle lui répondit qu'elle n'avait rien et fondit en larmes.

Le fait est qu'elle se sentait très-malheureuse, ayant épousé Rinaldi sans le connaître, sans savoir ce qu'elle faisait. Dans les premiers temps, son mari l'effrayait et elle éprouvait pour lui une sorte d'éloignement. En vain elle s'était efforcée de se vaincre. Lui du reste, ne l'avait certes pas aidée. Sévère, minutieux, hautain et tyrannique, il la traitait comme un enfant, parfois comme une ennemie, et exigeait d'elle une soumission passive, sans jamais rien faire pour obtenir son affection, tout en vivant de son côté parfaitement à sa guise. Elle n'avait pas une amie ; elle n'allait dans le monde qu'aux grandes réceptions, ce qui l'ennuyait beaucoup.

Massimo fit alors des remontrances à son beau-frère, et celui-ci les accepta presque humblement. « J'ai eu tort en bien des choses, je m'en aperçois, et je te remercie de me parler franchement. Tout ira mieux, tu verras, lui dit-il.— Quant à Lina, elle était si contente de revoir son frère que sa tristesse se dissipa jusqu'au jour où il dut repartir.

Massimo s'en alla en Russie, plus tranquille. Oh !

s'il eût pu prévoir comment il reverrait sa sœur
chérie !

Ce ne fut que deux ans après. Massimo, tout à
fait libre, et continuant à marcher, insouciant, à
travers ses succès, était à Paris. Souvent, au milieu
de sa vie trop remplie, il pensait à sa sœur. Dans
ses rares moments de solitude, il revoyait le petit
boudoir jaune où il lui avait dit adieu ; parfois, au
milieu d'un souper, son image charmante surgissait tout à coup devant lui. Cependant il était
rassuré à son égard. Tandis que dans les premiers
temps après leur nouvelle séparation, Lina n'écrivait que rarement quelques lignes toujours em-
preintes de mélancolie, maintenant au contraire,
depuis plus d'une année, il recevait d'elle de
bonnes longues lettres très-affectueuses, dans lesquelles elle disait toujours que tout allait mieux,
que son mari était meilleur pour elle, et ne la
tourmentait plus. Seulement, de temps en temps,
elle se plaignait un peu de sa santé. A la fin de
l'été, elle écrivit qu'elle avait été réellement souffrante, qu'il ne devait toutefois pas s'en inquiéter ;
que maintenant elle se sentait forte, les bains
de mer, à Livourne, lui ayant fait beaucoup de
bien.

Après cette lettre, Lina resta longtemps sans
écrire. Enfin Massimo sut par son beau-frère
qu'elle avait été malade, mais qu'elle allait mainte-

nant beaucoup mieux. Elle-même ajoutait un mot en l'assurant qu'il ne devait pas s'inquiéter.

Il décida cependant d'aller la voir. Mais il lui fut impossible de partir aussitôt qu'il l'aurait voulu. Des liens de toute sorte le retenaient. Son départ fut retardé de semaine en semaine, puis sans cesse remis du jour au lendemain. Une nuit en rentrant, il trouva un télégramme : « Lina gravement malade. » Il partit immédiatement.

En wagon, il sentit bien, dans son angoisse, qu'il passait des heures inoubliables — mais les heures qui s'écoulèrent du moment où il entra au palais Rinaldi jusqu'à ce qu'il en ressortît pour ne jamais y remettre le pied, lui restèrent dans le souvenir comme la mémoire d'un songe affreux, dont il ne lui fut plus possible de se réveiller complètement.

La maison tout entière était remplie de ces rumeurs sourdes, de ce va-et-vient, rapide et silencieux qui annonce la mort prochaine. On y sentait, de la veille, une vague odeur d'encens. Les domestiques, dans un maintien de circonstance, la mine allongée, se tenaient discrètement immobiles, ou bien passaient sans bruit à travers les pièces, regardant tout d'un œil curieux. Des sanglots étouffés sortaient d'un coin sombre. Il semblait que la lumière qui entrait par les grandes fenêtres, à travers les riches rideaux, fût différente

des autres jours, et on s'étonnait ingénûment de
voir les objets à leur place habituelle, inanimés et
symétriques comme toujours, au milieu du fré-
missement qui paraissait troubler l'air.

Lina expirait. Massimo se précipita dans la
chambre, plus pâle que la mourante, tout le sang
lui ayant reflué au cœur. Elle le regarda en face de
ses yeux grands ouverts, sans le voir. La vieille
Sofia, la bonne qui avait soigné leur enfance à tous
les deux, à genoux sur ses talons et accroupie sur
elle-même, pleurait à fendre l'âme. Un grand vieillard — le médecin — était debout d'un côté du lit.
Un autre homme assis dans un fauteuil tenait sa
tête entre ses mains, de sorte qu'on ne pouvait le
voir. Les traits de Lina, tout en conservant leur
douceur, avaient déjà pris une rigidité terrible. Le
docteur la toucha, et fit un signe de tête aux assistants. Quelques instants se passèrent. Ils étaient
aussi immobiles que la morte. De temps en temps
un sanglot troublait le silence solennel.

Un instant après on entendit un bruit de pas et
de voix hautes dans la chambre voisine. Instinctivement tous se tournèrent, et Massimo alla vers la
porte. Comme il la franchissait, il se sentit prendre
les mains. C'était le jeune homme dont il n'avait
pu voir la figure. Il ne le connaissait pas. Pendant
une seconde il regarda, surpris, cet inconnu qui le
regardait douloureusement. Mais en voyant la pro-

fonde sympathie qui se peignait sur sa figure toute mouillée de larmes, Massimo ne demanda rien et pressa fortement les mains qui avaient pris les siennes. Les voix se croisaient dans la chambre à côté. C'était Rinaldi qui, tout tremblant, interrogeait les domestiques. — Il s'était absenté depuis deux jours, se fiant à une fausse amélioration dans l'état de la malade, et venait d'arriver. — Massimo s'approcha de lui, mais ne put parler.

Le jeune homme avait disparu.

Pourquoi dans cette nuit sans sommeil le souvenir de sa pauvre Lina lui revenait-il à la mémoire d'une façon si poignante ? — Tout se représentait à ses yeux dans une claire et douloureuse vision, et il se rappelait des détails navrants presque oubliés. — Il se souvint de son séjour à la campagne dans une ancienne villa abandonnée, tout de suite après les funérailles, et de tout ce que la vieille Sofia lui avait raconté. A l'entendre, la pauvre marquise avait toujours été très-malheureuse ; son mari était très-dur pour elle et la maltraitait, et elle ne respirait qu'en son absence. Le docteur, en qui Massimo avait pleine confiance, n'était pas de l'avis de la vieille bonne et n'admettait pas comme elle que les chagrins de la marquise eussent précipité sa fin.

— Elle est morte malheureusement et simplement d'une phtisie galopante ; elle avait une légère tendance à la consomption et elle ne s'est pas soignée à temps; quand on m'a appelé, il était déjà trop tard. On ne meurt pas si souvent qu'on se l'imagine de maladies morales.

Massimo s'efforçait de croire à l'avis du vieux médecin, et cependant sa conscience lui reprochait bien des choses. Et pourquoi Lina, qui, certes, n'avait pas eu une existence calme, s'était-elle efforcée dans les derniers temps de lui faire croire le contraire ? Et pourquoi l'avait-il cru, et pourquoi était-il resté absent si longtemps ? Il entrevoyait une grande abnégation, une lutte intérieure, des sentiments cachés et des souffrances secrètes. Sa perspicacité aidait à le faire souffrir. — Il se disait bien que peut-être il exagérait, et que, surtout, il n'aurait rien pu faire peut-être ; mais cependant, au regret poignant de cette douleur dont il sentait qu'il ne pourrait jamais se consoler complètement, se mêla un vague remords.

Enfin Massimo se coucha et s'endormit d'un sommeil troublé. Mais, dans ses rêves, il revit encore sa sœur si aimante et si douce; il lui semblait l'entendre murmurer de vagues paroles, tout en tournant vers lui son regard de femme et son sourire d'enfant.

IV

De jour en jour la conduite de d'Astorre étonnait plus vivement tout le monde à la villa. Il ne
cachait pas du tout l'intérêt qu'Élisa Valenti lui
inspirait ; trop souvent il se plaçait près d'elle ou
la regardait de loin. Elle semblait gênée par la persistance qu'il mettait à s'approcher d'elle, et sa
tristesse ne diminuait pas pour cela. — Cependant
elle n'était pas avec lui tout à fait comme les premiers jours. Massimo n'avait pas l'air de lui faire
la cour, et elle encore moins de l'accepter ; mais il y
avait entre eux quelque chose de caché. Plus que les
autres la maîtresse de maison s'étonnait de ce
qu'elle appelait, à part elle, le manque de tact de
son neveu.

Massimo ne se donnait plus la moindre peine
pour cacher la profonde antipathie dont M. Gorletti était pour lui l'objet. Quant à M. Gorletti il le
lui rendait bien, quoiqu'il fût extérieurement d'une
politesse parfaite.

Mme Valenti seule semblait ne s'apercevoir de rien. Depuis le départ de son mari (qui avait promis de revenir), elle était devenue plus sévère avec sa fille, bien qu'à sa manière, capricieusement, elle eût tout à coup des élans de tendresse exagérée au point de l'embrasser passionnément en public. Avec d'Astorre elle posait toujours ; par moments froide et cérémonieuse, puis, d'un instant à l'autre, d'une amabilité excessive, non exempte de coquetterie. Elle savait du reste merveilleusement se rajeunir et faisait de grandes toilettes que la marquise déclarait absurdes.

Élisa elle-même ne comprenait pas trop l'attitude de d'Astorre à son égard. Toujours elle le priait de ne rien essayer pour elle, de laisser son sort s'accomplir — il ne lui répondait qu'en riant, et continuait de la même manière. Il voulut être tenu au courant de tout ce qui se passait entre elle et sa mère. Il sut par elle, un soir, que dans deux jours le mariage serait officiellement annoncé. Aussitôt après, M. Gorletti devait partir ; elle et sa mère resteraient encore une semaine à la villa, pendant qu'il arrangerait ses affaires, puis ils se retrouveraient tous à Milan où le mariage aurait lieu.

Le lendemain, tout de suite après le déjeuner, on partit pour une longue excursion en voiture. Comme par hasard Massimo prit place à côté de

Mme Valenti et fut très-assidu auprès d'elle. Il causa beaucoup et elle semblait prendre un vif intérêt à la conversation. — Par une manœuvre habile, il avait presque forcé Gorletti à s'asseoir sur le siége à côté de Terzi qui conduisait, tandis qu'Élisa avait pu monter dans une autre voiture avec la marquise, le docteur et le peintre.

Une grotte naturelle, profonde et obscure, où murmurait une source dont le mince filet d'argent rayait perpétuellement la pénombre et dont on allait boire l'eau glacée et d'une incomparable pureté, était le but de la promenade. On y arrive par une étroite vallée verdoyante, qui, brusquement, à un tournant de chemin, prend un caractère alpestre et sauvage, et se donne un faux air de Suisse. Sous un haut rocher à pic tout humide de mousse noirâtre est l'étroite ouverture, trou noir béant dans lequel il faut s'aventurer. Le charme consiste en ceci, qu'en sortant par une autre ouverture du côté opposé à la montagne, l'on trouve un paysage tout différent, riant et légèrement accidenté. Une troisième sortie est pratiquée à mi-chemin dans le flanc du rocher.

Massimo entra le premier. Mme Valenti prit le bras de Gorletti. La marquise et Élisa pénétrèrent timidement, escortées par les autres. On ne causait plus. De temps en temps, un cri, un éclat de rire étouffé, une question pressée, et voilà tout. Chacun

regardait à ses pieds, quoiqu’on n’y vît goutte, et
pensait à soi. Le docteur tomba deux fois. — Par
ici, mesdames, criait le peintre, n’ayez pas peur ;
il n’y a que les premiers dix pas qui coûtent.
Après, le chemin est facile. — Élisa, préoccupée,
marchait péniblement sans trop savoir où elle
allait. Tout à coup elle se trouva perdue ; elle
tâcha de s’orienter et n’y parvint pas. Les autres
étaient loin, elle ne les voyait plus. Elle ne voulut
pas appeler. Après un instant d’incertitude elle
entendit un bruit de pas qui revenaient vers elle.

— Par ici, dit une voix.

— Par où ?

— Donnez-moi la main et ne craignez rien.
Elle reconnut la voix de Massimo.

— C’est cela, laissez-vous conduire, laissez-vous
toujours conduire par moi.

— Je préfèrerais être dehors.

— Vous y serez en deux minutes, voilà. Voyez-
vous la lumière ?

Un instant après, ils étaient à l’ouverture de côté.

— Et les autres ? fit-elle.

— Ils ont traversé la grotte dans toute sa longueur. Nous allons faire le tour et nous les rejoin-
drons dans trois minutes. Mais reposez-vous un
instant d’abord, vous êtes fatiguée.

Et il continua après une courte pause :

— Ne soyez pas découragée. Je suis très-gai, au

contraire. Tout va bien, rassurez-vous. A propos, il faut que je profite de cette minute pour vous faire une déclaration. Signora Élisa, je ne vous aime pas ; pas le moins du monde. Ne l'oubliez pas et ne craignez donc rien. — Mais je vous sauverai.

Leur arrivée à l'autre entrée de la grotte fut accueillie par une foule de questions, mais la marquise avait l'air fâché, et Gorletti se tenait à l'écart.

Massimo paraissait s'amuser beaucoup. Au retour, il reprit sa place à côté de Mme Valenti et la fit rire aux éclats pendant tout le chemin. Parfois il interpellait M. Gorletti, toujours sur le siège, le forçant à se retourner et à rire aussi.

Dans l'autre voiture, on ne parlait presque pas. Elle contemplait le paysage assombri dans la pourpre du soleil couchant. Il commençait à faire froid, et une teinte grise s'étalait sur la route, sur les arbres, — un manteau de mélancolie invitant au sommeil, tandis que dans les lointains les chaudes couleurs de l'horizon faisaient rêver. Involontairement elle admirait, tout en laissant ses pensées indistinctes et pénibles se modifier selon les différents aspects du ciel.

Que voulait d'Astorre ? pensait-elle. Comment s'imaginait-il pouvoir la sauver ? Aucune espérance n'était possible. Son sacrifice pouvait être retardé, mais on ne pouvait s'y soustraire. Cependant plus que jamais cela lui semblait impossible et l'idée lui traversait l'esprit que quelque chose arriverait peut-être. Mais quoi? Les ténèbres s'épaississaient autour d'elle, graduellement et sûrement, comme on les voyait peu à peu s'étendre sur la campagne. Quelle issue pourrait s'ouvrir ?

Après dîner, Mme Valenti s'approcha de la marquise et lui dit qu'elle était un peu inquiète pour Élisa, qui n'avait pas l'air de se bien porter. Et se retournant vers elle :

— Mon enfant, tu es pâle et tu n'as rien mangé aujourd'hui. Sois bien sage et va te coucher. En prenant des précautions quand il est encore temps, on évite parfois une maladie. Va, ma chérie, je viendrai te rejoindre bientôt, car je suis très-fatiguée aussi.

Élisa ne fut pas fâchée d'obéir. Sa mère la suivit promptement en effet, et s'assit au pied du lit. Là elle lui tint un discours qui certes ne fut pas sans l'étonner un peu. Elle lui dit que Gorletti était impatient et désirait vivement qu'on annonçât leur mariage avant de quitter la maison de la marquise; car, de toute façon, des affaires pressantes l'appelaient en ville le surlendemain.

— Mais, ma chérie, puisqu'on a attendu si longtemps et que la chose est décidée, n'est-ce pas? entre nous, je ne vois pas pourquoi on n'attendrait pas encore quelques jours. Tu te porterais mieux, et tu serais plus forte pour supporter la corvée des compliments, des visites, des préparatifs, etc. (car vraiment, ta santé m'inquiète un peu et tu as bien mauvaise mine aujourd'hui); lui, de son côté, aurait fini ses affaires et nous irions tous en ville, ce qui aussi vaut peut-être mieux. En attendant, soigne-toi bien et tâche de reprendre des couleurs. Sais-tu même ce que tu ferais, si tu voulais suivre mes conseils? Tu ne quitterais pas ta chambre pendant un jour ou deux. Il comprendrait alors que j'ai raison, que tu as réellement encore besoin d'un peu de repos et qu'il doit modérer son impatience. Et il te retrouverait mieux portante et plus calme.

— Je ferai tout ce que tu veux, répondit Élisa avec une résignation qui lui était facile. Et un vague espoir se fit jour dans son cœur, malgré elle.

Mme Valenti eut le lendemain une longue conversation avec son futur gendre, et le surlendemain il partit. M. Valenti, en arrivant comme il l'avait promis, fut un peu étonné de ce départ. Élisa ne descendit que le troisième jour à déjeuner. Le docteur, qui était monté la voir et lui avait ordonné des remèdes qu'elle n'avait pas pris, lui avait même fait garder le lit pendant vingt-quatre heures, lui trouvant un peu de fièvre. Elle avait aussi vu la

marquise assez souvent, et le reste du temps avait
été abandonné à ses réflexions.

Ne plus voir les yeux de Gorletti fixés sur elle, à
travers la table, lui causa un si grand soulagement,
qu'elle sentit plus que jamais le poids terrible du
sacrifice qu'on voulait exiger d'elle. Tout son sang
se figeait dans ses veines à l'idée de devenir la
femme de cet homme.

Un inexplicable sourire passa sur le visage de
Massimo lorsqu'il apprit ce qui s'était passé entre
elle et sa mère.

— C'est bien, dit-il, je m'y attendais.

Et pendant qu'on causait un peu bruyamment
autour d'eux, il ajouta :

— Le médecin ne vous permet pas encore de
sortir, n'est-ce pas ?

— Non ; je n'en ai pas la moindre envie, du
reste.

— Tant mieux. J'ai à vous parler longuement.

Lorsque, plus tard, il se retrouvèrent seuls, dans
le même boudoir où, pour la première fois, Massimo l'avait surprise dans un accès de désespoir,
Élisa ne put s'empêcher de lui dire que, malgré ce
nouveau retard, elle n'espérait rien.

— Vous avez tort. Vous rappelez-vous qu'à
cette même place où nous sommes, lorsque je
vous ai déclaré que j'empêcherais ce mariage, vous
m'avez assuré que c'était impossible, que je n'ob-

tiendrais même pas un nouveau sursis ? Je vous fais respectueusement observer aujourd'hui qu'on est venu, au contraire, pour ainsi dire vous le demander, ce sursis, et que M. Gorletti n'est plus là. Il avait même une drôle de mine en s'en allant.

— Il reviendra. C'est en vain que vous essayez toujours de me donner de l'espoir. Ce mariage est bien décidé.

— Non, ce mariage ne se fera pas. Il est rompu. Je n'ai qu'un mot à dire pour cela. Cet homme est parti pour ne plus revenir. Son départ, et tout ce qui vient d'arriver, — vous auriez peut-être pu vous en douter, — est mon ouvrage. J'irai jusqu'au bout. Longtemps j'ai cherché un moyen pour vous sauver, et, je l'avoue, sans résultat. Mais, j'ai trouvé enfin. C'est un moyen tout simple, quoiqu'un peu violent.

— Et quel est-il ce moyen ?

— Vous allez le savoir. Mais laissez-moi vous dire encore quelques mots auparavant. Pardonnez-moi d'être forcé de vous parler trop de moi-même. Vous ne me connaissez encore que très-mal, et, je le crains, je vous fais encore peur, bien que vous sentiez que je suis votre ami. Mais vous êtes intelligente, vous êtes un vivant exemple de cette vérité méconnue, qu'on peut avoir une âme élevée et un cœur pur et tout deviner cependant ;

de plus vous êtes *moderne,* et, pour votre âge, vous avez vu bien des choses, vous pourrez donc ne pas vous effaroucher de ce que j'ai à vous proposer.

— Rien n'est possible, vous dis-je.

— Ne m'interrompez pas, et écoutez, je vous prie. Je suis seul au monde, je n'ai plus de parents, et personne n'est plus libre que moi. On me connaît partout, je connais beaucoup de monde, il y a des gens qui se disent mes amis, et j'en ai fort peu. Il paraît aussi que j'ai des ennemis; j'ignore absolument à quoi je dois cet honneur. Rempli de défauts, j'ai cependant observé que quand j'ai suivi mon premier mouvement j'ai toujours bien agi, ce qui prouve qu'en moi l'instinct est peut-être supérieur à la raison. Je mène une vie assez irrégulière, et qu'il me serait difficile de vous décrire. Je résiste difficilement à mes caprices. Parfois je reste longtemps à la même place, sans qu'on sache pourquoi; puis je pars brusquement, je vais où le sort me pousse. Du reste, je manque absolument de principes et je crois à fort peu de choses, — vous voyez que je ne me fais pas meilleur que je ne suis. — Maintenant, savez-vous à quoi je suis parfaitement décidé ? C'est, pour mon compte, à ne jamais me marier. J'ai mes raisons pour cela. Je déteste le mariage. Ensuite, bien des choses me sont indifférentes, et je renoncerais sans peine à beaucoup d'avantages, mais, à quelque prix que ce soit, je n'abdiquerai jamais

mon indépendance. Et je l'estime si hautement que
jamais, sous aucun prétexte, je ne m'attaquerais à
la liberté d'un autre. Donc j'exclus, pour moi, le
mariage. Je me soucie de mon nom qui finira avec
moi, et de ma fortune qui passera dans des mains
étrangères, comme du grand Turc. Les choses sociales me touchent fort peu — et je ne m'émeus
pas beaucoup plus de ce qui me regarde personnel-
lement. Je tâche de m'ennuyer le moins possible,
même si pour arriver à ce résultat, je dois m'intéresser à des choses absurdes; et, quant à ce qui
se passe dans le monde, je regarde cela comme un
spectacle, de ma stalle, qui est certes une des meilleures. Si je puis être utile à quelqu'un, je le fais
avec plaisir. Je donne rarement mon amitié, mais
je la donne sans réserve. Quant à ma fortune, elle
est très-grande, la fortune d'un lord anglais à son
aise — richesse immense en Italie. Il ne m'a pas
été possible de me ruiner, quoique j'y aie mis la
meilleure volonté; maintenant je n'essaye plus.
De ce côté, je me suis rangé. J'ai donné un dé-
menti à ceux qui prétendaient, dans le temps où
je dépensais toujours le triple de mon revenu —
qu'aucune fortune n'aurait jamais pu me suffire, en
leur montrant qu'avec vingt millions seulement je
ne fais plus de dettes. — Je suis heureux de vous
faire sourire.

— Oui, mais tout cela ne m'apprend pas...

— Attendez. Voilà à peu près qui je suis. Croyez-vous encore que ceux qui disent tant de mal de moi aient tout à fait raison ? Vous défiez-vous encore de moi ?

— Non, je crois au contraire que vous êtes meilleur que vous ne paraissez...

— Ce n'est pas cela ; je suis exactement comme je parais à ceux qui me comprennent un peu. Mais venons au fait. Vous pouvez peut-être maintenant n'être pas trop étonnée en apprenant le moyen que j'ai trouvé pour vous sauver. Il faut d'ailleurs l'accepter par cette excellente raison qu'il n'y en a pas d'autre.

— Eh bien ! dites-le-moi enfin...

— Je vous épouse.

Élisa regarda son interlocuteur fixement, rougit, essaya de sourire, et dit enfin :

— Il me semble que le moment est mal choisi pour plaisanter. — Vous venez d'ailleurs d'affirmer que vous êtes décidé à ne jamais vous marier.

— Et c'est par cela même que je puis vous offrir ma main.

Massimo ne plaisantait pas. Il expliqua son idée à Élisa qui l'écoutait, muette d'étonnement. Ils ne seraient mariés que pour le monde. Lui, engageait sa parole de gentilhomme de n'être jamais pour elle qu'un ami ; elle serait complètement libre et

elle aurait toujours toute son estime. Tout se ré-
duirait à ceci : Ayant vainement cherché un autre
moyen convenable d'empêcher son mariage avec
Gorletti, il avait pensé que le mieux était d'offrir à
Élisa une position indépendante et toute la somme
de bien-être qui peut rendre dans la vie l'absence
de bonheur moins poignante. Mais il ne pouvait
faire cela, selon les lois du monde, sans y ajouter
son nom, et il le lui donnait sans le moindre
sacrifice; car de cette façon il faisait un excellent
usage d'une chose qu'il était bien certain de ne
jamais songer à placer autrement. On sauvegar-
derait les apparences autant que possible, sans
toutefois s'en inquiéter outre mesure, et, dès
qu'elle serait installée dans sa nouvelle vie, il re-
prendrait son existence habituelle. Ce projet le
charmait; reconnaissant si elle lui faisait l'honneur
d'accepter, il serait heureux d'accomplir un acte
très-simple, dont peut-être personne n'avait encore
jamais eu l'idée.

— Vous m'avez répété plusieurs fois, sans exactement me dire pourquoi, que vous n'attendiez
plus rien de la vie, que vous cherchiez la paix seulement; eh bien! je vous offre un palais à Florence, qui sera à vous, et où vous serez mieux que
dans un couvent, la tranquillité avec les distractions
que vous voudrez choisir, enfin un mariage qui
n'en est pas un et mon amitié. Si vous aviez un

jour besoin d'un conseil, je saurais peut-être vous en donner de pas plus mauvais qu'un autre. Dans un certain sens, il est impossible d'être plus faits l'un pour l'autre que nous le sommes. Puisque nous ne voulons nous marier ni l'un ni l'autre, chacun pour nos raisons particulières, marions-nous ensemble pour la galerie. De mon côté j'y trouverai aussi des avantages, ne fût-ce que d'empêcher une bonne fois qu'on ne vienne me faire des propositions de mariage !

Élisa sourit encore. Puis, sérieusement, elle répondit que malgré son étrangeté, l'offre de M. d'Astorre était noblement généreuse, mais qu'elle ne pouvait consentir. Cette proposition extraordinaire ne l'effaroucha pas, mais elle la trouva inexécutable. Toutefois elle se sentit profondément touchée, et bien plus qu'elle ne sut l'exprimer.

Souriant, Massimo insistait, d'une façon tantôt énergique, tantôt enjouée.

— Non, c'est impossible, répéta Élisa. Vous finirez bien par le comprendre. Refuser, même si je dois paraître sottement ingrate, est mon devoir. Il y a encore un motif, plus sérieux que tous les autres, que je dois avoir le courage de vous avouer.

Ils furent interrompus par la brusque entrée de Mᵐᵉ Valenti.

—Ah ! te voilà ! dit-elle à sa fille. Je t'ai cherchée partout. C'est donna Maria qui vient de me dire que tu étais ici avec le marquis. — Tu n'es donc pas allée en voiture avec les autres? Eh bien! je vous approuve. Ces promenades, à la longue, c'est toujours la même chose, et il commence à faire un froid au retour! je trouve que c'est pire qu'en hiver.

Cette nuit-là Élisa ne put fermer l'œil. La proposition étrange et inattendue de d'Astorre, l'horizon tout nouveau qui s'ouvrait devant elle, lui remplissaient la tête de pensées confuses. Elle ne pouvait en douter, Massimo parlait sérieusement. Il avait trouvé le moyen de se tenir parole, il la sauvait. Gorletti, l'horrible cauchemar des derniers mois pouvait ne plus revenir! Car, elle en était bien sûre, sa mère n'hésiterait pas un moment à lui manquer de parole. Élisa n'avait qu'à prononcer un mot pour éviter le précipice qui s'ouvrait depuis si longtemps devant elle, inévitable. On lui offrait une vie calme, tranquille, indépendante, entourée de tous les conforts du luxe, et en l'acceptant, elle aurait le bonheur négatif auquel elle pouvait encore aspirer, et cela en rendant ses parents fous de joie! La tentation était forte. Une solution bizarre, magnifique, que l'imagination n'eût presque pas su trouver et dont l'espoir eût été absurde, s'offrait tout à coup pour résoudre le problème insoluble de sa destinée.

Mais comment pouvait-elle accepter une propo-

sition aussi bizarre et trop généreuse, elle, dont le
cœur ne vivait que d'un souvenir inoubliable, elle,
dont un secret chéri et douloureux remplissait la
vie monotone? D'Astorre ne lui inspirait plus
maintenant la moindre défiance. Il lui semblait
avoir compris tout à coup les côtés les plus nobles
de cet homme dont la mauvaise réputation était
l'œuvre de gens qui probablement ne le valaient
pas. Mais, étant ce qu'elle était, pouvait-elle accepter, dans des conditions si peu communes, et
même pour le monde seulement, la main d'un
homme qui ignorait son passé? Le récit de sa vie,
sa confession complète, ne suffirait-il pas à lui faire
comprendre la nécessité d'un refus de sa part? —
Elle le croyait : elle sentit qu'elle devait la faire,
car il méritait sa confiance tout entière, cet homme
élégant, léger, blasé, cynique, qui seul avait su
l'aider, qui voulait la couvrir de bienfaits, lui
qu'on classait comme le plus froid parmi les in-
différents.

En attendant, tout le monde s'occupait de Massimo et de sa conduite envers Mlle Valenti. On ne
parlait plus que de cela à la villa. La marquise commençait à s'inquiéter. Avec moins de malignité que
les autres, elle se posait cependant aussi cette question : Quel peut être son but? — Quant à donna
Maria, elle ne pouvait se contenir. Elle séchait en
efforts pour ne pas parler, puis éclatait tout à coup.

— As-tu vu ? disait-elle à son mari. Ils étaient encore ensemble hier dans le boudoir du fond. Cela n'a pas de nom. — Qui l'aurait cru de la part d'un homme aussi blasé ? — Car enfin, Élisa, est une excellente enfant, j'en conviens, et jolie, si on veut, mais après tout, que peut-elle avoir de si intéressant ? surtout...

— Ah ! donna Maria, disait le docteur, l'amour ne raisonne pas.

— Mais, enfin, est-il amoureux, ce sournois de d'Astorre ?

— Savez-vous mon idée ? Tout cela finira très-mal, vous imaginez-vous donc qu'il y ait quelque chose de sacré pour des roués de cette espèce ?

— Et malgré tout, Élisa est toujours triste et silencieuse, observa Terzi.

— Oh ! quant à cela, tu sais, quand on a eu des histoires comme elle en a eu, on a de quoi y réfléchir pendant longtemps.

Le lendemain, Élisa répéta à Massimo qu'elle lui serait toujours profondément reconnaissante, mais qu'elle ne pouvait consentir.

— Si je voulais, dit Massimo, je pourrais parfaitement me passer de votre consentement. Je n'aurais qu'à parler à votre mère. C'est pour le coup qu'il vous serait impossible de refuser ! Mais si je vous sauve, je ne veux pas que ce soit malgré vous.

Mme Valenti, en effet, était dans un état extraordinaire de tension nerveuse. Elle avait la fièvre — ne sachant si elle pouvait espérer, par moments remplie de craintes, puis s'abandonnant à des rêves inouïs qui lui semblaient prêts à se réaliser, dont elle se réveillait pour se dire qu'elle rêvait. Cependant elle continuait, comme elle avait commencé, à jouer son rôle avec une prudence extrême ; mais si on la voyait tranquille et souriante à l'extérieur, elle n'en était pas moins agitée intérieurement. Elle tâchait de savoir ce qu'on disait autour d'elle et de deviner par les attitudes des autres ce qu'ils pensaient sur la question qui la passionnait ; elle en était troublée, se disant avec frayeur que si cet état d'incertitude rempli de joies entrevues et de difficultés possibles allait se prolonger, elle en deviendrait folle.

Massimo avait donc bien raison de parler à Élisa comme il le faisait.

Mais Élisa s'arma enfin de tout son courage et lui dit :

— Il faut que je vous fasse ma confession entière ; vous jugerez ensuite vous-même. Je dois vous raconter toute ma vie.

Alors, loyalement et dignement, d'une façon simple et brève, sans rien omettre et sans rien agrandir, sans vouloir ni s'accuser ni s'excuser, elle lui dit tout ce que nous savons déjà, la triste histoire de son passé ; et elle lui avoua que cet amour inoubliable ne sortirait jamais de son cœur; que jamais elle n'aimerait rien au monde et qu'elle resterait toujours et complètement fidèle à l'absent qu'elle ne devait plus revoir. *Lui,* avait manqué à sa parole par nécessité ; et elle trouvait cela si tristement naturel qu'elle n'avait pas besoin de lui pardonner; mais elle l'aimerait toujours et resterait toujours la même. Elle l'aimerait éternellement, tout en ayant la certitude absolue qu'aucun espoir n'était possible. La dernière nouvelle qu'elle avait eue de lui était la nouvelle de son mariage et de son établissement définitif à Calcutta. Il reviendrait, du reste, qu'elle ne voudrait pas le revoir. Jamais elle ne serait à lui, mais son cœur lui appartiendrait toujours.

Quand elle eut fini, Massimo lui prit les deux mains, les baisa l'une après l'autre, et lui dit :

— Élisa, tout ce que vous venez de me raconter si franchement et si noblement, ne fait qu'augmenter l'estime profonde et la respectueuse affection que j'ai pour vous. Je suis un pécheur endurci, et mon cynisme dans la vie vous effrayerait ; le monde m'a rendu bien sceptique et je crois facilement au mal et rarement au bien, mais les exceptions prouvent la règle, et dans ce monde bas, vulgaire et méchant, vous êtes une magnifique exception. Je le vois, moi qui ne me trompe pas.

Votre récit me prouve plus que jamais combien
j'ai raison de vouloir faire ce que j'ai décidé d'accomplir; je le désire maintenant cent fois plus
qu'auparavant. Je le ferai même malgré vous. Mais,
vous consentez, n'est-ce pas, puisque les obstacles
que vous croyiez insurmontables ne font au contraire qu'affermir ma résolution? — Je vais bientôt
m'amuser de l'étonnement général quand on saura
qu'il va y avoir une marquise d'Astorre. Nous
rirons bien.

— Mais cependant...

— Ma chère enfant, pas un mot de plus, c'est
décidé.

Peindre la joie de Mme Valenti, quand elle sut
que ses plus folles et absurdes espérances allaient
se réaliser, et que sa fille allait conquérir une des
plus hautes positions qu'il fût possible d'ambitionner
en Italie en épousant un homme qui, malgré sa
conduite, était le rêve doré et inaccessible de toutes
les femmes — est chose trop difficile. — Elle eut
toutes les peines du monde à ne pas en parler, car
on avait décidé de tenir la chose secrète pendant
quelque temps, d'abord à la prière de Massimo et
pour éviter les commérages, et ensuite par égard
pour M. Gorletti, bien que Mme Valenti lui écrivît
pour lui donner son congé très-cavalièrement, sous
prétexte qu'il avait été impossible de vaincre l'obstination de sa fille. — Et comme elle bénissait

Élisa d'avoir tant résisté! Comme elle lui semblait supérieurement intelligente! Quel bonheur qu'elle eût toujours refusé tous les partis! Elle ne pouvait se rassasier de l'embrasser et la choyait d'une façon à la fois maternelle et servile, se faisant à l'avance toute petite devant elle, tandis que, remplie de son grand secret, elle ne pouvait s'empêcher de se montrer avec les autres gaie et orgueilleuse.

La marquise fut excessivement étonnée quand son neveu lui confia sa résolution — sans toutefois lui dire l'exacte vérité. Il lui avoua cependant que son but principal était de sauver Élisa, en ne niant pas trop (en réponse aux questions détournées de la vieille dame) qu'il comptait ne pas abdiquer son indépendance, et que sur ce point, lui et Mme Valenti étaient parfaitement d'accord. — Elle entrevit un peu la vérité, mais ne comprit pas tout à fait; et l'idée de ce mariage lui sembla, au fond, une nouvelle folie de Massimo, différente des autres; bien qu'elle s'en réjouît d'un côté.

La curiosité de donna Maria et des autres ne fut pas satisfaite. Ils ne surent rien de ce qui se passait, et certes, malgré toutes leurs conjectures, ils ne devinèrent pas.

Ce qui les étonna plus que tout le reste, ce fut le départ de Massimo — bien plus étrange que son arrivée. Un beau matin, après une paisible soirée, — pendant laquelle on avait seulement observé qu'il

paraissait de plus en plus intime avec Élisa et
Mme Valenti, tout en remarquant qu'on ne parlait
plus du tout du retour de Gorletti, — la marquise
à déjeuner annonça que son neveu avait dû partir
le matin, sans qu'elle sût elle-même pourquoi. —
Mme Valenti rayonnait.

V

Le mariage se fit deux mois après, sans aucun appareil et presque secrètement à la villa. Massimo avait été absent pendant tout ce temps et n'était arrivé que la veille. La marquise, toujours étonnée, et ayant presque renoncé à comprendre, ne songea plus qu'à être aimable, et elle le fut d'une façon exquise. Elle résista à la tentation très-forte de sermonner un peu son neveu, qui, malgré ses grands airs, ne l'intimidait pas. Mais, réellement, elle ne se remettait pas de sa stupeur.

La cérémonie eut lieu dans la petite chapelle privée. Massimo et M\ce{}lle Valenti étaient en habits de voyage ; aussitôt après ils partirent.

Quand ils furent seuls dans un wagon-salon de l'express entre Milan et Florence, Élisa sentit plus intensément encore que dans les jours précédents toute l'étrangeté de sa position. Il lui semblait être elle-même l'héroïne d'un roman qu'on raconterait, et jouer un rôle, non pas sur un théâtre, mais pour de bon, dans une comédie qui serait la vie elle-même. Surprise, elle se regardait agir, — comme il nous arrive en rêve — actrice et spectatrice en même temps. Massimo, d'une courtoisie fine et discrète, moins familier peut-être qu'il ne l'avait été auparavant, mais amical, se taisait ou causait naturellement, tout aussi à son aise qu'il l'eût été dans le tête-à-tête le plus banal. — Car il possédait cette science si difficile des manières, qui fait que partout et toujours, on trouve la note juste. Mais Élisa l'écoutait et répondait machinalement, distraite. Elle était dans une de ces heures où le cerveau travaille seul et pour son propre compte, et où les idées s'agitent tellement qu'elles se neutralisent presque. C'est surtout dans ces moments-là qu'à la question : « à quoi pensez-vous ? » nous répondons : « à rien ».

Il lui semblait avoir perdu le sens de la réalité des choses et la certitude de sa propre individualité. En même temps que des doutes lui passaient rapidement par l'esprit, elle éprouvait une crainte indéfinie de mal faire et de se réveiller de ce rêve réel qui lui procurait déjà le soulagement immense de se sentir sauvée, délivrée de l'obsession dont elle avait tant souffert. Enfin elle pouvait librement respirer, et cela l'étonnait. Quelque chose lui manquait, quoi donc ? se disait-elle ; et elle s'apercevait que c'était le poids qui jusqu'alors avait écrasé sa poitrine. —

Tandis que devant son esprit tant d'images se déroulaient, tout son corps s'assoupissait dans un grand et nouveau bien-être matériel. Elle se sentait presque chez elle dans le wagon bien clos que la lampe de la voûte éclairait à peine. Chaudement emmitouflée dans son manteau, loin des craintes et des tracas, immobile, quoique entraînée à toute vapeur vers un port inconnu, il lui semblait être soulevée et emportée de force par une puissance irrésistible et bonne et dans l'engourdissement graduel de son être, un sentiment presque involontaire de confiance aveugle la gagnait, plus fort que ses pensées. En s'abandonnant à ses sensations il lui semblait faire ce qu'elle devait.

Massimo causait à tort et à travers, mais d'une manière intéressante. Puis ils se taisaient, comme peuvent le faire deux amis que le silence ne gêne pas. Mais, à travers ses rêveries changeantes et la causerie de son compagnon de voyage, Élisa écoutait attentivement le fracas régulier et cadencé du train, et dans ce bruit monotone, son oreille démêlait toutes sortes de musiques imaginaires qui semblaient une traduction de ses pensées trop vagues dans une langue inconnue. La nuit était froide. Par les vitres bien fermées de la voiture on ne voyait que l'obscurité, sillonnée parfois d'une brusque lueur à l'approche d'une station. Dans ce petit espace, sa vie entière lui paraissait renfermée ;

que pouvait-il encore y avoir au dehors ? — et dans
cette boîte chaude et commode, environnée de
froides ténèbres et courant à travers l'espace sur
une trace de fer où rien ne pouvait surgir, elle devinait un symbole de sa destinée nouvelle.

— Vous me permettez de fumer ? dit Massimo ;

— Mais certainement.

Il alluma un cigare. Les plus insignifiants détails,
une portière mal fermée, l'employé qui venait rec-
tifier une erreur, un buffet inaccessible, un autre
train qu'on croisait, tout lui fournissait une occasion pour raconter quelque incident de voyage
amusant ou curieux, — le comique de sa situation,
un jour que, pour avoir suivi un caprice ou par distraction, il s'était trouvé courant sur une ligne,
tandis que ses malles s'en allaient à grande vitesse
par une autre. — Élisa, s'intéressant presque
malgré elle à ce qu'il disait, à cause de sa manière
de le dire, se surprit elle-même en s'entendant causer, familiarisée, et raconta à son tour des impressions de sa vie nomade et des souvenirs d'enfance.

Ensuite Massimo lui esquissa quelques-uns de
ses projets pour elle. La villa, près de Florence, où,
comme elle le savait, ils iraient maintenant, avait
été complètement rebâtie et restaurée, et était toute
prête. — (Cela avait été fait la dernière fois qu'il y
avait séjourné, après la mort de sa sœur). — Cette
maison était à elle désormais. Il avait l'intention

d'y passer maintenant quelques semaines. De là, il ferait des courses fréquentes en ville et dans ses autres propriétés, pour affaires et pour revoir des amis. Elle pourrait aller visiter le vieux palais de Florence, qui était aussi à sa disposition, et y ordonner les améliorations qu'elle croirait utiles, bien qu'il lui conseillât de peu changer, même à l'intérieur, les anciens appartements ayant un grand caractère. Il ajouta qu'il l'aiderait en tout cela, et que l'idée de s'occuper de son installation l'amusait infiniment. Elle pourrait, dans le monde florentin, choisir ses connaissances, à moins qu'elle ne préférât voir personne. Si, voulant mener une vie toute d'intérieur, elle craignait en même temps la solitude, il serait facile, — en s'en donnant la peine — de lui trouver une dame de compagnie. N'aurait-elle pas par hasard une amie qu'elle pût inviter à venir passer quelques mois avec elle, ou avec qui elle pût aller voyager si cette idée lui souriait ? — Dès qu'elle aurait, d'une façon ou de l'autre, arrangé sa vie, il comptait repartir, pour Paris probablement. Du reste, de près ou de loin, elle pourrait toujours compter sur lui.

Élisa se sentit confuse en écoutant ces discours, et tâcha de lui exprimer sa profonde reconnaissance, tout en le priant de ne pas se déranger pour elle, et l'assurant qu'en paix et tranquille, elle ne désirait rien.

— Je suis sûr, dit Massimo, que vous ne vous repentirez jamais d'avoir eu confiance en moi. — Mais il est très-tard pour vous ; je vais tout arranger pour que vous puissiez essayer de dormir. Quant à moi, cela ne sera pas difficile ; je dors en wagon comme dans mon lit.

Il la coucha, tira le petit rideau de la lampe, lui souhaita une bonne nuit, et quand il la vit immobile, fuma encore une cigarette, puis s'étendit à son tour, et ne tarda pas à s'endormir.

Mais Élisa, elle, ne put s'assoupir. Accoudée, elle regardait tantôt Massimo étendu, tantôt les objets épars. Ses yeux se fixaient sur la serrure d'argent d'un sac de voyage où la lumière se reflétait, ou sur le dessin compliqué d'un plaid, et elle le contemplait longtemps. Malgré tout, la présence de cet homme couché auprès d'elle l'étonnait. Étendu, il paraissait d'une taille démesurée, et par moments, la rendait presque craintive. Sa pensée voyageait, courait bien plus vite que le train et non pas dans une seule direction, en ligne droite, mais dans tous les sens, tantôt ne voyant que la minute présente, puis se perdant dans l'avenir ; ensuite, et plus souvent, s'enfonçant dans le passé, dans ce passé qui avait été toute sa vie. Plus que jamais, dans cette nuit, l'image de celui qu'elle avait à tout jamais perdu, surgissait devant elle pour la charmer tristement et l'obséder sans cesse. Ce nom « Giulio » paraissait se dessiner continuellement devant ses yeux, vainement fermés.

Tous les souvenirs les plus doux et les plus douloureux revenaient la mordre au cœur; mais elle pensait à ce que la marche de sa vie avait maintenant de merveilleux. Elle revoyait des amies depuis longtemps disparues, des compagnes de son enfance, connues à l'étranger, et elle se disait que certes leur destinée ne pouvait ressembler à la sienne. Elle pensait aussi à sa mère, folle de joie et d'orgueil, à son père, aussi vaniteusement heureux — à M. Gorletti, furieux et brouillé avec sa famille, et qu'elle aurait probablement le plaisir de ne jamais revoir, — et une foule de détails lui remplissaient la mémoire et se mêlaient aux éternels souvenirs de son amour perdu.

Peu à peu, tout se voila, ses idées se troublèrent, elle entendit de moins en moins distinctement le bruit régulier du train qui prit des douceurs de bercement, et elle s'endormit d'un sommeil lourd et plein d'images. Parmi ses rêves incohérents, elle vit plusieurs fois une femme d'une surprenante beauté et d'une taille colossale qui la regardait avec de grands yeux noirs et resplendissants, et qui, rien qu'en allongeant vers elle sa main pâle couverte de bagues, la remplissait d'épouvante. Elle la reconnaissait sans l'avoir jamais vue : c'était la femme de Giulio. — Elle parvint à s'en-

fuir et se trouva dans un boudoir d'une étonnante
richesse, où la marquise Arombelli la tenait embrassée, comme la protégeant. La fenêtre était
ouverte et un paysage tropical s'étendait jusqu'à
une distance fabuleuse ; on voyait à l'horizon la
grandiose silhouette indistincte d'une ville remplie
de temples dorés, tandis qu'un troupeau d'éléphants
blancs s'avançaient sur une route poudreuse. En
même temps les bras qui l'enlaçaient l'étreignirent
à lui faire mal, et une crainte instinctive la saisit,
qui se changea en terreur, lorsqu'elle s'aperçut
qu'à la place de la marquise, c'était Gorletti qui la
tenait étroitement embrassée, en lui disant : Ah ! tu
croyais qu'on pouvait m'échapper ! Non, tu es en
mon pouvoir et plutôt que de te laisser partir, je
t'écraserai. — Et elle sentait qu'il la broyait en
effet contre lui : la respiration lui manquait. Un
seul cri, elle le savait, eût suffi à la rendre libre,
mais il lui était impossible de le pousser, et elle se
mourait en efforts impuissants.

L'angoisse même du cauchemar la réveilla. Il
faisait jour. — Une pluie battante frappait contre
les vitres. Elle vit Massimo encore endormi, et un
délicieux soulagement la remplit tout entière ;
l'horrible vision qui lui avait paru si réelle n'était
qu'un rêve ; et ce rêve de se trouver seule avec le
marquis d'Astorre, à six heures du matin, dans
un wagon, et d'être mariée à lui, ce rêve qui,

même éveillée lui paraissait si bizarre, était la simple et vraie réalité.

On était au delà des Apennins et le paysage prenait un caractère plus franchement italien. La campagne s'étendait, d'une teinte chaude et variée, peu boisée ; on remarquait des maisons de plaisance peintes en couleurs claires, à toits plats et à terrasses. Une pluie fine, violente, poussée obliquement par le vent du matin, rayait le ciel gris. Les terres labourées, les champs, les villas, les paysans conduisant leurs bêtes, tout était lavé par cette averse automnale. Dans la froide lumière du matin, ce décor toujours mouvant, mais uniforme, avait une mélancolie sans expression qui, à la longue, serrait le cœur et gênait la pensée. Élisa, fatiguée, regardait machinalement les fines hachures incessantes.

— Bonjour, fit une voix derrière elle.

Ce fut avec un sourire un peu embarrassé qu'elle tendit la main à Massimo.

— Eh bien! madame la marquise, comment avez-vous dormi?

— Assez bien, merci, répondit-elle en rougissant un peu.

Ils retombèrent en silence et se turent longtemps.

Tout deux songeaient différemment. Ces dernières heures leur parurent longues. Enfin on arriva. Ils laissèrent les domestiques à la gare pour s'occuper des bagages, et montèrent dans un landau qui les attendait.

Les chevaux partirent au grand trot et en un peu plus d'une heure s'arrêtèrent à la *villa del Giglio,* devant une grande grille en fer ouvragé qui s'ouvrit d'elle-même. La voiture roula sur le sable fin de longues allées tournantes, et s'arrêta devant un perron où l'on mit pied à terre.

Les gens de la maison regardaient Élisa avec une curiosité intense qu'ils s'efforçaient de rendre respectueuse. On servit le déjeuner dans un petit salon à tapisseries chinoises, où flambait un grand feu.

Plus tard, la pluie ayant cessé, Massimo conduisit Élisa visiter la villa et le jardin. Tout la charma. La maison, vieille de trois siècles, grande, rectangulaire avec des ailes proéminentes, massive et d'un bon style, était située sur une légère hauteur, où l'on arrivait par le très-vaste jardin en montant insensiblement, et où l'on jouissait d'une vue ravissante. La plaine qui s'étendait au devant de la façade avait un caractère tout spécial de gaîté calme. Au loin on apercevait les molles ondulations des montagnes; à droite, la sympathique silhouette des collines de Fiesole et la coupole de San-Miniato. Le jardin n'était ni abandonné, ni trop bien tenu; mais dans les grands parterres qui s'étendaient

devant la façade, on se sentait doucement réchauffé
par les rayons du soleil de novembre, qui venait
de reparaître, tandis qu'on devinait combien devait
être agréable, en été, la profonde fraîcheur des
étroites allées, serpentant à travers les grands
arbres touffus.

A l'intérieur, les appartements avaient été habilement restaurés et remis à neuf. C'étaient de grandes
salles claires aux plafonds couverts de fresques
d'un goût violent et raffiné, où l'on avait intro-
duit autant que possible le confort en conservant
le caractère florentin des stucs, des tentures et de
l'ameublement. Les chambres d'en haut, où l'on
arrivait par un vaste escalier de marbre, étaient
très grandes et les cabinets de toilette avaient à peu
près les dimensions d'une salle de bal moderne.

Ils dînèrent sur une petite table toute servie, au
coin du feu. Depuis longtemps Élisa n'avait mangé
d'aussi bon appétit. Massimo, gai comme un enfant,
parvint à l'égayer aussi. — Fatiguée du voyage,
elle se retira de bonne heure, ne put s'endormir
que très-tard, mais ne se réveilla qu'à midi, lorsque
sa femme de chambre ouvrit les volets et que les
rayons d'un soleil pâle vinrent se poser sur les
rideaux roses à grands ramages de son lit.

Plusieurs semaines se passèrent ainsi. De jour en
jour les vagues craintes d'Élisa se dissipaient, et
elle entrait avec plus de confiance dans sa nouvelle

vie, qui avait les apparences du bonheur, mais où elle ne trouvait qu'une grande paix.

Et, en effet, tout naturellement le monde se préoccupa vivement de ce mariage du beau marquis d'Astorre. On s'en étonnait outre mesure, et depuis longtemps on en causait dans tous les salons de Florence. Dans la vieille société toscane, réservée et pédante, dans les réunions plus brillantes et plus variées de la colonie étrangère, chez les duchesses et chez les chanteuses, aux Cascines et aux clubs, dans les loges et dans les boudoirs, on ne parlait pas d'autre chose. Les suppositions les plus saugrenues étaient formulées avec un sang-froid admirable, les jugements les plus divers se croisaient; on approuvait, on blâmait, on souriait avec malignité, on haussait les épaules et on faisait des paris. Les gens bien informés (il y en a toujours) racontaient comment les choses s'étaient passées. Depuis longtemps, sans rien dire et en s'en défendant, Massimo voulait se marier. Mlle Valenti, une coquette fieffée, avait si bien manœuvré que lui, l'homme froid et blasé, s'était amouraché d'elle comme un fou. Mais il ne se décidait pas. Alors les Valenti s'étaient servis d'un vieux juif enrichi, un certain Gosnelli, qui avait feint de demander la jeune fille en mariage, pour « faire sauter » le marquis. Celui-ci, tout en comprenant, qu'il commettait une sottise, était tombé dans le piége comme un étourneau. Et l'on concluait que les hommes qui se croient plus forts que les autres finissent toujours ainsi. Quant aux Valenti, c'étaient des intrigants — on le savait — et ils avaient joué la partie avec une finesse !...

— Selon ses habitudes, ce fou de d'Astorre va agir, à ce qu'on me dit, comme personne ne l'a jamais fait. Figurez-vous qu'on m'assure qu'il a décidé de ne présenter la jeune marquise nulle part ! Vous verrez que maintenant qu'il est marié, il vivra comme un ours.

Ces paroles furent prononcées un soir, à minuit, par lady Thompson, dans son salon rempli de monde, un des salons les plus élégants et les plus fréquentés de la ville.

— Ils sont maintenant à la campagne, dans une solitude absolue. Ce que c'est que l'amour ! Voilà un homme dont le caractère et la vie vont changer d'un jour à l'autre. Et vous croyez donc, milady, que cette lune de miel va se prolonger indéfiniment ?...

— C'est ce qu'on prétend. Mais remarquez, que moi, je n'en crois rien. Et plus ils exagèreront les choses au commencement, plus vite cela finira.

— Qu'appelez-vous donc « exagérer les choses », milady ?

— Pas de bêtises, baron, je vous en prie. Le fait est que je ne crois pas que cette jolie marquise —

car on dit qu'elle est jolie maintenant, cette Valenti, quand je l'ai vue autrefois, je la trouvais affreuse, un squelette, un spectre, ma chère, — eh bien, je ne crois pas que cette jolie marquise sera jamais une acquisition pour Florence.

— Pour moi, dit un des messieurs, Massimo est un homme à la mer, à tout jamais perdu. Quand, au lieu de se faire ermite, le diable se marie, et dans ces conditions-là, c'est bien pire, croyez-moi.

— Mais vivront-ils ici ou à Paris ?

— Qui le sait ? — On dit cependant qu'il a acheté les chevaux de ce Russe, qui vient de disparaître tout à coup.

— Quand on pense au mariage que d'Astorre aurait pu faire ! dit une dame.

— D'abord. Et puis, grand Dieu, quel besoin avait-il donc de s'enterrer de si bonne heure !

— Bravo, milady ! quoiqu'il ne soit plus si jeune, après tout.

D'Astorre n'avait envoyé de billet de faire part à personne, ce qui aussi scandalisa tout le monde. La nouvelle inattendue de son mariage s'épandit donc peu à peu ; on s'en étonna partout, en Italie et à l'étranger. A Paris on refusa d'abord d'y croire — puis là aussi, il y eut des commentaires sans fin. Toutes les mères de filles à marier furent surtout impitoyables contre cette « aventurière », que le marquis avait épousée sans qu'on pût deviner pourquoi. Que de vagues espérances fondées sur rien, mais vivaces cependant, coupées dans leur fleur ! Que de rages sourdes, de dépits secrets chez des femmes de toute espèce, dans tous les mondes ! Que de sourires méchants, que de mots ironiques, que de projets de vengeance ou de revanche, que de larmes cachées peut-être ! — Le plus souvent on en riait tout haut, en se moquant bravement de lui, bien sûr qu'il ne pouvait entendre. La curiosité de connaître la marquise d'Astorre était générale.

Mais à Florence l'excitation produite par cet événement fut si grande, qu'on ne se contenta plus d'en causer à chaque instant et de colporter tous les cancans qu'on débitait sur cet intarissable sujet ; on alla jusqu'à s'en passionner vivement, comme de quelque chose qui touchait tout le monde au cœur. On finit insensiblement par se trouver d'accord sur un point : que le mariage de Massimo était un mariage d'inclination, qu'amoureux de sa femme il ne la montrait à personne, étant jaloux — comme le deviennent toujours les sceptiques lorsqu'ils aiment.

Qu'on se figure donc la stupéfaction des assistants, lorsqu'un soir, d'Astorre entra au club, se mit à jouer gros jeu avec une telle persistance, qu'à huit heures du matin, il était encore à la même place et ne paraissait pas le

moins du monde songer à quitter la partie Il avait
fait son entrée si naturellement, avait paru si sérieux et si calme, tellement pareil à lui-même et
causant comme s'il se fût montré la veille et que
rien ne fût arrivé, que personne n'osa lui poser la
moindre question. Le sujet habituel de tous les
soirs fut subitement abandonné. Vingt personnes
entouraient la table de jeu où Massimo s'était mis,
et regardaient la partie avec un double intérêt,
celui d'en suivre les péripéties émouvantes par
elles-mêmes, et celui de contempler le joueur dont
la présence les surprenait si hautement.

Dans les autres salles on causait de lui à voix
basse; on commentait sa conduite. Les plaisante-
ries grossières ne faisaient pas défaut, accompa-
gnées de clignements d'yeux significatifs. Ceux-là
mêmes qui, la veille, avaient parlé de d'Astorre
comme d'un chevalier déguisé en berger, et filant
le parfait amour avec sa bergère, disaient maintenant : Je m'y attendais. Déjà! voyez-vous? Il se
dérange : que sera-ce donc dans six mois? Je l'ai
toujours dit, du reste, cela ne pouvait finir autrement. — Dis donc commencer, riposta un autre. —
Écoutez, messieurs, dit un troisième, en baissant
la voix encore plus; je propose que Pierino fasse
atteler ses quatre chevaux et que nous allions tous
voir la marquise. — Eh bien? demanda-t-on à un
jeune homme qui venait de la table de jeu. — Il

sera malheureux en ménage, il gagne tout le temps. Une veine incroyable !

Bientôt l'intérêt devint si fort que la salle de jeu fut encombrée. On se pressait aux portes. Ceux qui soupaient posaient parfois leur fourchette pour aller jeter un coup d'œil, et revenaient avec des nouvelles. Des courriers avaient été établis entre le club et le salon de lady Thompson.

Tous se trouvaient encore là, immobiles, lorsque le jour parut. On voyait une pâle ligne de lumière se dessiner aux interstices des volets. Les bougies sur la table jetaient de grandes flammes et faisaient éclater les bobèches. L'attention augmentait d'intensité ; les joueurs paraissaient fatigués. Un très-jeune prince russe, invité de la veille, était très-pâle ; il avait tout perdu. Seul, Massimo était aussi frais qu'au moment où il avait pris place. Il gagnait quatre-vingt-huit mille francs.

— Vous m'accorderez ma revanche demain soir, je l'espère, dit l'étranger.

— Tout de suite, prince, répondit Massimo. Pourquoi quitter la partie ? Nous sommes très-bien, il me semble. J'espère que ces messieurs ne seront pas trop fatigués. Qu'on nous apporte à manger, — mon estomac ne se souvient pas d'avoir soupé — reposons-nous une heure et recommençons. Courage, mes amis, la vie est courte !

— Mais il est huit heures du matin.

— Qu'est-ce que cela fait? Qu'on apporte des bougies, qu'on ferme bien les fenêtres! Je ne veux pas savoir qu'il fait jour. Le jour est ignoble.

Ainsi fut fait. Massimo commença à perdre. A trois heures de l'après-midi il avait tout reperdu; puis il regagna. Les autres tombaient de sommeil, brisés, mais ils continuaient. Dans la journée, les spectateurs revinrent : on dîna, et on se remit à jouer. A huit heures, le prince pria quelqu'un de prendre les cartes à sa place, et tomba roide, endormi, sans qu'on pût jamais parvenir à le faire bouger. La revanche lui avait été accordée, il ne perdait que quelques louis. Massimo avait réussi à dérouter la veine qui le poursuivait et ne gagnait plus que cinq mille francs.

— A quelle heure a-t-on fini hier la partie? demanda lady Thompson aux premiers qui se présentèrent ce soir-là chez elle.

— Elle n'est pas finie. Ils jouent encore.

Enfin les joueurs se levèrent et Massimo quitta le club, laissant le champ libre aux discours.

Mais la partie que l'on jouait alors au club l'intéressait beaucoup; il prit l'habitude d'y revenir. On le vit dans les théâtres, partout. Il semblait moins marié que jamais. Parfois il disparaissait pour revenir bientôt.

Forcés de se taire en sa présence et habitués peu à peu à l'étrangeté de sa conduite—qui, après tout, ne devait pas trop les étonner — les gens du monde causèrent moins de lui après quelque temps; mais une grande curiosité les possédait tous à l'endroit de Mme d'Astorre, et l'on recommença à parler lorsqu'elle arriva à Florence. Il ne fut pas toutefois facile de la voir; elle sortait en voiture de bonne heure, et s'en allait faire un tour aux Cascines, dans les grandes allées encore désertes. Tout au bout, là où la campagne commence, elle descendait de voiture et se promenait au grand air, sous les arbres aux branches nues et noires, nettement découpées sur le ciel bleu — regardant l'Arno gonflé fuyant incessamment en flots jaunâtres dont le soleil dorait magiquement la saleté. — Mais un jour elle s'oublia un peu en se promenant, et au retour elle se croisa avec toute la file des voitures et des promeneurs. Ce fut une bonne fortune pour tous ces yeux mondains. Ils virent alors un équipage comme depuis longtemps on n'en avait vu aux Cascines, d'un goût inimitable; une calèche ravissante, un cocher d'une tournure! — des chevaux bais bruns magnifiques, magistralement attelés et harnachés — et ayant des roses aux oreilles, détail coquet qui contrastait avec la sobre simplicité de la couleur vert sombre, de la voiture et des livrées sévères, sans ornements, mais sans défauts; en somme, un ensemble qu'on eût approuvé à Hyde-Park. — Quelques-uns parmi les passants, malgré leur curiosité, oublièrent de regarder la marquise, distraits par les perfections de l'équipage. Ceux qui la dévisageaient ne purent qu'entrevoir rapidement une femme en noir, élégante et distinguée, dont un voile épais cachait la figure. — Une fois on la vit avec Massimo, mais cet équipage sans rivaux, revenait toujours quand les autres allaient.

Malgré tout, on continuait à croire généralement d'Astorre très-aimé de sa femme, et elle très-éprise de lui. La retraite dans laquelle elle vivait, le mystère de leur existence à l'écart, que la curiosité publique tâchait en vain de percer, ne pouvaient qu'affermir cette opinion. On s'étonna donc beaucoup lorsque — Massimo ayant disparu depuis quinze jours, disparition qu'on attribuait à l'empire toujours croissant que sa femme prenait sur lui, — on sut, qu'au contraire, il était parti.

VI

Le temps aidant, on s'habitua peu à peu à la présence paisible de la marquise d'Astorre. En vérité, elle ne gênait personne. Seulement, comme il fallut bien qu'on se vengeât de sa sauvagerie, du peu d'empressement qu'elle mettait à connaître le monde dont elle aurait dû être un ornement, on répandit le bruit qu'elle était d'une pauvreté d'esprit vraiment remarquable. On la fit passer pour stupide. On assura que, si elle se cachait, c'était tout simplement par crainte de montrer — dans leurs salons — le vide de sa petite tête et son ignorance.

Cependant Élisa se sentait bien seule dans les grands appartements somptueux et sévères du palais d'Astorre. Un silence singulier régnait toujours dans ces pièces à plafonds si hauts, couverts d'or bruni par le temps ; dans ces salons aux riches tentures sombres et pâlies, aux rideaux pesants tombant en plis magnifiques. Les tapis épais étouffaient même le bruit si léger de ses pas. Dans un grand lit du xve siècle, à colonnes torses, dont le baldaquin armorié semblait peser sur sa tête, elle parvenait difficilement à s'endormir.

Les journées s'écoulaient, lentes et toutes pareilles, et il lui semblait vivre dans un état de demi-somnambulisme continuel, tenant le milieu entre la léthargie et le rêve. Songeant aux angoisses des derniers temps, au terrible péril auquel elle avait si miraculeusement échappé, elle se reprochait parfois de ne pas assez apprécier l'immense bien-être de sa nouvelle position. Elle lutta contre l'engourdissement morbide de toutes ses facultés et tâcha de se faire une vie tranquille et occupée. Deux pièces de son trop grand appartement — les plus petites et les plus confortables — furent arrangées à sa guise, et elle y passa ses journées, lisant beaucoup, avidement. La lecture, on se le rappelle, avait toujours été son plaisir favori ; cela devint maintenant un besoin, presque une rage : parfois, s'intéressant à un livre jusqu'à s'oublier elle-même et à se mêler à la vie factice des personnages ; parfois lisant pour lire et parcourant des pages entières sans trop se soucier de les comprendre. Les douces et navrantes images de son passé ne surgissaient alors plus devant elle, mais une tristesse physique l'envahissait peu à peu tout entière, jusqu'à faire partie d'elle-même ; refoulée dans les profondeurs du cerveau, dans les fibres les plus intimes de son cœur, elle avait pénétré dans ses os et dans sa chair et circulait avec son sang. Élisa parvenait à oublier ses pensées si tristement inutiles, mais tandis que son esprit s'intéressait à des choses étrangères, l'incurable mélancolie dont tout son être était possédé la clouait pendant des heures à la même place, l'alanguissait dans une pose abandonnée, éteignait son regard et imprimait à tout son être cette immobilité et cette lenteur pleine de fatigue, signes du renoncement.

La lutte était finie ; elle sentait plus que jamais le vide. Et surtout, elle fuyait l'oisiveté matérielle qui ne pouvait être que le travail de la pensée. Dans les premiers temps de son étrange mariage, la présence de Massimo, qui la rassurait et l'inti- midait en même temps, l'avait forcée de penser à autre chose. Mais maintenant elle se trouvait seule, entourée de luxe, tombée dans une existence imprévue et richement tranquille, dans une pa- resse qu'il lui fallait toujours combattre. Et dans son boudoir tout couvert d'une étoffe gaie à grands ramages, à moitié couchée dans une chaise longue au coin du feu, elle lisait volume sur volume ; préférant des romans attachants, qu'on ne peut laisser, pleins d'aventures périlleuses et drama- tiques et aussi en dehors que possible de la vie réelle. Et souvent, le livre ouvert posé sur ses

genoux, elle regardait à travers les vitres le sombre
palais d'en face, et au-dessus du toit, une étroite
bande de ciel d'un bleu étincelant — et elle s'oubliait comme cela longtemps, songeant à ce qu'elle
venait de lire. Cependant à travers l'échafaudage
des fictions, quelque chose d'insaisissable pénétrait,
une brume se posait; c'était le souvenir du passé
toujours présent même à son insu.

Quelques-unes de ses anciennes amies étaient
venues la voir; Élisa les avait reçues, et par hasard,
n'eut pas lieu de s'en repentir, les ayant trouvées
pleines de tact et de discrétion. Elle lui reprochèrent
toutefois de se renfermer dans une solitude trop
complète, et Élisa finit par se convaincre que, jusqu'à un certain point, elles avaient raison. Peu à peu
elle laissa donc s'élargir le petit cercle de ses connaissances, tout en vivant dans une solitude relative.
Lentement elle prit quelque intérêt à ce qui se passait autour d'elle. Certaines beautés de l'existence,
par elle-même, en dehors de toute idée de bonheur,
se révélèrent à ses yeux. Elle était, malgré tout, fort
attachée à la vie; car lorsque une créature a été créée
pour vivre aussi heureusement et aussi complètement qu'il est possible ici-bas, quels que soient
les malheurs que lui infligent les hommes, le goût
de la vie lui reste; et jamais, même aux moments
de plus morne désespérance, Élisa n'avait sincèrement désiré mourir.

Elle sut encore sortir victorieuse de son abattement profond. Par un effort, où elle mit toute son énergie, la réaction s'opéra. — Elle devinait que sa position et sa manière de vivre devaient donner lieu à bien des commentaires, et avec tout le monde elle s'enfermait dans une grande réserve, tout en se montrant aimable.

Un jour, sur le *piazzale* des Cascines, la belle comtesse Goffredi, une des femmes les plus à la mode de Florence, fit approcher sa voiture de celle de lady Thompson. Il y avait foule, ce jour-là, dans cette espèce de salon en plein air qui est le rendez-vous de tous ceux qui veulent être élégants, et les deux voitures réunies furent bientôt les plus entourées.

— J'ai fait une découverte, dit la comtesse.

— Intéressante?

— Très-intéressante; savez-vous d'où je viens? Du palais d'Astorre. J'ai causé *pendant plus d'une heure* avec *elle*.

— Ah bah! mais tu ne la connaissais pas?

— Pardon, ma chère, je la connais depuis hier. Je l'ai rencontrée chez ma belle-sœur.

— Et tout de suite, comtesse, vous êtes allée la voir aujourd'hui?

— Ma foi, oui. Vous savez, quand je veux faire une chose, je la fais. D'ailleurs, quel mal y a-t-il à être polie? Enfin j'en arrive.

— Et la découverte?

— La voici. Elle n'est pas bête du tout. Elle cause comme un ange. Elle a même du talent, cette femme, c'est moi qui vous le dis, et si elle voulait, elle aurait de l'esprit.

Cependant Élisa se promenait seule, selon son habitude, tout au fond de la dernière allée, se chauffant au soleil d'hiver et ignorant complètement le revirement d'opinion qui était sur le point de s'accomplir à son égard, grâce à l'importante décou·verte de la comtesse Goffredi. Il s'accomplit en effet. N'être pas de l'avis de ceux qui déclaraient la marquise d'Astorre stupide, à moitié folle, devint une mode raffinée. Il faut du reste avouer qu'Élisa elle-même, par son propre mérite, et tout en continuant à vivre à sa guise, avait fini par commander le respect et conquérir de nombreuses sympathies. D'un autre côté, cela ne fit qu'envenimer l'opinion des ennemis à tout prix, de qui l'antipathie (sans qu'ils eussent su dire pourquoi) devint presque de la haine, et qui, dès lors, se dirent qu'un peu de calomnie devenait absolument nécessaire.

Quelque temps après, un des soirs de réception chez lady Thompson, la porte du salon blanc et or où une cinquantaine de personnes se trouvaient déjà, parut s'ouvrir plus large que de coutume, et l'on vit Mme Goffredi entrer, accompagnée de la marquise d'Astorre. Tout le monde fut étonné, bien que la maîtresse de maison eût annoncé « une surprise. » C'était la première fois qu'Élisa paraissait dans un salon. La vue de la jeune femme, donnée en pâture à la curiosité générale, aiguisa cette curiosité tout en la satisfaisant. Cent regards se posèrent sur elle.

Élisa parut fort à son avantage ; grande, pâle, sérieuse et souriante, presque belle — très-simplement et un peu étrangement mise, car, à sa manière, elle savait s'habiller. Malgré tout ce qu'on avait dit et pensé d'elle, on était généralement prévenu en sa faveur ; et elle devait plaire.

Ce soir comme toujours, il régnait dans le salon blanc et or, à tentures de satin couleur feuille morte brodées de fleurs éclatantes, une atmosphère lourde et parfumée qui était l'air naturel des habitués. Presque toutes les femmes étaient décolletées, et ces épaules blanches, dont quelques-unes très-remarquables, semblaient s'épanouir dans cet air vicié ainsi que dans leur élément, présentaient un étrange aspect de santé factice, comme si ces femmes eussent été les plantes charnelles de cette serre. Il y en avait d'une beauté fine et fatiguée, dont les têtes patriciennes étaient bien celles des filles dégénérées des modèles des vieux peintres, et qui eussent certes paru plus belles vêtues d'un costume florentin du temps de

Lorenzo il Magnifico qu'affublées comme elles
l'étaient de l'avant-dernière mode parisienne mal
comprise. D'autres, au contraire, étrangères ou voya-
geuses, portaient avec les raffinements les plus nouveaux cette livrée de l'extrême fashion qui crée une
sorte de franc-maçonnerie des merveilleuses d'aujourd'hui, par laquelle, sans se connaître, elles se re-
trouvent partout avec la même coiffure et la même
silhouette. On en voyait de toutes jeunes, dont le
regard morne et savant faisait frémir ; des vieilles
plâtrées, mais à l'air candide. En essayant d'apprécier l'âge probable des deux princesses russes, deux
sœurs couvertes de pierreries et d'une beauté différente, mais provocante au même degré, on flottait entre dix-neuf et quarante-cinq ans. Une Amé-
ricaine, nouvellement débarquée, attirait les regards
par la longueur démesurée de sa traîne contrastant
avec le manque d'étoffe d'un corsage qui ne pouvait être que symbolique ; c'était une jeune mariée,
très-naïve et très-bonne, aimant son mari à la
folie. Une dizaine·de dames étaient entassées autour de la maîtresse de maison, encore très-belle
et richement habillée. La causerie était toute fémi-
nine, les hommes formant des groupes à part ;
quelques-uns seulement se penchaient sur le dossier du fauteuil d'une dame et parlaient à demi-voix,
en admirant l'effet des perles sur la blancheur des
chairs. Sur une causeuse, dans un coin, une expli-

cation avait lieu entre un officier tout jeune et une dame romaine d'une beauté majestueuse et mûre. Sur les canapés de velours brun très-larges et très-bas, dans les chaises longues à dossier fuyant, des jeunes gens s'étendaient d'un air profondément ennuyé. Un piano vertical, en bois de rose, était ouvert, et parfois quelqu'un y plaquait des accords et jouait à la sourdine les premières mesures d'une valse. De grandes étagères couvertes de bibelots précieux et de statuettes de Saxe attiraient les regards des amateurs de bric-à-brac, et sur l'épais tapis violet des peaux de tigre s'étalaient, dont les têtes aux yeux de verre semblaient vouloir mordre de leurs crocs terribles les pieds mignons coquettement chaussés.

On fumait la cigarette partout ; mais, séparé du grand salon par une salle un peu sombre, où quelques joueurs faisaient leur partie, s'ouvrait un cabinet servant spécialement de fumoir. Cette pièce, tendue de velours vert et éclairée seulement par deux grands candélabres qui flanquaient la vaste cheminée en marbre noir, offrait une charmante retraite, où les dames aussi venaient souvent se reposer sur les immenses fauteuils de cuir dans une douce pénombre et dans la tranquillité d'une causerie nonchalante, en fumant du tabac turc. Parfois cependant une discussion un peu vive y éclatait, ou bien il s'y tenait par hasard de ces conversations assez intimes pour que ceux qui se présentaient à la porte, souvent n'en dépassassent pas le seuil.

Élisa regardait tranquillement et observait, cachant la gêne que lui causaient les nombreux regards fixés sur elle. Les hommes, presque tous, avaient demandé à lui être présentés. Bien qu'elle accueillît tout le monde le sourire aux lèvres, on la trouva trop réservée et un peu altière. Plusieurs ne lui adressèrent que trois ou quatre mots ; quelques-uns, plus hardis, tâchèrent de nouer une conversation. Les femmes étaient froides, bien que lady Thompson et la comtesse Goffredi fissent leur possible pour mettre Élisa à son aise avec elles. Du reste, Élisa ne comprenait que le tiers de ce qu'on disait ; les phrases prononcées n'ayant de valeur que par le son entendu auquel il aurait fallu être initié. Il régnait différents jargons spéciaux.

— Eh ! marquise, quelles nouvelles avez-vous de votre mari ?

— Excellentes ; il est à Paris.

— Mais comment ne l'avez-vous pas accompagné ?

— Par plusieurs raisons. D'ailleurs j'attends ma mère dans quelques jours. Elle vient de Milan, me faire une petite visite.

Un vieux monsieur s'approcha.

— Je suis très-lié avec Massimo, marquise. Je

le défends toujours quand on l'attaque, mais le sachant à Paris quand vous êtes ici, j'ai bien envie d'en dire du mal moi-même.

— Éloignez-vous alors pour que je n'entende pas.

— Oh! oh! très-bien..., à merveille... Mais il vous écrit souvent, je suppose.

— Très-souvent.

Madame Goffredi posa tout haut une question qui fit changer de sujet.

Cependant dans les groupes d'hommes on ne parlait que de la marquise. — Elle était charmante. Ce n'est pas une beauté, mais il y a quelque chose. — Et puis... Oui, mais... Massimo au fond est une brute. — Cette femme-là joue un rôle, mais je parie qu'elle est bien malheureuse. — Certes, puisqu'elle elle est folle de son mari. — Tu en es sûr? — J'ai des preuves. — Mais comment se fait-il... — Mon cher, c'est bien simple, il en a déjà par-dessus les oreilles. Je crois bien qu'elle joue un rôle, c'est pour moi la plus grande poseuse du monde. — C'est une femme froide. — Non, elle est timide. Oh! timide... Je vous assure qu'elle cause assez bien, n'est-ce pas, Pierino? — Oh! je n'en sais rien. Si vous croyez que je me ferai présenter à cette personne-là!...

Malgré tout, cette première apparition d'Élisa fut un succès. Beaucoup de préventions tombèrent devant elle. La vieille marquise Gritti déclara qu'elle se trouvait forcée d'excuser, jusqu'à un certain point, l'absurde mésalliance de d'Astorre.

Un peu avant minuit Élisa se leva pour partir.

— Comment, vous ne voulez pas rester à souper? On va servir à l'instant.

— Non, merci. Il est déjà très-tard pour moi.

Dès qu'elle fut sortie, tout le monde parla à la fois.

— Chut ! fit lady Thompson, attendez donc un instant.

Mais on ne le pouvait. Les opinions se croisaient comme les fusées d'un feu d'artifice allumées par mégarde toutes à la fois. On jugeait à haute voix et ensemble. L'entrée des domestiques, qui apportaient dans le salon à côté des petites tables toutes servies pour le souper, fit diversion. Mais dès qu'on fut attablé, excité par les nappes blanches couvertes de cristaux, par les flacons de vins colorés de rubis et de topazes, par les parfums de haute gastronomie venant s'ajouter aux parfums ordinaires de l'appartement, chacun recommença de plus belle.

— Voyons, trève aux médisances, dit la maîtresse de maison après un instant. Je la protège et je l'aime. Et vous, baron, mauvaise langue, taisez-vous.

— Pardon, je ne disais pas de mal. Au contraire, je suis rempli de moralité. Je trouve, tout simplement, que Massimo a tort de s'absenter, c'est mon humble opinion.

— Messieurs et Mesdames ! cria celui qu'on appelait Perino, je parie...

— Allons, assez, taisez-vous !

Mais il acheva à voix basse, au milieu des rires des hommes et de la désapprobation hypocrite des dames.

Le lendemain, un grand nombre de cartes de visite furent remises au *guarda portone* du palais d'Astorre. Quelques jeunes gens, sans avoir reçu la moindre invitation, demandèrent même si la marquise était chez elle.

Élisa avait dit vrai ; elle attendait sa mère. M. et Mme Valenti arrivèrent en effet le surlendemain.

La position des parents d'Élisa avait été très bien réglée par Massimo. Il avait obtenu pour Valenti un emploi à Milan, assez lucratif et que celui-ci désirait depuis très-longtemps, tout à fait dans ses moyens, car il ne s'agissait que de causer avec beaucoup de monde. — Quant à Mme Valenti, elle adorait Milan, sa ville natale, qu'elle n'avait jamais oubliée dans ses pérégrinations. « Faire figure » à Milan — comme elle disait — lui semblait le seul bonheur de la vie. Cela ne l'empêchait pas d'avoir l'intention d'aller assez souvent voir sa fille, sa chère marquise, « que je ne veux cependant pas gêner ; dans le grand monde où elle brille, moi,

pauvre femme retirée », ajoutait-elle en faisant
sentir toute la grandeur de ses sacrifices. Elle disait
aussi que Florence lui rappelait de douloureux souvenirs. D'ailleurs d'Astorre lui avait parfaitement
fait comprendre qu'elle ne devait pas abuser de sa
position de belle-mère.

Maintenant Élisa, heureuse de revoir ses parents, embrassa son père avec effusion, et compara
la peur que sa mère lui faisait autrefois à l'affection
toute simple qu'elle sentait maintenant pour elle,
malgré la différence de leurs natures. La richesse
aristocratique du palais d'Astorre frappa Mme Valenti; mais elle donna des conseils d'embellisse-
ments pour les grandes pièces, qui, heureusement, ne furent pas suivis. En épousant Massimo,
sa fille lui avait semblé si « habile », qu'elle lui
portait toujours le plus grand respect, et qu'elle
n'osait pas même trop insister lorsqu'elle essayait
de lui persuader d'aller beaucoup dans le monde et
de prendre la place qui lui était due. Quant à
l'étrangeté inhérente au mariage même, à l'absence
prolongée de Massimo, au calme d'Élisa, qui semblait approuver la conduite de son mari, dont elle
ne parlait jamais qu'avec l'accent d'une haute estime et d'une reconnaissance sans bornes, Mme Valenti s'en étonnait autant que tout le monde, mais
restait intimidée devant la réserve de sa fille, et,
après quelques essais, elle n'osa plus l'interroger.

Elle sortait du reste, du matin au soir, dans le coupé de sa fille, faisant des commissions, se promenant, allant revoir toutes ses anciennes connaissances, pour les éblouir par ses toilettes neuves et par le récit des magnificences de son gendre.

— Tu m'as dit qu'il t'écrivait souvent, et je n'ai pas encore vu une seule lettre de ton mari depuis que je suis ici, dit-elle un jour.

— C'est que, probablement il va revenir et veut me faire une surprise.

Mais au même instant un domestique entra avec une lettre.

— Serait-ce de lui ? fit Mme Valenti.

— Oui.

— Tiens, comme c'est drôle ! juste au moment où je l'accusais !

Élisa lut rapidement la lettre, la remit dans l'enveloppe et dit que Massimo lui annonçait qu'il arriverait dans quatre ou cinq jours.

— Elle ne me la montre pas, se dit la mère. Cette lettre-là doit être bien froide ou bien amoureuse !

Voici la lettre :

« Savez-vous, chère marquise, que vous écrivez
« d'une façon charmante ? Votre dernière lettre
« m'a beaucoup plu, et j'ai des remords comme
« d'un crime d'avoir attendu si longtemps à vous

« répondre. Mais ma vie oisive est si occupée ! Je
« n'ai pas une minute à moi, et il faut une consti-
« tution comme la mienne pour résister aux fa-
« tigues de mon existence paresseuse. Paris est
« animé comme aux plus beaux jours !... L'héroïne
« du moment est plus que jamais Mme Kautzler,
« cette actrice devenue célèbre en quinze jours, et
« qui fait frémir toute une salle par la manière
«. dont elle prononce un seul mot. Elle excelle
« surtout dans les rôles froids et méchants. Du
« reste, si je voulais vous mettre un peu au cou-
« rant, je n'en finirais jamais, et je crois que cela
« ne vous intéresserait guère. Je vous raconterai
« quelques anecdotes à mon retour qui est pro-
« chain. Ces lignes n'ont d'autre but que celui de
« vous l'annoncer. Je partirai probablement après
« demain, je m'arrêterai deux jours à Nice, d'où je
« filerai droit sur Florence. Je ne sais si ce sera
« pour longtemps. Serez-vous en ville ou à la cam-
« pagne, ou avez-vous quelque projet ?... Et vous
« avez donc été chez lady T. ? C'est un assez joli
« établissement, mais il me semble que vous ne
« devez pas vous y plaire. Tout en vivant retirée,
« comme vous le faites, vous êtes cependant forcée
« de vous montrer quelquefois, cela vaut mieux.
« Je crois qu'un peu de distraction vous fera du
« bien. Cependant je vous estime trop hautement
« pour vous donner des conseils... La somme que

« vous avez envoyée à cette pauvre Marietta est
« insignifiante et cela ne valait pas la peine d'en
« parler. Doublez donc, et n'y regardez pas de si
« près une autre fois, ni jamais. Un des péchés
« capitaux me manque absolument : l'avarice. Que
« voulez-vous ? on n'est pas parfait. Adieu, ma
« chère enfant, tâchez de vous distraire, comme
« vous le pouvez, et à bientôt. Marquise, je vous
« baise les mains.

« D'Astorre. »

VII

L'explication de ce problème insoluble, le mariage de Massimo, par l'hypothèse d'une passion irrésistible, semblait de plus en plus insuffisante aux curieux mondains. Le printemps était venu, les mois se passaient, Massimo à son retour avait repris son existence libre et variée, et de son côté la jeune marquise continuait à être parfaitement sage, bien qu'elle fût évidemment délaissée, et se montrait toujours d'une sérénité d'esprit remarquable — un peu mélancolique, il est vrai — mais calme et souriante, et on la voyait si sincèrement affectueuse et bonne pour son mari, dont elle se louait hautement sans cesse, en lui témoignant toujours des sentiments inaltérables et une reconnaissance sans bornes, qu'on ne savait plus que penser ; enfin on croyait toujours généralement que Massimo l'avait réellement épousée par amour, mais que, chez ce viveur incorrigible, l'amour n'avait été qu'un violent caprice, et que, déjà fatigué de sa femme, il l'abandonnait sans se gêner le moins du monde. Les dames plaignaient Élisa, et commençaient à lui parler d'un ton de commisération amicale, non exempte d'une certaine joie sourde et mal cachée ; mais elles restaient toujours déconcertées, en se voyant si peu comprises par elle, et en entendant de quelle façon admirative elle parlait de son mari. On finit cependant par croire qu'elle jouait un rôle ; à la perfection, on ne pouvait le nier. Mais les plus malins commencèrent enfin à se dire à l'oreille : « Cette femme-là est peut-être diablement forte », et quelque temps après on décida qu'il *fallait* qu'elle eût un amant. Cette impérieuse nécessité une fois admise, on ne pouvait plus reculer, et, comme elle n'en avait pas, on se mit, presque avec inconscience, en devoir de lui en inventer un. Mais c'était moins facile que cela ne l'est ordinairement, c'était même très-difficile. On ne se laissa pas toutefois décourager pour si peu.

Quelques-uns parvinrent, à force de ruses et d'insistance, à se faire recevoir par la marquise d'Astorre, en forçant presque la consigne. D'autres, sans bien se l'avouer l'espionnèrent. On la suivit dans les rues quand elle sortait seule à pied. La femme de chambre, qui avait quitté une des familles les plus riches de Florence pour entrer au service de la nouvelle marquise, fut habilement interrogée.

Bientôt Élisa elle-même s'aperçut, — les autres
l'avaient déjà remarqué, — qu'un jeune homme
assez insignifiant qui lui avait été présenté, se
trouvait, comme par hasard, toujours et partout
où elle allait. Son nom était Giuseppe Tordini, et
tout le monde l'appelait Beppe. Fils d'un banquier
excessivement heureux en affaires, mais avare, il
ne désirait qu'une chose : défaire la fortune amas-
sée par son père, et ne s'y prenait pas trop mal,
étant déjà connu de tous les usuriers de la pénin-
sule. Aux *Cascine,* à l'heure où il n'y a encore personne, on le voyait à cheval, dans l'allée de droite,
suivant à une certaine distance une voiture vert
sombre qui cherchait la solitude ; souvent, le soir,
on aurait pu le reconnaître, appuyé contre la
muraille du palais d'Astorre, à l'heure où la voiture
rentrait, pour profiter du moment d'arrêt en jetant
un long regard à travers les vitres. Sans qu'on sût
comment il s'y prenait, il se trouvait infailliblement
le premier à une soirée, si Élisa y allait, ou au
théâtre, si par extraordinaire, elle s'y laissait conduire. Ni beau, ni laid, l'air bête et rusé en même
temps, très-correct dans sa mise, il jouait consciencieusement son rôle, et savait même se servir, pour
son attitude de soupirant, de l'expression mélancolique qui parfois se peignait sur sa figure triviale et
qui n'était due qu'à ses préoccupations pécuniaires.

Il n'était pas le seul, du reste. De même que

dans leur sagesse pleine d'expérience, ces messieurs avaient décidé que Mme d'Astorre ne pouvait rester fidèle à son mari, d'un autre côté, une demi-douzaine au moins parmi les jeunes désœuvrés qui se croyaient plus ou moins séducteurs, s'étaient fait ce raisonnement : « Cela ne peut durer ; son mari la délaisse. (Elle ne l'aime peut-être déjà plus, si toutefois elle l'a jamais aimé) ; c'est une femme jeune, jolie, et qui *s'ennuie;* elle ne tient pas aux distractions mondaines, donc elle veut l'amour. Certes elle va choisir parmi nous. Pourquoi ne serait-ce pas moi ? Attention donc, et mettons-nous en avant ! » Et ils le faisaient à leur manière.

Mais Tordini, qui ne craignait pas le ridicule dont il ne pouvait s'apercevoir, était le plus hardiment bête dans la poursuite de son but. Doué d'un amour-propre vulgaire et sans bornes, il sentait un grand plaisir rien qu'à compromettre la marquise autant qu'il le pouvait ; d'ailleurs il commençait même à en être amoureux ou à le croire — bien entendu que, malgré cela, il eût certes choisi de passer pour l'amant de Mme d'Astorre, plutôt que d'en être aimé sans qu'on le sût. Lorsqu'il parvenait à la voir chez elle, il se sentait très-timide, et alors, désespérant de jamais gagner du terrain, il se disait qu'il serait forcé de se contenter des apparences poussées aussi loin que possible.

Une après-midi, Tordini avait été arrêté par un

ami sous la porte cochère du palais d'Astorre, au moment où il allait entrer, — lorsqu'un tout jeune homme blond et pâle, très-grand et tout en noir se glissa à côté d'eux. Tordini entendit le *guarda-porta* répondre à l'inconnu : *oui, monsieur,* et, un instant après, la cloche qui annonçait les visites, sonna. Mais lorsque, tout heureux d'avoir rencontré un ami à cette place, il entra à son tour, on lui dit que la marquise était sortie. Cela lui sembla très-louche, et le mit dans une rage qui avait besoin de s'épancher. — Cette simple anecdote, racontée à tout le monde, fut une véritable aubaine pour les curieux malveillants qui depuis longtemps cherchaient le défaut de la cuirasse chez l'incompréhensible marquise.

Partout et souvent on parlait de l'indifférence cynique de d'Astorre comme mari, et on disait là-dessus les choses les plus drôles. Cependant un soir, au club, comme Massimo entrait brusquement, la conversation bruyante d'une dizaine de jeunes gens cessa tout à coup et un silence embarrassant succéda. On vit un léger froncement de sourcils sut le front du nouvel arrivé, mais bientôt il se mit à parler de la façon la plus naturelle. Tout le monde se sentit très-confortablement rassuré, Tordini surtout, qui bavardait à haute voix, tandis qu'on faisait cercle autour de lui.

Quelques jours après, on jouait une pièce nou-

velle au théâtre *delle Loggie*. La salle était pleine.
La toile venait de tomber à la fin du troisième
acte, lorsque Massimo entra dans une loge d'hommes où l'on discutait à haute voix sur le mérite du
drame. Tordini se trouvait là. — Mais voyons
donc, disait-il, soyons raisonnables; il peut y avoir
là dedans du style, de la science, que sais-je, moi?
tout ce que vous voulez, mais au nom du ciel! est-ce
naturel? Qui de nous se laisserait entortiller par une
femme, comme ce baron qu'on veut nous rendre
intéressant. Les choses ne se passent pas comme
cela, dans la vie.

— Et puis, fit un autre, c'est immoral.

— Moi, je suis pour le réalisme, dit un troisième.

— J'aime les situations fortes.

— Tout ce que vous voulez, mais que cela soit
naturel! Toi, mon cher, tu es comme Pierino; vous
aimez les choses exagérées, que je déteste : j'aime les
choses possibles. C'est comme lorsque Rossi jouait
les drames de Shakespeare! Sans compter que
cela fait bâiller; je vous demande un peu si vous
avez jamais vu des gens se comporter comme ces
personnages-là? Les livres, c'est la même chose;
ouvrez un roman de Gaboriau ou de George Sand...

— Monsieur Tordini, vous feriez mieux de vous
taire, dit Massimo gravement. Ils se connaissaient
peu, de sorte que cette interruption glaça tout le
monde.

— Et pourquoi, s'il vous plaît ? répliqua Tordini, mais avec un autre son de voix.

— Parce que, cher Monsieur, c'est ce que l'on a de mieux à faire, quand on est aussi idiot que vous l'êtes. Je vous ai entendu plusieurs fois dire des sottises énormes en parlant chevaux, dont vous vous êtes occupé toute votre vie, imaginez donc ce que vous pouvez dire en expectorant des opinions littéraires.

Tordini devint pâle.

— Voyons, Messieurs, dit un autre d'une voix contrainte. Qu'as-tu aujourd'hui ? Est-ce que la pièce te déplaît ? — Tout le monde sentit l'inutilité de cet essai de diversion.

— Je ne l'ai pas écoutée, la pièce. Du reste, ce n'est pas à toi que je me suis adressé, j'ai parlé à M. Tordini. Est-ce ma faute si je ne le trouve pas amusant ?

Ils se regardèrent surpris et, par leurs regards, on aurait pu comprendre qu'ils avaient tous la même idée.

— Monsieur le marquis, dit enfin Tordini, je crois que vous avez voulu m'insulter.

— Je l'ignore, monsieur, je ne suis pas juge de cela.

Tordini se leva furieux. On le contint.

— Calmez-vous, au nom du ciel, pas de scandale ici.

— Eh bien ! oui, vous avez raison. Mais vous comprenez que cela ne peut pas finir ainsi.

— Cela se passera comme vous voudrez, dit Massimo.

Ce duel étonna tout le monde ; d'abord parce que la conduite de Massimo devenait de moins en moins facile à comprendre ; ensuite par les conditions de la rencontre. Tordini ayant porté le défi, le choix des armes échéait à d'Astorre. Quelques vaines tentatives d'arrangement furent sincèrement proposées par les témoins, très ennuyés qu'on ne pût éviter d'aller sur le terrain ; car bien qu'il n'y eût pas d'offense grave, le duel n'en devait pas moins être sérieux. Voici pourquoi : Tordini, d'une force musculaire peu commune, passait pour le meilleur tireur de sabre de la ville, et pour ne pas courir le risque d'être bêtement coupé en deux, les témoins de d'Astorre se trouvaient forcés de lui proposer le pistolet. D'un autre côté, les témoins de Tordini, tout en comprenant que les adversaires avaient raison, tremblaient et laissaient comprendre que d'Astorre ne serait pas généreux en usant de son droit, car on le savait, au pistolet, formidablement sûr de son affaire. De toutes façons on entrevoyait des conséquences terribles.

— Messieurs, dit enfin Massimo, je crois avoir trouvé une solution qui pourra satisfaire tout le monde. Si pour trancher court aux difficultés qui

nous troublent, nous donnions pour une fois le
bon exemple, en prenant l'arme des gentils-
hommes ? Je demande la permission de choisir
l'épée.

Cela parut très-original et non moins sérieux,
mais on accepta, ne pouvant pas faire autrement.
Le duel eut lieu le surlendemain. Tordini eut le
bras percé de part en part, et dut garder le lit
pendant six semaines. Massimo avait choisi la
place où il voulait toucher son adversaire, mais il
fut lui-même légèrement blessé à la main.

Ils s'étaient battus à la *villa del Giglio*, sur une
petite pelouse, toujours verte, entourée de grands
arbres encore dépouillés, vers dix heures du matin.
A midi, tout le monde était déjà informé de la
manière dont les choses s'étaient passées, et l'on
en causait partout, tandis que Massimo, contre son
habitude, déjeunait avec Élisa, ayant voulu la
rassurer par sa présence, si par hasard elle avait
appris la vérité ; mais elle ne savait rien, et crut
sans peine à l'explication quelconque qu'il lui
donna de sa main enveloppée de soie noire.

— Vous savez, dit Élisa, que j'ai dû prendre un
jour pour recevoir, le jeudi après cinq heures. C'est
réduit aux proportions minimes. C'est bien ennuyeux, mais il n'y a pas d'autre moyen d'être tranquille. Mais ce qui me rend furieuse, ce sont les
obstinés qui s'entêtent à venir les autres jours.

Croyez-vous que cet insupportable Tordini est encore revenu samedi passé; heureusement que j'avais ma leçon de musique; sans cela, les gens sont si bêtes qu'ils auraient été capables de le laisser passer.

— A propos, comment cela va-t-il, avec votre protégé ?

— Mon grand professeur ? Pas trop mal; seulement il me fait de la peine; il a l'air si malheureux !

— Comment s'appelle-t-il ?

— Wurtz.

— Est-il Allemand ?

— De nom. Il est né à Prato.

— Il a l'air d'avoir du talent, ce grand garçon-là, mais il est bien laid.

— Et si drôlement habillé, pauvre diable ! Mais vous avez raison, c'est un excellent musicien.

— Est-il aussi amoureux de vous, celui-là, comme Tordini ?

— Voyons, Massimo, quelle plaisanterie !

Et pourtant, c'était tout simplement vrai. Ce pauvre musicien s'était lentement et terriblement épris de la grande dame, avec qui, trois fois par semaine, il venait déchiffrer des symphonies de Beethoven. Oui, il était amoureux d'elle, — mais tout autrement que Tordini. Il contemplait longtemps son profil si pur, lorsque les yeux fixés sur la musique, elle oubliait peut-être sa présence, et

il pensait alors à la suprême douceur qu'il senti-
rait, s'il pouvait finir sa misérable vie, consolé par
elle, et il la voyait assise à son chevet de mourant,
lui disant quelques mots de pitié. Et il se sentait
pâlir, si par hasard elle se penchait vers lui, en
jouant à quatre mains, pour voir où il en était, ou
si leurs doigts se touchaient en tournant les
pages.

L'idée était venue à Élisa depuis longtemps
qu'elle retrouverait une véritable distraction à ses
pensées dans la musique, abandonnée depuis quelques années, et ayant pris pour professeur ce Wurtz
qui lui avait été recommandé par son père, elle
trouva tout d'abord qu'elle avait raison, mais ce
mélancolique jeune homme n'était pas le maître
qu'il lui aurait fallu. Par son attitude il l'attrista
bientôt, et, en le voyant souffrir comme évidemment il souffrait, elle ne pouvait se laisser conduire
librement dans le monde inconnu où l'harmonie
nous entraîne.

Jamais Wurtz n'osa laisser même entrevoir à la
marquise le secret qui remplissait son cœur. Il
l'adorait comme une sainte, et, avec la merveilleuse intuition que donne l'amour ardent et pur, il
devinait qu'elle n'était pas heureuse. L'expression
de cette figure si noblement paisible — énigma-
tique pour tout le monde, — lui semblait claire :
il y voyait la douce pâleur de la résignation. Mais il

sentait bien qu'elle ne souffrait pas comme lui ;
que si elle avait perdu tout espoir, elle ne connaissait plus la torture de la passion sans issue. Il
lui parlait avec un respect profond, humble et timide, mais comme le son de sa voix trahissait son
culte fervent !

Élisa n'avait pas compris tout de suite ; et,
bonne pour tous, elle le fut pour lui. Quand, ému
par sa bonté, il lui racontait quelque chose de sa
vie, lui disait discrètement ses peines, ses misères,
son adoration pour l'art, elle l'encourageait en
l'écoutant avec sympathie, et un simple mot, insignifiant par lui-même, mais dit d'une certaine
façon, lui faisait tout oublier pendant un instant.
Mais bientôt il rougissait de s'être laissé entraîner
à parler, et honteux du temps volé, il lui disait
tout à coup : Pardon, madame la marquise, voulez-
vous que nous reprenions cette page ?

Peu à peu cependant il s'aperçut que s'il se
sentait parfois consolé, plus souvent il souffrait
trop d'être près d'elle. Se maîtriser devenait chaque
jour plus difficile. Élisa le vit, elle comprit, et elle
en fut affligée. Ce chétif musicien ne savait pas
dissimuler. Il donnait sa leçon un peu plus mal
chaque fois, et Élisa pouvait de moins en moins
prêter son attention au cahier ouvert devant elle.
Au lieu de la distraire, cette heure passée avec ce
jeune homme laid et malheureux, physiquement et

moralement malade, la replongeait dans les pensées qu'elle fuyait. Et lorsqu'il la regardait, croyant n'être pas vu, elle pensait à cet autre regard profond qui jadis s'était tant de fois perdu dans le sien, et qu'elle ne reverrait jamais.

La veille du jour, où assise en face de Massimo, à déjeuner, elle causait amicalement avec lui, sans savoir qu'il venait de risquer sa vie, Wurtz était venu comme à l'ordinaire, plus pâle que de coutume, et s'était mis à donner consciencieusement sa leçon. Mais, au beau milieu d'une symphonie, à un de ces passages où il semble que l'humanité tout entière s'absorbe dans l'infini, Élisa voyant les longues mains décharnées du pianiste qui tremblaient fiévreusement sur les touches, se tourna vers lui, et, à l'aspect de sa figure contractée, ne put s'empêcher de dire : Qu'avez-vous ? — A ces mots, l'émotion brisa en lui la volonté, et comme de grosses larmes s'amoncelaient dans ses yeux, il s'interrompit tout à coup pour cacher sa figure dans ses mains, et se mit à sangloter comme un enfant.

Élisa n'osa rien lui dire. Il se remit assez vite par un violent effort, et, rouge de honte, sans prononcer un seul mot, il recommença la page, en faisant signe du doigt, et alla vaillamment jusqu'au bout du morceau, sans plus oser même la regarder. — Puis, la leçon finie, il lui dit : veuillez me pardonner, madame, et après une pause : Dois-je revenir ?

— Mais oui, lundi comme à l'ordinaire.

Toutefois elle comprenait bien qu'il valait mieux qu'il ne revînt pas.

— Je l'ai rencontré l'autre jour, votre professeur, continua Massimo, tout en tendant une seconde fois sa main gauche vers le plat de côtelettes — et il avait l'air d'un homme frappé de la foudre. — Entre nous, je le crois un peu fou. Comme il me saluait en passant, je l'ai arrêté. — Eh bien, lui dis-je, maestro, nous avons des peines de cœur ? — Le pauvre garçon a rougi comme une pivoine. — Que dites-vous de cela ?

— Que voulez-vous que j'en dise ? Vous avez eu tort de l'embarrasser, il est si timide.

— Regrettant moi-même de l'avoir troublé, je lui demandai si vous faisiez des progrès ; il se troubla encore plus, et me répondit peu clairement, mais d'une façon à me faire comprendre qu'il y a en vous l'étoffe d'une grande artiste. — Ce qui est fort possible. Je le questionnai alors sur le nombre de ses leçons ; il me donna à comprendre qu'il en a fort peu, qu'il ne sait pas se pousser, se faire valoir, que des étrangères prennent parfois douze cachets, puis partent brusquement.

— Je comprends, lui dis-je, tout cela est très-incertain. C'est un poste fixe qu'il vous faudrait.

Pourquoi ne vous mettez-vous pas en avant pour obtenir dans le pensionnat de demoiselles à Pistoja cette place de professeur qui est vacante maintenant? — Il répliqua qu'il fallait passer un examen et surtout avoir des recommandations. — Mais quant à l'examen, vous êtes sûr de votre affaire, n'est-ce pas? — Parfaitement. — Eh bien, ajoutai-je, je me charge de vous recommander.

— Et il se présentera au concours?

— Oui, et il aura la place. J'en ai déjà parlé aux membres de la commission. A moins cependant que vous ne teniez absolument à ne pas changer de professeur... Enfin, ai-je bien fait?

— Parfaitement, mon ami. D'abord je serais contente que le sort de ce pauvre garçon s'améliorât, ensuite... il ne me distrait pas, au contraire...

Élisa sortit pour un instant, et, en revenant dans la salle à manger, elle reconnut la voix de Paolo Goffredi — beau-frère de la comtesse, un des très-rares habitués de la maison — qui causait avec Massimo. Quelques mots, bien que prononcés à voix basse, arrivèrent à son oreille : elle apprit le duel du matin. Cette nouvelle la frappa et l'émut; tout à coup elle fut très-étonnée de n'avoir pas déjà soupçonné la vérité. Se remettant de sa surprise, elle entra pourtant comme si de rien n'était.

Lorsque, plus tard, pressé par elle, Massimo lui dit avec qui il s'était battu, en l'assurant qu'il avait été poussé seulement par une antipathie d'instinct à chercher à Tordini une querelle d'Allemand, Élisa, sans précisément savoir pourquoi, se sentit touchée, mais elle le regarda avec une expression d'étonnement. Elle aussi n'arrivait pas à le comprendre.

Son affection pour Massimo était très-sincère et augmentait, mais jamais elle n'avait pu complètement se défaire d'une certaine gêne qu'elle éprouvait devant lui. Parfois elle se sentait pendant une heure tout à fait à son aise en sa compagnie, puis subitement, il lui faisait presque peur. Dans la perfection même des lignes de son visage, dans sa manière résolue de tout faire, dans sa suprême élégance, il y avait quelque chose qui la glaçait.

Parfois ils se quittaient les meilleurs amis du monde; puis en le revoyant avec d'autres, elle croyait presque ne pas le connaître, et il lui semblait que sa voix n'était plus la même. Souvent, quand il s'oubliait par hasard à causer dans son boudoir, elle regardait ce profil si régulier, cette noble figure, et songeait comment un homme pareil pouvait mener une telle vie. Lui, si bon et si généreux, avait parfois des mots qui lui faisaient horreur, à elle. En réfléchissant, elle comprenait quelles devaient être les séductions exercées par sa beauté et par son esprit, par sa froideur même, et par l'incontestable supériorité émanant de toute sa

personne ; mais elle pensait que si le sort les eût
rapprochés dans sa première jeunesse, lorsque son
âme s'ouvrait à l'amour, elle n'aurait pu l'aimer, et
le souvenir lui revenait du peu de sympathie qu'elle
ressentait pour lui alors, quand, avec sa mère, elle
le rencontrait par hasard. Malgré tout, elle ne pouvait s'empêcher de l'estimer hautement, et toutefois bien des choses la choquaient en lui; l'affection reconnaissante qu'elle lui vouait était profonde,
mais non aveugle.

Il y avait dans Massimo d'étranges inégalités de
caractère. Rarement il se mettait en colère ; mais,
si cela lui arrivait, c'était avec une explosion terrible. Avec cela, d'inexplicables puérilités. Un habit
mal réussi lui donnait le spleen. Dans ses heures
mauvaises il pouvait devenir brutal, et jamais alors
il ne se montrait à Élisa; mais elle le savait. Il
donnait à tout ce qui a rapport au bien-être
matériel une importance énorme qui étonnait
Élisa. — Du reste, l'affection qu'il ressentait pour
elle se faisait chaque jour plus vive; ils étaient très
sincèrement amis et même camarades. Massimo
poussait même cette camaraderie jusqu'à lui parler
quelquefois comme il aurait parlé à un homme, et
à lui raconter des anecdotes, des épisodes de sa
vie qu'elle n'arrivait pas toujours à comprendre et
qui la surprenaient. Un mot très-sincère qui échappait parfois à son mari la faisait tressaillir. Ses

opinions souvent la troublaient et la rendaient plus triste.

Elle avait certes vécu, cette pauvre Élisa encore si jeune et qui ne pouvait plus rien attendre ; son cœur avait connu toutes les fièvres et il ne pouvait plus battre que faiblement pour sympathiser aux souffrances des autres. Elle avait beaucoup réfléchi, et cependant elle observait maintenant autour d'elle des choses qu'elle n'avait jamais soupçonnées ; cette société, à laquelle elle ne se mêlait presque pas, mais dont elle faisait partie, se présentait à ses regards sous des aspects encore inconnus ; dans sa nouvelle position de spectatrice qu'on croyait à tort appelée à jouer un rôle, elle ne pouvait s'empêcher d'apprendre.

La comtesse Goffredi, qui, malgré ses défauts superficiels, était au fond une excellente femme, bonne et intelligente, devenait de plus en plus l'amie d'Élisa, la seule peut-être aussi, parce qu'elle ne lui faisait jamais de questions et n'exigeait aucune confidence. De plus, Élisa s'était peu à peu formé un petit cercle d'hommes très-restreint, parmi lesquels le plus assidu était Paolo Goffredi. C'était un beau garçon dont le talent et la paresse étaient également naturels, ennuyé et blasé, sujet à des accès de gaieté folle. Peu cultivé, il possédait cependant cette rapide compréhension de toute chose, cette facilité à tout, cette étrange science innée, qui, depuis Machiavel jusqu'à nos jours, est le privilège des Italiens intelligents, des méridionaux surtout. Il menait une vie bruyante, mais n'avait pour Mme d'Astorre qu'une amitié respectueuse et dévouée, et il aimait à respirer chez elle un air plus sain qu'ailleurs.

Les personnes douées d'un certain esprit d'observation estimaient de plus en plus Élisa, et comprenant qu'une honnête femme peut avoir de pures et franches amitiés même avec des jeunes gens, ne trouvaient rien à redire. Quant aux autres, ils se divisaient en deux catégories : d'abord ceux qui, par un phénomène assez facile à expliquer, avaient beaucoup modifié leur opinion sur la marquise après le duel de Tordini, et ensuite les incorrigibles, lesquels, poussés à bout, disaient des horreurs, et, perdant la tête, n'avaient même plus la finesse d'inventer des histoires au moins croyables.

Bien des choses, nous le répétons, surprenaient Élisa, entre autres qu'on s'obstinât à tant s'occuper d'elle, qui s'occupait si peu des autres. Puis la vie mondaine lui paraissait de plus en plus étrange. Les femmes surtout parlaient un langage qu'elle ne comprenait pas. Tous les points de vue lui semblaient faussés, et les hommes et les femmes tous moralement malades, différemment mais au même degré. Les heureux du monde souffrent donc autant que les déshérités, disait-elle, et poursuivent le bonheur par des chemins absurdes. Elle sentait qu'il y avait dans tout quelque chose de faux qu'elle ne savait définir, et qui n'est peut-être qu'une grande naïveté sous une grande corruption. L'attitude parfois triste, parfois avidement hostile des jeunes filles, la faisait surtout réfléchir, et elle la comparait au cynisme des hommes et à la différente fortune des femmes mariées, celles-ci esclaves, brisées par la vie ou rejetées par la société, celles-là triomphantes dans le mal. — Ne sont-elles pas presque effrayantes, en effet, ces jeunes personnes si bien élevées, quand on les voit dans le monde, et, selon leurs regards, leur pose, leur beauté, ne doit-on pas trembler ou pour elles-mêmes ou pour les autres?

Et qu'étaient-ce que tous ces jeunes gens qui eussent été si empressés autour d'elle, si elle le leur eût permis? Pourquoi y en avait-il un si grand nombre, toujours prêts à feindre des sentiments si peu sincères? Et pourquoi Paolo Goffredi, le seul qui se montrait tel qu'il était réellement et ne lui faisait pas la cour, pourquoi était-il souvent d'une humeur noire ou d'une gaieté malsaine; quel pouvait être le secret d'un tel manque d'équilibre moral chez un jeune homme doué de tous les dons, pouvant aspirer à tout?

Au milieu de ces réflexions, Élisa comprenait de plus en plus la nécessité de s'occuper. Sa journée se divisa régulièrement entre la lecture, le piano, la promenade, de façon à laisser le moins de temps possible à la pensée. Cependant elle jouissait aussi du luxe dont Massimo exigeait qu'elle s'entourât, ayant toujours aimé les belles choses. La recherche du vrai goût en tout ce qui lui appartenait était une de ses meilleures distractions. Sa vanité de femme — toujours existante, même dans une vie de renoncement — y trouvait sa pâture en même temps que le sentiment artistique, qui avait toujours été très fort chez elle. C'était, du reste, un des moyens par lesquels elle pouvait plaire à Massimo. Avouons-le tout de suite, même les choses qu'on appelle futiles l'intéressaient, et elle s'occupait sérieusement de sa toilette. — Qui lui eût dit, aux heures pleines d'angoisses de la villa Arombelli, qu'un jour viendrait où, malgré tout, elle aurait de longues conférences avec une couturière? — Les réalités de la vie s'imposaient à elle, et s'imposaient utilement.

Mais les heures de défaillances venaient tout de même, des journées entières quelquefois. Un dimanche soir, après avoir accompagné son père à la gare, — M. Valenti partait, après avoir passé une semaine chez sa fille, — Élisa retournait chez elle en calèche, par une pure et splendide soirée. Le soleil était couché depuis longtemps, mais la chaleur était encore accablante; l'air était lourd et tout

imprégné de parfums. Les rues se remplissaient
d'une foule animée. Les maisons se vidaient, tout
un peuple était dehors. Le cocher avait pris par le
plus long, et les chevaux forcés d'aller au pas, dans
un entassement de fiacres et d'équipages, avançaient avec peine. Sans trop savoir pourquoi, Élisa
souffrait horriblement. Accoudée dans un coin de
la voiture, elle se sentait prise d'une telle impatience nerveuse qu'elle regardait presque avec haine
la foule et les obstacles qui prolongeaient son attente. Un mal moral et physique à la fois l'enveloppait toute comme dans un réseau de fer, et elle
s'imaginait qu'une fois rentrée dans son boudoir,
elle serait guérie. Elle regardait le ciel d'un implacable azur, déjà parsemé d'étoiles, et les rues
longues et tortueuses, et les petites portes fermées
à marteau brillant, et les larges ouvertures béantes
des noirs palais. Machinalement elle lisait les
enseignes des boutiques fermées, auxquelles il lui
semblait trouver un sens concordant avec ses
vagues pensées; puis après avoir remarqué dans
ses moindres détails la toilette endimanchée de
quelque femme, elle retombait dans sa méditation
douloureuse. Des jeunes filles passaient, se tenant
par le bras, un voile sur leurs cheveux noirs et
leurs longues et amples jupes traînant par terre,
causant à haute voix et mordant à belles dents dans
un fruit qu'elles venaient d'acheter. Une femme du

peuple, tenant un petit enfant par la main, se retournait pour voir longtemps le brillant équipage qui passait, et certes ne se doutait pas que de cette belle voiture un regard était descendu sur elle, peut-être plus envieux que le sien.

Enfin Élisa se trouva tranquillement assise sur une chaise longue, et elle sentait un grand besoin de repos lorsque Goffredi entra. Elle lui dit qu'elle était un peu souffrante en le priant de l'excuser si elle parlait peu.

— Vous me renverrez si je vous gêne, marquise. Du reste, je suis moi-même tellement maussade, ce soir...

Pendant un assez long temps ils n'échangèrent en effet que quelques mots, et parfois le silence paraissait tout à fait établi. Ils restaient en face l'un de l'autre naturellement dans cette familiarité italienne qui permet même de se taire. Chacun rêvait de son côté. Élisa sentait peu à peu se relâcher l'étreinte de la despotique angoisse qui, sans une raison définitive, l'étouffait, et la crise passer lentement ; la période aiguë de son spleen que la vue des choses extérieures, ce soir-là, avait rendu presque insupportable, finissait. — Goffredi aussi, de son côté, s'absorbait dans ses pensées intimes, retournait vingt différentes solutions dans sa tête, se sentait, lui aussi, accablé à sa manière et souffrait de la lourdeur énervante de l'atmosphère. Il y avait dans sa vie bien des difficultés vulgaires, des peines compliquées de trivialités que, pensait-il, la femme qui était devant lui, bien qu'intelligente et indulgente (et pour laquelle il avait tant d'estime et de vraie amitié), ne pourrait pas du tout comprendre. Et, en l'observant telle qu'elle était en ce moment-là, la joue appuyée sur la main et le regard distrait, il songeait combien il plaignait ceux qui, assis à la place enviée où il se trouvait, n'auraient rien compris d'une pareille femme et se seraient crus presque obligés à lui faire la cour. Et il souriait en pensant, combien lui, qui passait pour très-entreprenant, s'en sentait incapable.

Massimo entra, et on causa un peu. Il avait une grande sympathie pour Goffredi qui, de son côté, aurait tout fait pour lui.

Resté seul avec Élisa, Massimo s'assit auprès d'elle. Il paraissait gai. Depuis quelque temps il passait ses nuits à jouer. Malgré sa gaieté, son visage avait l'expression toute particulière des mauvais jours. Après un silence, il demanda à Élisa comment elle se sentait.

— Pas mal.

— Encore la migraine ?

— Oui, mais cela va mieux.

— Eh bien, adieu. Je vais m'habiller.

Mais il ne s'en alla pas tout de suite. Il se mit à la regarder. Depuis quelques jours il avait remarqué qu'elle était plus nerveuse qu'à l'ordinaire.

— Vous n'êtes guère brillante ce soir, lui dit-il.

— Non, ces premières chaleurs m'accablent.

— Oui, le temps est lourd. Mais l'idée m'est venue qu'il peut y avoir une autre cause, une cause nouvelle, à votre mélancolie, dit-il, en souriant d'une façon toute spéciale. Pourriez-vous être, pendant cinq minutes, assez peu femme pour vous montrer tout à fait franche ?

— Massimo ! fit-elle étonnée, vous savez bien que je le suis toujours avec vous.

— Eh bien ! voyons... vous ai-je dit que ce pauvre Wurtz a obtenu la place au pensionnat de Pistoja ?

— Oui, je le sais. Mais à quel propos ?

— Soyez franche. En êtes-vous contente ?

— Très-contente pour lui, je vous assure. Il gagne péniblement sa vie et n'est pas heureux.

— Et vous ne regrettez pas de ne plus avoir ses leçons ? N'aimiez-vous pas... qu'il vous fît la cour ?

— Assez, Massimo ! Pourquoi me parlez-vous ainsi ? Comment ces idées peuvent-elles se présenter à votre esprit ?

— C'est bien. Pardon, dit-il en se levant. Mais calmez-vous. Je crois à ce que vous me dites, mais je ne pense après tout que des choses très possibles. Du reste, cela ne me regarde pas. — Et il sortit en fredonnant un petit air.

Le boudoir était tout à fait sombre. Élisa resta longtemps sans faire le moindre mouvement, les yeux fixés sur un groupe de porcelaine qu'on distinguait plus clairement dans l'obscurité tombante. Elle écoutait les moindres bruits. Sans s'en douter, elle avait prêté l'oreille très attentivement au choc léger et décroissant des portes qui se fermaient, lorsque Massimo était parti ; puis elle attendit presque avec impatience le bruit que devait faire la voiture en sortant, mais on entendit rien. — Un domestique entra portant une lampe à abat-jour, pour la déposer silencieusement sur une table, couverte d'un tapis rouge qui s'éclaira subitement. Le groupe mythologique fut noyé dans l'ombre. Les heures sonnèrent, en se répétant aux clochers des églises. C'étaient les seuls bruits du dehors. Élisa succombait de fatigue et pensait qu'elle ferait bien d'aller se coucher, mais elle ne pouvait se lever. Sa main très blanche, un peu grande et maigre, couverte de bagues étincelantes, s'étalait sur sa robe noire ; et il lui semblait qu'elle ne parviendrait jamais à la soulever. Son indécision lui était pénible, sa volonté n'eut même plus la force de lutter ; elle céda lâchement à la prostration qui la gagnait, et comptant parfois à la pendule les minutes interminables, elle laissa s'écouler les heures rapides.

Le silence semblait s'accroître. Tout à coup elle

entendit un bruit de pas; elle crut que c'était le domestique, mais la porte s'ouvrit et Massimo entra en habit et en cravate blanche.

— Vous me croyiez déjà parti, n'est-ce pas? J'ai été long à m'habiller, puis je suis descendu jusqu'au bas de l'escalier, mais j'ai dû remonter. J'ai un mot à vous dire.

— Quoi donc?

— J'ai à vous demander pardon.

Élisa, surprise, troublée, ne trouvant pas de paroles, lui tendit la main.

— Oui, je veux vous demander pardon, répéta-t-il sérieusement. Vous savez, les hommes comme moi, même quand ils ne sont ni tout à fait méchants, ni tout à fait bêtes, blessent parfois les femmes comme vous, sans le savoir, ou sans pouvoir s'en défendre. Cela doit m'être arrivé souvent, et ce soir d'une façon inexcusable à mes yeux. Or, une fois pour toutes, je désire que vous me pardonniez et que vous me promettiez de ne pas donner plus de valeur qu'elles ne méritent aux paroles absurdes qui peuvent m'échapper.

— Vous êtes déjà pardonné.

— Merci. Cela me désolait, voyez-vous, ma chère Élisa, m'étant aperçu que vous êtes bien triste ces jours-ci, d'avoir par ma bêtise augmenté votre tristesse. — En effet, voilà le résultat. Vous êtes restée là dans votre coin, à réfléchir au mal que je vous ai fait, à rêver tristement à ce qui ne peut qu'assombrir vos pensées. Vraiment, je vous assure, je ne pouvais sortir sans vous avoir revue. Tenez, je viens de m'apercevoir d'une chose, et je veux vous la dire. Mon amitié pour vous est plus grande encore que je ne croyais.

— Vous êtes bon, je le sais. Vos paroles me font du bien, et je vous remercie du fond du cœur d'être revenu sur vos pas. Mais, allez, adieu.

— Eh bien, je m'en vais plus content. Écoutez encore une chose, avant que je m'en aille. Vous savez que je n'aime pas les phrases et que je ne suis pas tendre. Mais je dois vous le dire ce soir, une fois pour toute : je vous aime fraternellement... un peu comme un père aussi peut-être.

— Eh bien ! vous l'intimidez un peu quelquefois, mais, Massimo, votre sœur a plus d'affection pour vous qu'elle ne vous montre et que vous ne croyez.

Il lui baisa la main. — Oui, vous êtes une sœur pour moi, vous remplacez celle que j'ai perdue. — Il lui avait plusieurs fois parlé de la pauvre Lina. — Et je vous aime comme un frère, mais bien mieux que les vrais frères ne savent aimer, ajouta-t-il amèrement.

Il lui tenait toujours la main. Il y eut une longue pause.

— Adieu donc, reprit Massimo, sans se lever toutefois, je dois aller au théâtre.

— Allez alors, il est déjà très-tard.

— Oui, d'autant plus qu'une dame m'y attend.
Mais bah ! qu'est-ce que cela fait ? reprit-il gaîment.
A propos, savez-vous qui m'attend? Devinez...

Élisa sourit presque malgré elle du changement
subit de ton de Massimo.

— Devinez ! répéta-t-il.

— Mais comment voulez-vous que je devine ?

— Elle arrive de Milan.

— Cela ne m'avance pas à grand'chose.

— Eh bien ! ce n'est autre que la comtesse Lassardi.

— Vraiment ? Depuis quand est-elle ici ?

— Depuis trois jours. Il paraît, ma foi, — continua-t-il d'un ton presque comique, — qu'elle est
encore folle de moi. Mais n'en dites rien, j'aime
que l'on me croie discret.

— Je n'en ai encore jamais rien su.

— Tiens, c'est vrai, vous ne pouvez rien savoir.
Et cependant cela date... Allons donc, silence !
Adieu, et dormez bien.

— Adieu — et merci.

Il l'embrassa au front et sortit.

Cinq minutes plus tard, elle entendit le bruit
de la voiture de Massimo qui roulait sous la porte
cochère.

DEUXIÈME PARTIE

I

La vie du marquis et de la marquise d'Astorre changea peu dans les deux années qui suivirent les épisodes que nous venons de raconter. Massimo ne regretta jamais de s'être marié aux yeux du monde. A l'abri de toute tentation de mariage, et toujours complètement libre, s'amusant de la curiosité qu'il excitait, content de savoir Élisa tranquille et de la voir enviée, flatté dans son amour-propre et dans son désir permanent d'étonner la foule, il avait en même temps conscience d'une bonne action accomplie. Même de loin, il jouissait du bonheur matériel d'Élisa, qui était son œuvre à lui, et l'affection qu'il lui avait vouée lui procurait une satisfaction intime. C'était une amitié qui lui permettait de rester dix mois sans la voir, mais par

laquelle il ne pouvait l'oublier, une camaraderie
se renouvelant toujours après une longue absence,
et qui le poussait à lui parler avec l'abandon qu'on
éprouve auprès d'un ancien ami. Oui, bien que
l'amitié soit très-possible entre un homme et une
femme, Élisa était pour lui encore plus un *ami*
qu'une *amie.* Comme ceux qui le croyaient très
amoureux de sa femme eussent été étonnés en
apprenant la vérité ! Si par hasard il se souvenait
qu'Élisa était une femme, son « ami » se transfor-
mait alors en une sœur, et voilà tout.

Massimo resta longtemps absent, à Paris et à
Londres; il fit ensuite partie d'une mission diplomatique en Suède ; comme toujours il fut très
remarqué partout, charmant les connaisseurs par
le goût raffiné de son luxe, étonnant tout le monde
par sa causerie étincelante et par ses actions plus
paradoxales que ses discours, par son entrain et sa
froideur, par la sûreté de ses démarches et par son
attitude nonchalante. Il ébaucha avec une jeune
héritière anglaise un roman dont on parla beaucoup
et qui eut un côté dramatique et un côté comique,
également intéressant pour les spectateurs. Deux
fois il se brouilla avec Kautzler et se raccommoda
avec elle. Lui, qui autrefois avait tant perdu au jeu,
gagna maintenant des sommes folles, poursuivi par
une veine insolente.

Cependant il s'ennuyait. La monotonie découlait

pour lui de la variété même de son existence, et les moyens qu'il possédait si largement pour satisfaire tous ses caprices, lui faisaient sentir plus fortement la vanité de leur réalisation. On peut se donner toutes les jouissances, mais il est impossible de se procurer un seul désir. Il songeait souvent qu'il doit se trouver beaucoup plus de vraie variété, de couleur, dans une vie en apparence uniforme, où chaque détail acquiert une importance vitale, que dans une vie comme la sienne; que peut-être l'intérêt n'existe que dans la poursuite d'un but unique. Ses anciennes idées d'ambition lui revenaient alors, il sentait le poids de son intelligence infructueuse, et la tentation le reprenait d'en tirer parti et de chercher un rôle important à jouer.

Dans la troisième année de son mariage, Massimo resta plusieurs mois sans même se montrer à Florence; jamais il n'avait fait d'absence aussi longue. Quand il y revint dans l'état d'esprit que nous venons de décrire, il y arriva rempli de toutes sortes de projets encore vagues.

Pendant tout ce temps, Élisa, de son côté, s'était faite de plus en plus aux réalités de la vie, tandis que le monde s'habituait un peu à elle. On l'aima sans espoir, on la courtisa sans succès, on continua à dire d'elle le plus grand bien et le plus grand mal; elle ne se fia jamais qu'aux rares amitiés éprouvées

et sincères. Elle avait continué à vivre dans une
solitude relative, faisant beaucoup de bien ; reconnaissante et résignée, occupée et tranquille, et
avait aussi un peu voyagé. Des changements étaient
survenus en elle ; au moral, elle avait trouvé l'équilibre et une sérénité relative qu'elle n'eût jamais
espéré conquérir ; au physique, elle s'était singulièrement embellie. Les femmes ont parfois un
épanouissement inattendu. Il fut étonnant chez
elle. Elle trouva dans l'exercice recommandé par
les médecins un tel bien-être et un tel apaisement,
une si saine et si réelle distraction à ses pensées,
qu'elle s'y livra avec entrain. Souvent, le matin,
elle montait à cheval et, bercée par le mouvement
cadencé de la noble bête, respirant à pleins poumons
l'air frais qui lui caressait le visage, sentant ses
yeux se remplir de lumière et admirant sans
réflexion la beauté des arbres verts sur l'azur du
ciel, elle se sentait puissamment vivre de cette
bonne existence presque végétale qui est le meilleur
contre-poison des sentiments morbides. Fortifiée
par cette vie régulière, hygiénique et facile, son
corps avait magnifiquement mûri, son teint avait
acquis une transparence et une fraîcheur toutes
nouvelles, et l'expression indélébilement mélancolique de sa physionomie rendait plus sédui-
sant l'épanouissement de sa personne ; le plein
contour de son visage contrastait avec son sourire

résigné, la pureté de ses yeux avec son regard profond.

Massimo remarqua ce changement. Très occupé pendant les premiers jours, il n'eut pas le temps d'y songer beaucoup, et vit peu Élisa. Un doute lui traversa toutefois l'esprit. Quelle pouvait être la cause de cette nouvelle floraison de sa beauté? Serait-ce une nouvelle vie qui venait de surgir en elle? Aimerait-elle quelqu'un? — Ayons le courage de le dire, au risque de scandaliser : sceptique et fraternel en même temps, Massimo n'était pas du tout jaloux. Il ne l'avait jamais été; il avait éloigné le musicien Wurtz, tout simplement par crainte qu'il n'attristât Élisa et la compromît sans le vouloir; et la scène qui clôt la première partie de ce récit, si elle n'a pas été mal interprétée par le lecteur, lui aura montré à quel point d'Astorre avait toujours été indulgent pour sa femme.

Il l'observa cependant par curiosité, et se persuada bien vite que son doute était faux. Mais en la regardant, il ne pouvait se persuader d'avoir la même femme devant les yeux. Il l'avait toujours trouvée charmante; maintenant, presque à son insu, il l'admirait.

Du reste, il ne la voyait que très-rarement. Il était forcé d'aller un peu partout, et après une si longue absence on se l'arrachait. Toutes sortes d'affaires le réclamaient, et il s'occupait de différents projets encore peu définis. On le pressait de reprendre la carrière diplomatique, le voyant assez bien disposé; et on lui laissait entrevoir qu'il pouvait aspirer à tout.

Telle était la situation, lorsque, simplement et sans secousses, presque par hasard, les choses changèrent tout à coup.

Il y eut un bal chez un vieux diplomate autrichien retiré, mais dont l'influence politique était toujours très-grande, — une fête magnifique, qui avait en même temps un caractère officiel. Une heure du matin sonnait déjà, lorsque Massimo, — toujours en retard, selon son habitude, — monta l'escalier littéralement couvert de fleurs du somptueux hôtel où le baron de K. s'était nouvellement installé. Élisa, restée dans l'incertitude toute la journée, avait fini par déclarer qu'elle n'irait pas. Comme toujours, beaucoup de regards se tournèrent vers la porte par où le marquis d'Astorre fit son entrée au milieu de l'animation de la salle de bal. Malgré son extrême amabilité et la modestie voulue de ses allures, il imposait par son grand air. Il s'avançait parmi les groupes, doucement, portant sans la moindre gêne son habit couvert d'ordres étrangers, souriant aux dames, et cherchant à se frayer un passage pour arriver jusqu'au maître de la maison qui venait à sa rencontre. Le baron causa assez longuement avec lui, puis ils furent séparés par la formation d'un quadrille. Massimo continua son tour de l'appartement, arrêté à chaque instant, obligé parfois de revenir sur ses pas, toujours observé et ayant toujours l'air de ne se croire vu de personne. A la salle du buffet, il se sentit touché au bras; c'était lady Thompson, qui voulut absolument le présenter au passage à une dame napolitaine, très belle, nouvellement arrivée et dont on parlait beaucoup.

— Comment la trouvez-vous? lui demanda un jeune homme qui guettait le moment où il quitterait les dames. — C'est la beauté du jour.

— Médiocre, mon cher ami, il n'y a pas une seule femme ici. Je m'en vais au fumoir.

Mais comme il s'y rendait, en traversant une salle déserte, il fut forcé de s'arrêter. Une femme qu'il ne reconnut pas, la voyant de dos, attira son attention. Il se retourna deux fois pour admirer sa taille svelte et imposante, ses magnifiques épaules, et sa toilette caractéristique. — Le fumoir était rempli de monde et on y causait bruyamment. Massimo en eut bien vite assez; il jeta sa cigarette et retourna dans les appartements. En entrant dans la salle de bal, il rencontra la comtesse Goffredi qui lui dit qu'Élisa le cherchait.

— Mais comment! Elle est ici?

— Oui, c'est moi qui l'ai décidée à onze

heures. Nous sommes venues ensemble. Mais, tenez, la voilà qui entre au bras du général.

— Où donc?

— Là bas. Adieu. Allez à sa rencontre.

Massimo eut un léger éblouissement. Il retrouvait dans Élisa l'inconnue qu'il avait admirée un quart-d'heure auparavant. Peut-être, si la comtesse ne la lui eût montrée, ne l'eût-il pas reconnue tout de suite.

Mme d'Astorre s'avançait lentement au bras d'un vieillard en uniforme, causant une espèce de remous dans la foule, car on se pressait pour la voir, et on s'écartait avec admiration pour la laisser passer. Jamais le changement qui s'était opéré en elle n'avait été aussi visible, jamais le nouveau caractère de sa beauté ne s'était tant accentué. Sa tournure surtout excitait la curiosité, car, par un de ces hasards qui arrivent parfois aux femmes les plus honnêtes, elle avait fait presque inconsciemment une de ces toilettes provocantes qui obligent, dans un bal, les hommes à se parler bas à l'oreille, tandis que les dames, en souriant malicieusement, lancent leurs remarques les plus acerbes et les moins sincères. En Italie, la mode des robes collantes ne faisait en ce moment-là que poindre à l'horizon, et tandis que les autres étalaient encore des jupes bouffantes d'étoffes légères couvertes de nœuds et de colifichets, Élisa, un peu honteuse du trop grand succès de sa toilette parisienne, était serrée dans un simple fourreau en satin rose très pâle, à cuirasse très longue et dont la traîne seule, complètement détachée, était couverte d'un fouillis de dentelles et de fleurs. De sa taille d'une incroyable finesse, s'élargissait un buste majestueux, qui paraissait tout nouveau et fait pour l'occasion, d'où sortaient des épaules admirablement rondes et blanches et un cou d'une rare pureté de lignes, entouré d'un seul rang de diamants. Sa coiffure montrait la forme de la tête, et d'un épais chignon très serré sur la nuque se déroulaient quelques mèches folles. Le maintien modeste et un peu embarrassé, mais la démarche sûre, elle s'avançait toujours, se jetant parfois en passant devant un miroir un long regard de ses yeux bleus, comme pour bien se reconnaître elle-même. Son teint, d'une pâleur mate et unie, s'harmonisait singulièrement avec la nuance de sa robe, dont la coupe hardie contrastait au contraire avec le sérieux de sa physionomie et la mélancolie de son sourire. Un sculpteur n'eût certes pas trop admiré ce genre de robe qui, en effilant et allongeant trop la taille, en marquant trop les formes, semble vouloir corriger l'épreuve de la femme que Dieu nous a donnée, mais il eût certes admiré les bras auxquels les gants longs à la mode n'ôtaient rien de leur beauté classique. Il y avait foule autour du carré

où était Élisa, et son danseur ne pouvait presque
plus lui parler, car à chaque instant quelqu'un
s'approchait pour lui glisser un mot. Évidemment
on ne voyait qu'elle et jamais elle n'avait été si
entourée. Massimo comprenait cela mieux qu'on
n'aurait pu le croire, car qui aurait deviné qu'il
était, tout à coup, lui aussi sous le charme?

A la fin de la danse, Élisa l'aperçut et vint
s'asseoir près de lui, en racontant comment elle
l'avait inutilement cherché jusqu'alors. Pendant
qu'elle parlait, Massimo, les yeux baissés, écoutait
au contraire ce que lui disait un tout petit soulier
de satin rose qui dépassait le bout de la robe. Puis,
il releva la tête, et en admirant Élisa de près et en
détail, il ne pouvait revenir complètement de la
première surprise que lui avait causée son apparition.

— Je n'aime pas cette robe, ajouta-t-elle. On
me regarde trop. Et vous, comment me trouvez-
vous ce soir?

— Si belle que je ne vous ai pas reconnue.

— Merci du compliment, répondit-elle en riant.

Mais lui ne souriait même pas. Il la regardait
sérieusement, d'un œil froid, mais fixement, et
d'une façon qui la gênait un peu. Ils causèrent
encore de choses indifférentes; puis il y eut un
long silence. La figure de Massimo s'assombrissait.
Silencieux, il ne faisait pas mine de vouloir bouger.
Elle n'osait se lever. — L'orchestre attaqua une

valse. Ils étaient tout près de la porte où les couples passaient. Élisa laissa encore tomber un mot de temps en temps, auquel Massimo ne répondit plus ; il était plongé dans une rêverie dont il ne fut réveillé que par le silence de l'orchestre, quand la valse cessa. Jetant les yeux autour de lui, il ne se sentit pas à son aise. Il lui semblait qu'on le remarquait et qu'on remarquait Élisa près de lui. Pensant qu'on devait trouver étrange de le voir ainsi près de « sa femme », il laissa échapper un léger éclat de rire, et comme Élisa lui en demanda la raison, il lui répondit brutalement pour la première fois de sa vie. Élisa qui se sentait nerveuse en ce moment-là, en fut très-étonnée, et plus blessée qu'elle ne l'eût peut-être été dans toute autre occasion. C'était elle qui l'observait maintenant ; et toujours elle n'osait se lever. Massimo, en butte à tous les regards, se sentait très-légèrement ridicule.

— Eh bien, lui dit-il enfin, vous ne bougez donc plus ? vous ne dansez pas, vous n'allez pas au buffet ?

Elle répondit très-doucement.

— J'avais promis à la comtesse que j'irais souper avec elle. Mais je suis un peu fatiguée, et, comme je sais que la voiture est là, je préfèrerais rentrer.

— Allons alors ! J'en ai aussi assez de ce bal. Je vous accompagnerai à la maison.

Élisa se leva sans dire un mot.

— Venez par ici, dit-il, je connais l'appartement, c'est plus court.

Et, traversant une serre déserte, ils enfilèrent un corridor, et se trouvèrent dans l'antichambre. Mais du salon d'entrée, beaucoup de personnes se penchèrent pour regarder, en voyant Mme d'Astorre paraître au bras de son mari.

Élisa, un peu attristée, baissait la tête, tandis que Massimo respirait le parfum particulier nouveau qui sortait d'elle et sentait la rondeur de son bras sur le sien.

Il l'aida à se bien couvrir, et ils descendirent seuls l'escalier. Sur le premier palier s'élevait une grande glace entourée d'arbustes. Ils s'y virent ensemble. C'était un bien beau couple que le miroir reflétait.

En bas le suisse fit avancer le coupé. Élisa monta et Massimo resta une minute un pied déjà dans la voiture, tandis que le domestique regrimpait sur le siège. Mais tout à coup changeant d'idée, il se retira, ferma violemment la portière et fit signe au cocher de partir.

Puis il alluma un cigare et s'en alla à pied.

Trois jours se passèrent sans qu'Élisa revît Massimo. Pendant ce temps elle réfléchit beaucoup sur son étrange conduite. Ensuite elle le retrouva tel qu'elle l'avait toujours connu. Seulement il l'observait comme s'il étudiait.

L'impression que le bal du diplomate autrichien laissa dans l'esprit de Massimo fut plus forte et dura plus qu'il ne l'aurait cru lui-même. Élisa s'était révélée à lui sous un jour nouveau, et ce viveur encore jeune avait senti brusquement surgir en lui pour cette femme qui, aux yeux de tous, était sa femme, un de ces violents caprices d'homme blasé qui peuvent conduire très-loin. Par un hasard qui paraissait une malice du sort, la nouvelle beauté d'Élisa était précisément la beauté que Massimo rêvait en ce moment exact de sa vie. De plus, il crut s'apercevoir qu'il la connaissait mal, et que beaucoup de côtés de cette femme, sans aucun doute supérieure, lui étaient encore cachés; et alors, à son admiration nouvelle se mêla une vive curiosité. Il lui semblait qu'il y avait maintenant deux femmes en elle : l'ancienne qu'il aimait encore d'une affectueuse amitié, et la nouvelle qui le troublait. Pour celle-ci, il n'avait qu'un caprice auquel, par moments, il souffrait de résister; mais quand il ne voyait que l'autre, il ne pouvait la considérer que comme une sœur d'adoption. Toutefois, ce qu'il y avait eu jusqu'alors de paternel dans ses sentiments, disparaissait. Il avait toujours envisagé Élisa comme une personne bien différente de lui, moralement supérieure, mais inférieure aux autres points de vue; il l'avait un peu traitée comme une enfant, et c'était naturel, ayant été poussé d'abord vers elle par un instinct de protection... Maintenant, cela ne lui était plus possible. Il la sentait son égale.

Le marquis d'Astorre devint timide. Un désir le rajeunissait, et, pour la première fois de sa vie, il voyait des obstacles insurmontables à l'accomplissement de ce désir. Il avait, on l'aura compris peut-être, une probité à lui, cet homme sans principes qui faisait fi de tant d'idées reçues, et, selon ses idées particulières, la situation était extrêmement délicate. Si l'on avait pu lire ses pensées, on eût été bien surpris, et peut-être l'eût-on trouvé ridicule. Pourquoi le bonheur ne lui avait-il pas été accordé d'avoir un caprice pour toute autre femme?

Fût-ce une reine, il se serait jeté, tête baissée et avec joie, dans l'aventure, à travers toutes les difficultés et tous les périls, tandis que devant Élisa il pensait plutôt à fuir. Il examinait cependant sa position froidement et avec la sûreté du regard qui ne lui manquait jamais.

Il réfléchit au passé et au présent d'Élisa, comme il n'avait fait jusque-là. Et, un matin qu'il l'accompagnait à cheval, en admirant sa beauté épanouie, son profil qui faisait rêver, la profondeur bleue du regard de ses grands yeux distraits, tout le charme intelligent de son visage et l'élégance exquise de ses mouvements, il songea tout à coup à son avenir; et, pensant que peut-être cette jeune femme se

trompait elle-même en croyant sa vie finie, il se
sentit pendant quelques instants jaloux d'un avenir
improbable. C'était une matinée délicieusement
fraîche et printanière : tout un concert d'oiseaux
cachés éclatait en notes perlées dans la tendre verdure des arbres ; les sabots des chevaux résonnaient
agréablement sur le terrain à peine humide ; on se
sentait envahi par quelque chose de sainement
voluptueux qui empêchait de parler, et Massimo
remarquait parfois quelque promeneur matinal qui
lui jetait un regard d'envie.

— Savez-vous, Élisa, dit-il brusquement en
mettant son cheval au pas, qu'on m'a offert hier le
poste de ministre à Washington ?

— Vraiment ? — Mais vous n'accepterez certes
pas d'aller si loin ?

— J'avoue que je suis indécis.

Elle le regarda étonnée.

— Oui, je suis indécis. D'un côté, je pense qu'il
me faudrait rompre avec toutes mes habitudes,
commencer une vie nouvelle, et je me dis que cela
n'en vaut pas la peine. Mais, d'un autre côté, je
songe que je m'ennuie, que bien des choses ne
m'intéressent et ne m'amusent plus, qu'un grand
changement me fera du bien, que vous n'avez pas
besoin de moi, — car, naturellement, l'idée que
vous m'accompagneriez là-bas ne m'est jamais
venue, — et que... Et puis, voyez-vous, je suis

13

peut-être un ambitieux! Cette offre est très flat-
teuse... Songez donc : j'ai quitté la carrière n'étant
que second secrétaire, et voilà que d'emblée je
serais nommé ministre. D'ailleurs on m'a assuré
que je ne resterais en Amérique que deux ans au
plus, et qu'ensuite, je pourrais me choisir un
poste d'ambassadeur en Europe. — Avouez que
c'est assez tentant.

— Vous dites cela d'un ton qui dément vos paroles, et je crains peu ce départ. Si je l'osais, je vous
dirais même que je ne crois pas trop à votre ambition.

Massimo la regardait. Elle avait prononcé ces
paroles assez gaiement, mais il remarqua un certain
trouble dans sa physionomie. — Élisa comprenait.
Malgré son air dégagé, elle se sentait mal à son
aise. La gêne qu'elle avait toujours éprouvée auprès
de Massimo devenait bien plus pénible, quoiqu'elle
sût mieux la cacher.

Sans se trahir autrement que par quelques atten-
tions prévenantes, Massimo passait maintenant le
plus de temps qu'il pouvait auprès d'Élisa. Il restait
de longues heures à causer avec elle, se perdant
quelquefois dans des dissertations à perte de vue,
comme il ne l'avait jamais fait jusqu'alors. Mais il lui
arrivait de s'arrêter tout à coup, s'apercevant qu'il
ne pouvait continuer. Il ne savait plus parler de certaines choses sur lesquelles jadis il ne s'exprimait que

trop librement. Après l'avoir si longtemps traitée en garçon, il se sentait pris d'étranges pudeurs, et craignait à chaque instant de l'effaroucher, de la blesser dans ses délicatesses féminines. La pureté que ses yeux reflétaient le rendait gauche. Et en même temps elle l'étonnait par la justesse de ses points de vue, par des mots subits et profonds. Son intelligence devait s'être aussi singulièrement mûrie avec le reste, dans les méditations de sa vie tranquillisée.

Et comment avait-elle pu se perfectionner le goût au point de le rendre impeccable, et mettre dans tout ce qu'elle portait ou dans tout ce qui l'entourait une note d'originalité, d'autant plus difficile à imiter qu'elle paraissait plus discrète ? Elle avait acquis un avantage immense sur toutes les femmes, celui de ne ressembler à aucune. Sa position, si différente de toutes les autres, en était peut-être la cause.

Sérieusement Massimo pensait parfois à s'éloigner en acceptant le poste qu'on lui offrait. Malgré les changements extérieurs de la nouvelle beauté d'Élisa, il la savait irrémissiblement fidèle au passé. De plus, elle ne pouvait avoir pour lui, de toutes façons, que des sentiments d'estime et de reconnaissance, — il s'en apercevait bien. Il ne lui inspirait aucune confiance venant du cœur ; — la sympathie d'Élisa pour lui était une sympathie de raison et non d'instinct ; — la gêne, la crainte et le malaise vagues que toujours elle avait ressentis devant lui, existaient encore et augmenteraient certainement s'il changeait d'attitude auprès d'elle. Elle avait su trouver une franche affection à lui donner en échange de sa généreuse amitié; ne pourrait-elle avoir de la haine pour son amour?

Et il ne se trompait pas tout à fait. Quand Élisa eut tout deviné, un frisson l'enveloppa de la tête aux pieds, et l'avenir qui jusqu'alors s'étendait devant ses yeux comme une longue allée fraîche et uniforme, lui apparut rempli de périls. Bien des fois elle avait songé aux dangers inhérents à sa position même; jamais elle n'avait prévu ce qui arrivait.

Massimo se disait que ce caprice pour sa femme, quoique très-fort, ressemblait à beaucoup d'autres caprices qu'il avait eus et qui avaient peu duré, et qu'il passerait aussi. Il décida donc qu'il serait absurde de s'y abandonner; cependant tout ce qui l'intéressait encore à Florence quelques jours auparavant ne lui offrait plus la moindre distraction, et il ne pouvait s'empêcher de rester auprès d'Élisa.

Il lui semblait qu'elle le fuyait un peu; elle trouvait des prétextes pour sortir quand il ne faisait pas mine de vouloir s'en aller. Dans leurs longs tête-à-tête elle dirigeait la conversation avec une grande habileté et non sans une certaine fatigue à peine visible. Évidemment elle craignait les silences.

Le poste de Washington ne pouvait être offert officiellement à d'Astorre que dans trois mois. Il se sentit incapable de rester jusqu'à cette époque. Un soir il décida qu'il valait mieux partir de suite. Il laissa entendre qu'il accepterait probablement d'aller en Amérique, et qu'en attendant il devait aller à Milan et retourner peut-être à Paris. Lorsqu'il annonça cette décision à Elisa, elle eut l'air, comme d'habitude, de trouver son départ tout naturel. Il en fut blessé, lui qui, quelques semaines auparavant, aurait été surpris par la plus légère observation de sa part. Toutefois, comme il lui demanda encore une fois son avis à propos de Washington, elle l'en déconseilla. Bien qu'un peu gênée, elle fut avec lui affectueuse comme elle l'avait toujours été, tandis que lui, sa décision prise, retrouva tout son aplomb, et se montra tel qu'il voulait être jusqu'à la dernière matinée qu'il passa auprès d'elle.

Ils avaient déjeuné ensemble causant de choses indifférentes. On avertit Massimo que la voiture était prête. Il se leva, et en disant adieu à Élisa, il sut la baiser au front fraternellement, avec sa sérénité habituelle.

Sa froideur même, sa force de volonté troubla Élisa. Elle se sentit gauche. Il y eut une longue minute de silence embarrassant; un de ces silences profonds pendant lesquels il nous semble presque voir les paroles que nous ne prononçons pas flotter vaguement dans l'air. Tout à coup Massimo, la main sur le bouton de la porte, se retourna et dit tranquillement :

— Je crois que j'ai raison de partir. Nous nous comprenons, n'est-ce pas ? Je ne puis préciser la durée de mon absence, mais j'espère qu'elle ne sera pas longue. Pendant ce temps, je réfléchirai et je prendrai une décision quant à Washington. Qu'elle soit négative ou affirmative, nous nous reverrons. — Oui, cela vaut mieux, vous le sentez aussi. Enfin, adieu et au revoir. — Et il partit, laissant Élisa troublée.

Une espèce de remords la saisit, qu'elle crut passager, et qui, au contraire, alla croissant dans les premiers jours de solitude — car elle fit en sorte de voir très peu de monde, sentant un grand besoin de se recueillir. Quelque chose lui criait qu'elle avait tort — et il lui semblait que les objets extérieurs, le ciel, le spectacle de la vie, tout s'associait à cette voix. Eût-elle demandé l'avis de n'importe qui, elle était sûre qu'on aurait donné raison à ce sentiment, nouveau et encore obscur, qui s'élevait, du fond de sa conscience, contre toutes les raisons que trouvait son cœur pour faire à sa guise. Elle se disait que la situation si exceptionnelle créée par son mariage apparent avec d'Astorre, était restée possible entre eux jusqu'à ce jour à cause de leur manière de vivre respective, mais qu'elle cessait de l'être dès que l'un des deux, par quelque motif que ce fût, changeait; que sa fidélité éternelle et absolue à un absent à jamais perdu pour elle, vraie au point de vue d'une haute réalité poétique, inattaquable selon son cœur, était fausse au point de vue pratique de la vie sociale. Du jour où Massimo, à sa manière, l'aimerait réellement, dès qu'elle deviendrait utile à son bonheur, son vrai devoir ne serait-il pas de sacrifier son culte du passé à l'homme qui avait tant fait pour elle, de tâcher de lui rendre toute entière l'affection nouvelle qu'il lui vouait? Il l'avait sauvée, rendue à une vie possible, il avait fait pour elle ce que personne n'aurait pu ni voulu faire, devait-elle maintenant refuser le seul moyen qui s'offrait à elle de lui témoigner dignement sa reconnaissance?

Et cependant, dès qu'elle pensait à la vie qu'elle devait entreprendre, si vraiment Massimo le voulait et qu'elle crût devoir se conformer à sa volonté, une tristesse toute nouvelle venait lui serrer le cœur. Elle sentait quelque chose qui se mourait dans son âme. Par moments, par la force de la raison, cela lui paraissait facile, puis tout son être se révoltait et elle voyait devant elle, non plus le meilleur parti à prendre courageusement, mais un pénible devoir à accomplir en souffrant et en se cachant de souffrir.

Massimo écrivit simplement, donnant de ses nouvelles, et s'informant affectueusement d'Élisa, à peu près dans le style qui lui avait toujours été habituel. Cela tranquillisa Élisa et elle commença à espérer que rien ne serait changé dans sa vie. Mais un matin, un mois environ après le départ de Massimo, elle reçut la lettre suivante ;

« Chère Élisa, je ne puis vous le cacher plus longtemps; je m'ennuie à en mourir. J'ai cru passager le changement qui, depuis quelque temps déjà, s'est produit en moi, mais ce changement persiste, et il me semble qu'il doit être définitif. Il faut que ma vie prenne une nouvelle direction; — vous dire ce que vous savez déjà me paraît inutile. En votre qualité de femme et de femme intelligente, vous devez m'avoir compris mieux que je ne me comprends moi-même. Et je l'avoue, par moments je ne me comprends plus du tout. Je ne peux plus continuer à vous envoyer des phrases banales. Il faut que je sois sincère et il faut que je me décide à quelque chose; mais cette décision c'est vous qui devez la prendre pour moi. Tout serait-il pour le mieux, si j'acceptais le poste de Washington? Si vous le croyez, dites-le-moi, car j'ai hâte de connaître mon sort, et si tel était votre avis, j'écrirais de suite au ministère. — Sinon, dites-moi de retourner auprès de vous, et j'accourrai. Mais — vous le savez, n'est-ce pas sans que je

vous l'apprenne? — ce serait maintenant pour ne
plus jamais vous quitter. La situation est nouvelle
et piquante, convenons-en, car on me prend pour
un homme d'esprit, et on me croit votre mari, de
plus j'ai la réputation d'un roué, et moi, ancien
diplomate et ex-viveur, je ne sais plus que vous
adresser bêtement la phrase suivante : Marquise,
me permettriez-vous de vous faire la cour?

Que diraient mes amis, s'ils pouvaient voler cette
lettre à la poste? qu'en penserait même l'indiscret
employé qui l'ouvrirait par zèle? Qu'est-ce que j'en
pense moi-même en l'écrivant? Je ne le sais trop,
mais ce que je sais, ce qui m'étonne, me charme
et me navre en même temps, c'est qu'en tâchant de
deviner ce que vous en penserez, mon cœur bat
comme celui d'un écolier de vingt ans, du temps
qu'il y en avait encore. Oui, je vous vois d'ici
ouvrant cette lettre et croyant y trouver « de mes
nouvelles », je vois votre œil parcourir les premières lignes distraitement, puis rester comme
accroché par un mot; je vous vois recommençant
à lire de crainte d'avoir mal compris. Hélas! vous
avez parfaitement compris et c'est la pure vérité.
Mais êtes-vous réellement surprise? Non, n'est-ce
pas? Vous aviez deviné depuis longtemps. Oui, il
me semble vous voir de profil, sérieusement douce,
et je tâche d'apercevoir en dessous votre œil bleu
attaché au papier. Est-ce un sourire qui plisse le

coin de votre lèvre? Mais je me trompe peut-être, et au contraire vous pâlissez...

Au nom du ciel, soyez sincère! qu'aucune idée, qu'aucune crainte, qu'aucun scrupule ne vous empêchent de me dire la vérité. Pour ne pas vous influencer, je répète ceci : Je ne sais pas moi-même s'il ne vaut peut-être pas mieux que je parte. Méditez ces paroles; soyez franche.

Si vous saviez depuis combien de temps j'ai envie de vous dire toutes ces choses sans pouvoir m'y décider! Ai-je raison de le faire enfin? J'en doute encore. — Je me suis éloigné pour ne pas parler, et ce silence qui de loin me pèse plus encore qu'auprès de vous, n'aurais-je pas mieux fait de le garder toujours? — Non, cette lettre partira et vous la lirez bientôt. — Mais encore une fois, je vous en supplie, dites la vérité. Répondez vite. Réfléchissez, mais pas trop longuement. Laissez parler l'instinct; je suis persuadé que, dans ce cas, le premier mouvement sera le bon, le *vrai* du moins.

. . . .

Quand Élisa reçut cette lettre, elle était dans son boudoir avec Mme Goffredi et son beau-frère. Elle pâlit en effet en la lisant. Puis, maîtrisant son émotion, elle reprit la causerie interrompue, ne sachant pas ce qu'elle disait et pensa à leur confier tout et à leur demander conseil. Comme toutes les personnes qui n'ont jamais parlé de leurs peines à âme qui vive, elle éprouvait un impérieux besoin d'épanchement. Mais elle n'en fit rien, car en même temps qu'elle avait le désir de parler, elle en sentait l'impossibilité, et elle laissa partir ses amis sans se trahir.

Le moment décisif était arrivé; il fallait répondre sans retard. Mais le retard eut lieu. Vingt fois elle prit la plume, et la posa. Les heures semblaient passer avec une rapidité effrayante. Elle s'était d'abord donné la nuit pour réfléchir; et en effet elle ne dormit pas, mais rien n'était arrêté dans son esprit lorsque le jour parut. Le lendemain matin elle sortit à cheval; mais en plein air, sous la fraîcheur des arbres murmurants, toute pensée s'arrêtait dans son cerveau, et la vue de l'horizon la remplissait d'une rêverie si flottante qu'elle ne pouvait nouer deux idées.

Elle s'enferma dans son boudoir et là elle n'eut plus que de la tristesse. Elle sentait bien qu'elle n'avait pas le droit d'être indécise, et qu'il fallait faire ce qu'elle croyait être son devoir. Après se l'être dit tant de fois et l'avoir compris depuis si longtemps, comment hésitait-elle ? Mais cependant Massimo ne la priait-il pas de répondre toute la vérité ? Quelle était la vérité ? Elle s'apercevait bien que sa pensée cachait un sophisme. — Faut-il donc que je le trompe ? se disait-elle encore, en relisant la lettre pour la dixième fois? — Non, il faut que ce que tu dois lui répondre devienne la vérité, répondait sa conscience.

En attendant le temps marchait. Trois jours s'écoulèrent. Décidée maintenant, elle voulait écrire, mais ne le pouvait. Cela devenait presque un cauchemar. Elle pensait à l'impatience de Massimo, à tout ce qu'il devait supposer, et se faisait d'amers reproches. Depuis tout un jour déjà il aurait dû recevoir sa réponse. Elle ne quittait plus son boudoir, ne voulait voir personne et ressentait une souffrance toute nouvelle.

Enfin le soir, elle sortit, et rentra — brisée et soulagée en même temps. Elle avait expédié un télégramme, avec ce seul mot : Venez.

II

La matinée était délicieuse. Le mois de mai commençait. A la *villa del Giglio* le printemps éclatait magnifiquement. Il faisait frais encore, mais le ciel était déjà d'un bleu intense ; à l'horizon seulement quelques minces et longs nuages blancs s'étalaient, bordés en dessous d'nne ligne rose. Le vert tout nouveau des arbres clair-semés devenait sombre dans l'épaisseur des taillis. Une lumière douce et égale faisait ressortir les moindres détails de l'admirable paysage florentin où le regard ne trouvait que des beautés et pas de limites. Dans le jardin tout s'épanouissait, et le parterre de fleurs que terminait une vaste terrasse en marbre blanc était couvert de roses.

D'une des fenêtres du premier étage, Massimo, caché derrière une jalousie entrebaillée, regardait une allée latérale où Élisa, en robe de chambre blanche, se promenait pensive.

Massimo l'observait. Il était pâle et on aurait pu

voir sur sa figure ces contractions involontaires que produit la souffrance refoulée au fond du cœur. Il étudiait la physionomie de sa femme, dont il voyait en plein le visage, et ce que sa démarche pouvait trahir, avec la fixité de regard du savant qui veut arracher un nouveau secret à la nature. Il était là depuis plus d'une heure sans s'apercevoir de la marche du temps.

De son côté Élisa ne se savait pas observée. Sur sa figure on lisait l'expression d'une de ces tristesses auxquelles on s'abandonne dans la solitude avec une amère volupté, mais qu'on ne montre à personne. Sa pose abandonnée, sa démarche lente et incertaine, un geste qui lui échappait parfois, tout montrait qu'elle se croyait bien seule.

Trois fois de suite, Massimo fit un mouvement comme pour quitter la fenêtre où il s'accoudait, et descendre au jardin, mais trois fois il changea d'idée et reprit son immobilité.

Il réfléchissait et il rêvait. Il pensait à tout ce qui s'était passé depuis son retour, à la conquête de sa femme, que la veille encore il croyait accomplie et dont il doutait maintenant, sans qu'aucun évènement important fût arrivé pour changer la situation, à ses espérances d'avenir heureux qui s'étaient évanouies devant un regard involontaire d'Élisa.

Depuis un mois la lune de miel s'était levée pour lui à l'horizon, après presque trois ans de mariage.

D'abord incrédule à son bonheur tout en le goûtant, il avait dû finir par y croire; de jour en jour il l'avait senti devenir plus réel, plus possible; d'heure en heure le sourire d'Élisa lui avait paru plus sincère. Cependant il avait connu les cruelles alternatives du doute et de la certitude, et depuis la veille, tous les soupçons déjà anciens avaient su de nouveau et plus douloureusement que jamais pénétrer dans son cœur et le ronger. Qu'était-il donc arrivé? Presque rien.

La veille, il était allé à Florence pour affaires, très ennuyé de devoir y rester deux jours. Jamais Élisa ne lui avait paru aussi adorable qu'en la quittant, et, en ville, il la revoyait toujours, debout sur le perron, en robe claire, d'une main appuyée à la balustrade massive, et de l'autre lui envoyant un baiser, tandis que la voiture s'éloignait. Par un concours de circonstances inespéré, il put en quelques heures voir toutes les personnes à qui il devait parler, et faire tout ce qu'il avait à faire. Heureux comme un écolier qui trouve l'école fermée, il était revenu, le soir même, à la villa; mais en route, certains fâcheux pressentiments qui parfois l'avaient obsédé dans la journée, le tracassèrent et devinrent insupportables. Plusieurs détails lui revenaient à la mémoire qui le troublaient : un mot, une attitude d'Élisa, un regard surpris, une réponse, certes innocente, mais qui l'avait blessé, sa froideur

momentanée, ses mélancolies renaissantes, — et
le démon du doute s'était emparé de lui. Toutes
les craintes qui l'avaient assailli les jours précédents
firent de lui leur proie. Devenu nerveux à l'excès,
comme on l'est toujours quand on entre dans une
nouvelle phase de vie, il se montait la tête facilement, voulant se nier à lui-même sa souffrance,
mais étant en réalité dans un de ces pires quarts
d'heure, ce fut dans une très-mauvaise disposition
d'esprit et dans un état presque morbide que, sans
se faire annoncer, il entra sur la pointe des pieds
dans le boudoir à tapisseries chinoises où Élisa se
tenait le soir. Elle y était en effet, seule, immobile,
désœuvrée, assise sur une chaise devant une grande
table où elle s'accoudait, des deux mains se soutenant le menton et regardant fixement les dessins
de l'abat-jour posé sur la lampe.

Massimo, au lieu d'aller jusqu'à elle sans bruit
pour la surprendre comme il en avait l'intention,
s'était arrêté sur le seuil, n'osant plus avancer. Ce
que ses yeux trop habitués à lire sur le front des
femmes trouvèrent sur le visage d'Élisa si tristement absorbé dans la solitude, lui causa une poignante douleur. Sa mémoire évoqua le souvenir de
son attitude désespérée lorsqu'il l'avait surprise
toute en pleurs dans le boudoir du fond, à la villa
Arombelli. Elle ne pleurait pas maintenant, mais
son regard était le même, et la rigidité de sa pose

pouvait trahir un effort aussi pénible que l'angoisse qui l'avait autrefois jetée sanglotante sur ce canapé où elle s'était couchée à bout de forces. Cette fois elle ne bougeait pas plus que si elle eût été de marbre, et pendant un temps dont Massimo n'aurait pu préciser la durée, il resta, retenant son souffle, à la regarder. Alors il sentit tous ses pressentiments se vérifier, et il lui apparut clairement qu'il s'était trompé en croyant être aimé ; toutes les méfiances envers lui-même dont il avait été parfois vainqueur, lui revinrent, et, nerveusement affecté, il se sentit envahir par une douleur presque physique et par la certitude qu'il serait malheureux toujours.

Voilà tout. Il fallait que Massimo fût bien changé pour se laisser si fortement troubler par si peu. Mais c'est qu'il avait presque réalisé son rêve sans pouvoir croire à son bonheur, et que le moindre évènement suffisait pour le replonger dans le scepticisme. Il savait d'ailleurs qu'aucune parole ne peut être aussi sincère que le regard d'une personne qui se croit seule. Le caprice violent que, tout à coup, il avait ressenti pour Élisa, ce caprice né une nuit de bal et auquel il avait inutilement essayé de résister, s'était peu à peu changé en amour. Lorsqu'il s'était absenté avant d'écrire la lettre qui avait tant troublé Élisa, il avait senti confusément qu'au désir qui le poussait vers celle qu'on appelait depuis longtemps sa femme, se

mêlait déjà un sentiment plus profond. On ne s'en
étonnera pas. Car il ne faut pas l'oublier, cette
femme dont la nouvelle beauté l'avait ébloui quand
il ne s'y attendait pas, il l'aimait déjà d'une affection
fraternelle, et de ce mélange du désir inconscient
et d'une amitié sincère que pouvait-il naître, sinon
l'amour, qui est la tendresse de l'âme unie au trouble des sens?

Cette timidité qui s'était emparée de lui devant
Élisa, dès qu'il l'avait vue sous son nouvel aspect,
ne l'avait pas tout à fait abandonné. Quand, rappelé, il était arrivé à la *villa del Giglio,* où d'après
sa prière Élisa était allée l'attendre, il affectait
envers lui-même un aplomb tranquille qu'il ne
possédait plus. Cependant il retrouva toute sa
force. Il sentit qu'une seule maladresse, que la
moindre faute pouvait perdre la partie, et il retrouva
bientôt sa sûreté de coup d'œil, toute sa science et
tout son charme.

Si, pour conquérir peu à peu le cœur d'une
femme, pour allumer en elle une flamme qui ne
puisse s'éteindre que par notre faute, et pour la
conserver toujours vive, il ne suffit pas d'être beau
et très intelligent, s'il faut pour cela savoir tout ce
ce qu'on ne peut apprendre dans aucun livre, si en
un mot l'amour est un art, — Massimo fut artiste
autant qu'on peut l'être. Il avait beaucoup d'expérience, mais il eut assez de génie pour comprendre

tout de suite qu'il ne fallait pas s'en servir, que son
expérience le ferait échouer ou le dérouterait — et
il fut fort, au point d'oublier ce qu'il savait et de
deviner tout ce qu'il ne savait pas. Élisa ne ressemblait à aucune des femmes qu'il avait connues;
là était son charme, là aussi était l'obstacle. Il
commença par lui faire presque timidement la cour,
et il eut toutes les délicatesses que son tact lui
suggérait, — mais il fut parfait non-seulement à
cause de son flair exquis et de son élégance innée,
mais aussi, disons-le, par prudence. Il s'avançait
avec mille précautions, comme un explorateur en
pays inconnu. Il avait des timidités d'écolier et des
doutes de vieillard. Son regard disait ce qu'il voulait lui faire dire, son visage paraissait, comme
toujours, du marbre animé, mais un trouble se
cachait au fond de son âme.

Il connaissait les femmes — il en avait au moins
connu un grand nombre. Il en était arrivé, non pas
à ne plus croire à rien, mais à croire à tout, —
c'est-à-dire qu'il les croyait capables de tous les
vices, de toutes les scélératesses, de toutes les
abjections, mais aussi des dévouements les plus
complets et des plus grands sacrifices. Il avait
entrevu cette vérité, que presque toutes ont un
jour de désintéressement absolu, où elles se donnent
sans arrière-pensée et en oubliant tout, — tandis
qu'il est rare qu'un homme ne calcule pas, même

en pleine passion. Cependant, tout en les estimant susceptibles de tout deviner par les sensations, il les croyait inférieures intellectuellement, et incapables de jamais comprendre une idée abstraite.— Il avait connu des femmes vertueuses par dévotion, par orgueil ou par un sentiment élevé du devoir; de grandes dames sacrifiant tout à un homme indigne, et trop fières pour regretter leur sacrifice; des jeunes filles qui étaient mortes sans livrer le secret de leur cœur; des artistes passionnés pour leur art et qui y renonçaient cependant par amour; des courtisanes, qui après s'être roulées dans toutes les fanges, avaient eu leur jour d'héroïsme. Toujours il avait rencontré des natures imparfaites, illogiques, impétueuses dans le bien et dans le mal, cédant le plus souvent à une impulsion inconsciente, — dans toutes il avait trouvé un côté mystérieux; et là, il s'était arrêté, trop insouciant pour essayer d'approfondir.

Mais, pour lui, les femmes se divisaient surtout en deux grandes catégories : les sages et les folles. Il avait vu de vraies jeunes filles, et leur innocence lui avait quelquefois semblé charmante, et souvent il s'était senti plein de respect devant des femmes dont il avait été forcé d'admirer la vertu. Les autres, les passionnées, les chercheuses, les corrompues, il les avait toutes aimées à sa manière. De sa liaison avec lady Jane S., qu'il avait enlevée,

comme nous avons dit, il avait gardé longuement
le souvenir, car elle était tellement femme, qu'il
y avait en elle un peu de toutes les femmes, bien
qu'elle fût en même temps unique dans son genre.
— Et il se rappelait la duchesse de Monteverde —
une vraie Italienne, dans le sens que les étrangers
attachent à ce mot, — et dont mieux que personne
il avait pu apprécier la beauté merveilleuse, car, le
premier, il dompta cette indomptable — et vingt
autres, dont l'amour différait autant que les figures,
et dont les chevelures brunes, blondes ou fauves,
les regards ardents ou profonds, racontaient pour
chacune une histoire nouvelle.

Mais jamais il n'avait rencontré une femme qui,
comme Élisa, eût aimé vraiment et simplement —
et qui, incapable d'oubli, fût restée sans effort
fidèle à un absent perdu pour toujours; une femme
douée en même temps d'un souverain bon sens,
d'une justesse de vue étonnante, d'une faculté
merveilleuse pour deviner tout ce qu'elle ne pouvait comprendre, vertueuse naturellement plutôt
que par principe, marchant toujours dans la ligne
qu'elle s'était tracée, tout en n'ayant pas le moindre
préjugé, inflexible sans rigidité et sans que ni
l'orgueil, ni une foi profonde, ni les craintes mondaines, fussent les causes de sa vertu — incapable
d'erreur et indulgente pour les autres; une
femme pure sans être innocente, ne croyant à

aucune convention, et ayant douté des lois sociales, mais allant toujours où sa conscience la conduisait, intelligente et pleine d'esprit sans que
jamais la tête pût démentir le cœur.

Et le doute lui était venu alors, que peut-être,
en fait de femmes, il ne savait rien, — et fort peu
en fait d'amour. — Et il avait été heureux, ravi, et
presque peureux de son succès ; car Élisa l'avait
rappelé, car elle était à lui, et se montrait plus
aimante qu'il ne l'avait pu espérer. Mais après l'a-
voir surprise dans la méditation douloureuse de
la veille et avoir longuement étudié sa physionomie réelle sans être vu, une lumière s'était faite
tout à coup pour lui, et il avait compris qu'elle
l'aimait par devoir, par reconnaissance — mais
qu'en l'aimant elle accomplissait un sacrifice.

En bas, dans le jardin, Élisa était aussi plongée
dans ses réflexions. Elle avait appris que Massimo
était revenu la veille, vers dix heures du soir, et
qu'il s'était retiré sans se montrer. Bien qu'habituée à ses petites excentricités, elle en était inquiète
et se perdait en conjectures. Elle n'avait pas
voulu interroger les domestiques et, après une
mauvaise nuit, elle était descendue de bonne heure
au jardin. L'inquiétude présente lui faisait presque
oublier sa triste rêverie de la veille, qui n'avait été
autre chose qu'un de ses retours vers le passé mort
qui, depuis le grand changement survenu dans sa

vie, l'avait souvent assaillie et qu'elle combattait de toutes ses forces. — Pendant les trois jours de lutte intérieure, après avoir reçu la lettre de Massimo, elle avait cru avoir donné à son passé ses dernières pensées, mais depuis qu'elle était entrée dans une nouvelle vie (évènement étrange, auquel il fallait se soumettre, mais qui lui semblait encore parfois presque incroyable), tout en sentant qu'elle voulait aimer Massimo et qu'elle y réussirait, elle avait de temps en temps des révoltes qu'elle ne pouvait maîtriser. Et cependant, malgré tout, combien en y réfléchissant elle s'applaudissait de sa décision, car elle voyait que Massimo l'aimait, et reconnaissant en lui des qualités nouvelles, elle sentait qu'elle se devait à lui.

— C'est précisément ce que j'admire en elle qui fait qu'elle ne peut m'aimer. Elle appartient tout entière à ses souvenirs, et elle n'est à moi que par devoir. Comment puis-je, moi, dont la vie déréglée l'a choquée, pour qui elle a plus d'affection peut-être que d'estime, comment puis-je espérer de lui faire oublier l'amour de toute sa vie, puisque le temps n'a pu lui apporter l'oubli, ni le monde la distraire?

Ainsi se disait Massimo, et à travers la jalousie entrebaillée, les pensées qu'il croyait lire sur le visage de sa femme confirmaient ses craintes.

Il descendit enfin, et s'approcha d'elle.

Élisa sourit en le voyant, vint à sa rencontre, et lui demanda, non sans un certain embarras, pourquoi il ne s'était pas montré la veille.

— J'étais fatigué, repondit-il.

Elle se retourna vers lui, d'un air incrédule et dit doucement :

— Vous m'avez fait de la peine, et j'en ai été un peu inquiète, d'autant plus que je sais que vous êtes entré au salon ; tant mieux s'il n'y avait pas d'autre raison que la fatigue. Mais je ne le crois pas. Et vous auriez bien tort de ne pas tout me dire. —

Après avoir gardé le silence pendant quelques minutes, Massimo dit brusquement :

— Voulez-vous vraiment le savoir ?

— Oui, je le veux.

— Eh bien ! c'est parce que je vous ai observée à votre insu, de la porte du salon, et que séparés comme nous l'étions d'une dizaine de pas, vos pensées étaient cependant si loin, que je n'aurais pu franchir la distance pour arriver jusqu'à vous.

Elle le regarda, étonnée, mais, subitement, elle comprit tout, — ainsi que par une nuit noire un paysage se révèle à nos yeux en une seconde, à la lueur d'un éclair.

— Écoutez, Élisa, poursuivit-il, je n'ai pas dormi un instant après vous avoir vue hier, et j'ai beaucoup réfléchi. — Eh bien ! savez-vous, en un mot, le résultat de mes réflexions ? C'est que j'ai eu tort de revenir et de ne pas accepter d'aller en Amérique.

Élisa lui prit les deux mains, et s'écria :

— Je vous jure que vous avez tort de le penser !

Il baisa les mains qui étaient dans les siennes, et il lui dit : Merci ! et dut s'arrêter, car le ton dont elle avait prononcé ces quelques mots l'avait touché, et déjà troublé. Cependant il reprit :

— Oui, je le sais, vous voulez m'aimer, mais n'est-ce pas seulement par une idée de devoir ? N'auriez-vous pas été plus heureuse, plus calme au moins, si j'avais continué à n'avoir pour vous qu'une simple amitié ? N'aurais-je pas mieux fait de vous cacher mes nouveaux sentiments ? — Maintenant, comme quand je vous ai proposé le mariage, chez ma tante, ne préférez-vous pas la paix, la solitude à tout ?

— Massimo...

— Et pour moi, n'eût-il pas mieux valu que j'eusse tué mon amour avant qu'il ne grandît ? Toutefois, je souffrirai, mais nous sommes encore à temps. Je partirai. Quad je pourrai vous revoir encore comme une sœur, je reviendrai.

— Massimo, laissez-moi parler. Une seule question d'abord : n'ai-je pas le droit de prétendre que vous me croyez ?

— Oui.

— Pouvez-vous douter une seule minute de ma

sincérité ? Non, car j'ai toujours été absolument
sincère. Eh bien, croyez-vous que, maintenant, si
vous partiez, je pourrais m'en consoler ? Vous qui
avez été si bon, qui avez compris si bien toutes
mes timidités, qui avez su me rendre la tâche si
facile, en respectant même mes enfantillages, ne
comprenez-vous pas que si j'ai voulu vous aimer,
comme vous dites, je l'ai voulu réellement ; et c'est
maintenant que tu parles de partir... maintenant
que je commence à t'aimer.

Massimo, bien que se répétant à lui-même tout
ce qu'il s'était dit pendant la nuit, sentait déjà, en
écoutant ces simples paroles, ses craintes se dissiper, se fondre pour ainsi dire en lui. Et cependant
des détails lui revenaient à la mémoire, insignifiants, mais qui le faisaient souffrir : il se rappelait
l'avoir parfois encore choquée sans le vouloir,
et avoir vu ses yeux profonds fixer sur lui leur
regard surpris, à une phrase qui lui était échappée.

Oh ! comme il regrettait maintenant de l'avoir
traitée autrefois en camarade, comme il eût voulu
reprendre les confidences qu'il lui avait faites dans
des moments de gaieté causante, ne pas lui avoir
raconté certaines anecdotes de sa vie que, parfois,
après dîner, il avait débitées comme il l'eût fait
entre amis, au cabaret.

Ils eurent ensemble une longue explication, et,
le soir, dans ce même salon dont la veille Massimo

n'avait pas voulu franchir le seuil, il sentit, quoique mêlé encore à quelques vagues doutes qui se dissiperaient bientôt, ce calme spécial qui suit les épreuves finies et qui ressemble à la langoureuse volupté de la convalescence. — Oh! si par moments il n'était pas encore tout à fait sûr qu'il eût raison de ne plus jamais songer à partir, il sentait bien en même temps qu'il ne le pouvait pas. — Et comment eût-il pu résister au sourire d'Élisa, où il voyait poindre tout ce qu'il n'avait pas osé espérer? Comment n'eût-il pas été touché par sa voix, qui contenait des suavités nouvelles? Comment ne se serait-il pas abandonné lâchement au charme de cette intimité, où les moindres paroles prenaient une valeur énorme comme si on les prononçait pour la première fois, où les silences étaient si doux? Il la contemplait, couchée sur un canapé bas couvert d'un cachemire à dessins éclatants, sur lequel tranchait sa robe étroite d'un gris pâle presque argenté; il regardait parfois à côté de lui ses pieds mignons, mignonnement chaussés, puis son œil suivait les lignes pures que la robe dessinait pour s'arrêter à ce visage si connu et si nouveau, où il rencontrait des yeux bleus dont le regard profond se croisait avec le sien... et il y trouvait une mélancolie infinie, mais aussi une clarté nouvelle. Par la fenêtre ouverte on voyait les massifs dessinés en noir dans le clair de lune et le ciel tout parsemé d'étoiles.

Nous avons voulu raconter cet épisode de la vie des deux « nouveaux mariés », car il fut le dernier de ce genre. Élisa, pendant la scène du jardin, avait de suite senti non-seulement qu'elle avait mal joué son rôle, mais aussi qu'elle n'avait pas fait un effort assez sincère pour accomplir ce qu'elle s'était promis à elle-même, pour refouler ses tristesses dans les replis les plus cachés de son cœur et pour aimer son mari. Et comme nous venons de le voir, elle avait su le rassurer par quelques mots que le danger lui avait inspirés. Puis, d'heure en heure, elle s'y prit mieux — et elle réussit. — Elle voyait le changement qui s'accomplissait en lui, elle était touchée des efforts qu'il faisait pour lui plaire, pour la deviner, pour se modifier. Les côtés les plus nobles de la nature de Massimo s'é-clairaient maintenant à ses yeux : elle commençait à le comprendre, à l'estimer, à l'admirer parfois. Il avait su peu à peu gagner sa confiance, faire disparaître toutes les anciennes préventions. Elle l'aimait déjà un peu et se sentait à la veille de l'aimer plus encore — non pas de cet amour qu'on ne peut avoir qu'une fois, qu'elle avait connu, qu'elle n'oublierait jamais et qu'elle ne retrouverait plus — non ; autrement, mais sincèrement. De nouveaux aspects de la vie se révélaient encore à elle et elle était heureuse du contentement de sa conscience.

Massimo, dans cette existence nouvelle, trouvait

un calme inconnu jusqu'alors. Il ne se souciait pas plus de ce qui se passait à dix lieues de la *villa del Giglio* que des intrigues de la cour de Chine. D'un coup il avait perdu toutes ses anciennes habitudes, il ne trouvait plus de charme dans la vie agitée, il n'était plus joueur !

Cette solitude à deux, qui lui semblait la seule vie possible, était rarement interrompue par quelques visites d'amis. Paolo Goffredi et la comtesse seuls venaient assez régulièrement. Lady Thompson elle-même, poussée surtout par son insatiable curiosité, vint une fois avec ses intimes ; ils étaient quatorze et arrivèrent en quatre voitures, dont un *stage-coach* avec des chevaux magnifiques et un grand étalage de toilettes printanières.

L'été s'avança. De Florence et des villas environnantes tout le monde s'en alla aux bains de mer, en Suisse, en voyage. « Les d'Astorre », eux, ne bougèrent pas, au grand étonnement des curieux. Il faisait une chaleur torride ; dans le jardin l'herbe des pelouses, presque brûlée, jaunissait, et un poudroiement lumineux enveloppait le paysage, tandis que le ciel, chauffé à blanc, était rayé çà et là de grandes bandes dorées. Mais on n'en goûtait que mieux la fraîcheur dès le vestibule, où un jet d'eau s'éparpillait dans une vasque en forme de coquille ; la pénombre des salles, où les stores baissés, le sol à la vénitienne pavé de mosaïque, et

les hauts plafonds voûtés entretenaient une fraîcheur connue seulement dans les pays chauds. Sur
les longs canapés couverts de cuir noir, les robes
de mousseline d'Élisa mettaient une touche claire,
et Massimo, à son côté occupé à l'éventer avec un
grand éventail, trouvait qu'il était parfaitement inutile non-seulement de partir, mais même de changer de place. Il songeait parfois qu'à ce même
moment les chambres d'hôtel, étroites et incom-
modes, étaient toutes occupées, que les ambitieux
couraient après le but de leur ambition, que des
gens suivaient des femmes dans la rue, que dans
les théâtres on applaudissait des danseuses visiblement mourantes de chaleur, qu'au club on s'as-
seyait autour d'un tapis vert, et cela l'étonnait.

En septembre, ils durent cependant se permettre
une courte absence, car depuis longtemps Élisa
avait promis une visite à ses parents et à la marquise Arombelli, et on ne pouvait plus différer. Ce
fut avec une émotion différente qu'ils revirent la
villa Arombelli, et leur bonne tante, si heureuse de
constater le changement qui s'était accompli chez
son neveu et de revoir sa chère Élisa, devenue si
belle et qui méritait plus que personne son bonheur. M. et Mᵐᵉ Valenti vinrent aussi à la villa les
rejoindre : le père, malgré sa légèreté, aimant
toujours sa fille tendrement, et la mère adorant
« sa chère marquise ».

Ils reconduisirent leur fille en Toscane, et passèrent trois semaines à la *villa del Giglio*. Massimo
choisit ce moment pour avoir du monde, mais en
même temps que M. et Mme Valenti, les invités
partirent, et la solitude se fit de nouveau autour
du couple.

A Florence, on accusait d'Astorre de misanthro-
pie. Les domestiques eux-mêmes, à la villa, s'étonnaient du changement survenu dans la vie des
maîtres et de l'obstination du marquis de rester
à la campagne ; ils en causaient longuement à l'office. Cela les ennuyait ; nombreux, désœuvrés,
ils trouvaient que, si cela continuait, la place
ne vaudrait plus rien. Le luxe de la maison
paraissait en effet un peu déplacé pour cette
lune de miel tardive et prolongée. A l'écurie
les chevaux engraissaient, car on ne s'en servait
presque jamais, et les cochers ne se souciaient
que rarement de les sortir, dans ce pays sans
cabarets, si ce n'était pour pousser jusqu'à la
ville. La camériste n'avait plus à préparer des
toilettes de soirée ; les domestiques en petite livrée,
couchés de tout leur long sur des chaises, à l'office, n'étaient plus réveillés par la sonnette de
l'antichambre, et le petit page anglais, joli coquin
de dix-neuf ans qui en paraissait huit, était réduit
à poursuivre les deux grosses servantes. Quant à
Antonio, le fidèle valet de chambre de Monsieur,

on ne lui donnait plus la moindre commission délicate à exécuter, ni le moindre billet à porter. Seulement parfois, le matin, le marquis et la marquise montaient à cheval. Ils ne voulaient pas de groom, et s'en allaient au pas, par la route poudreuse, qu'ils quittaient bientôt pour d'étroits chemins où les chevaux avaient peine à marcher de front. Les arbres rares ne faisaient pas assez d'ombre, mais à cette heure matinale, le soleil d'automne ne donnait qu'une bonne chaleur. Puis, on traversait quelque hameau où les enfants à moitié nus se roulaient dans la poussière, où les poules effrayées fuyaient devant le trot des chevaux. Sur la porte des pauvres maisons, les paysans venaient voir passer « i signori » et admiraient la taille svelte d'Élisa, l'épaisseur de son chignon sous le petit chapeau d'homme, la finesse de ses traits estompés par le voile; ils remarquaient comme le marquis se tenait bien en selle et calculaient le prix des deux magnifiques bêtes. Rarement on voyait luire un éclair d'envie dans l'œil de ces braves gens, et le salut qu'ils adressaient aux « padroni » était respectueux et en même temps amical, — car le peuple, en Italie, n'a pas de haine au cœur; il dédaigne souvent, mais ne connaît presque jamais cette envie vicieuse qui conduit à l'exécration. Ces visages hâves, résignés et rusés à la fois, exprimaient surtout la patience.

Massimo causait beaucoup et était heureux des réparties d'Élisa, qu'il n'écoutait plus, tout à coup perdu dans la contemplation de sa beauté. Puis ils se taisaient, rêvant chacun de son côté; et leurs regards se perdaient alors dans ce ciel vaste qui s'étendait devant eux, d'un azur très-pâle, et chaud cependant, jusqu'aux contours vagues des montagnes perdues dans la brume de l'horizon, une brume tiède, toute méridionale, et pour laquelle il faudrait inventer un nom nouveau.—Toutes sortes de bruits indistincts animaient le paysage : des cloches lointaines, mais dont on ne perdait pas une seule vibration à travers l'air pur, de grandes charrettes qu'on entendait rouler pesamment, bien avant de les voir apparaître, avec leur cheval orné de glands rouges, conduit par un paysan dont le chapeau de paille abritait un visage couleur d'acajou, et qui, couché à plat ventre sur le fond, sommeillait à demi en chantonnant un « stornello ». D'un côté, des collines se réunissaient par des pentes douces, et un peu plus loin, on apercevait en longueur la belle ville riante dans son jardin verdoyant et fleuri, la ligne élégante des *lungarni* et la silhouette fière et familière du *Palazzo vecchio*.

Ils rentraient pour déjeuner; dans la salle à manger, vaste et gaie, la table était mise, couverte de tout ce qu'on peut imaginer de plus délicat, de fruits superbes mêlés à des fleurs dans de grandes

jattes. — La journée passait toujours avec une
rapidité dont ils s'étonnaient eux-mêmes. Massimo
trouvait difficilement le temps pour s'occuper un
peu de ses affaires — que cependant il prétendait
diriger maintenant, — et était furieux lorsqu'il
devait s'absenter.

Élisa lisait encore, mais bien moins qu'autrefois,
et malgré cela, elle n'avait que très-rarement de
ces longues rêveries qui font passer les heures
inaperçues. Parfois, son mari la préoccupait. Elle
ne comprenait encore qu'à moitié. Comment
s'expliquer, entre autres choses, ce changement radi-
cal? Et pourquoi avait-il été amoureux d'elle, tout
à coup, à ce bal du baron de K...? Pourquoi
jusqu'à ce soir mémorable, l'avait-il toujours regardée avec indifférence, malgré son affection, et
comment pouvait-on expliquer que d'un caprice —
chose incompréhensible pour elle — naquît un
amour aussi profond? Que pouvait-il admirer en
elle à ce point? Combien étrange avait dû être
le passé de cet homme! que de pensées, qu'elle
ignorerait toujours, avaient dû germer dans sa tête!
que de différences intimes entre eux, malgré tout!
— Et quel changement dans sa vie à elle! qui
aurait pu le prévoir deux jours avant cette nuit
durant laquelle Massimo l'avait remarquée? Sa
seule certitude était qu'elle avait raison de faire
tout son possible pour l'aimer, que là était son

devoir et le but nécessaire de son existence. Sa vie, qu'elle avait crue finie, commençait de nouveau. L'Élisa d'autrefois, vivant sourdement à l'insu du monde qui la croyait une autre, était morte maintenant en un certain sens, tandis que la marquise d'Astorre, devenue une personne réelle, était la femme de Massimo, devait l'aimer, l'aimait déjà !

Ils passèrent l'hiver à Florence, où Massimo s'amusa à restaurer le vieux palais avec un goût exquis, mais ne faisant rien sans consulter sa femme. Ils reçurent un peu, mais allèrent le moins possible chez les autres. Personne ne s'avisa plus de faire la cour à Mme d'Astorre, et on essaya en vain d'en dire du mal. La santé de Massimo s'étant un peu altérée, pour la première fois de sa vie, car il avait une constitution de fer, et les médecins ayant déclaré qu'en été il faudrait penser à une cure, ils en profitèrent pour retourner à la *villa del Giglio*, à peine l'hiver fini.

III

Élisa était seule dans son coin favori du salon, auprès de la fenêtre, fermée à cause de la pluie qui commençait à tomber. La matinée avait été étouffante ; maintenant on avait presque froid. Au ciel tout gris, pas un nuage, pas un souffle qui pût agiter une seule feuille des grands arbres, ni détacher le pétale d'une fleur. Massimo était allé en ville, d'où il devait revenir le lendemain avec des amis. Elle pensait à lui, tout en travaillant à une broderie qu'elle lui destinait. « C'est ennuyeux tout de même » se disait-elle, qu'il ne puisse revenir ce soir, je dînerai seule, ce qui est bien maussade. Puis se rappelant tout à coup qu'elle avait une lettre à écrire, oubliée depuis la veille, elle quitta son travail et s'assit à un petit bureau. Elle venait de tracer ces mots : *samedi, 8 avril* en haut de la page, lorsque la cloche des visites retentit. Élisa prêta l'oreille, étonnée, l'œil fixé sur la porte. Elle s'était déjà levée, quand un domestique entra, portant sur un plat d'argent une carte et une lettre :

— Un monsieur est là qui demande si Mme la marquise peut le recevoir.

Elle lut machinalement sur la carte : *Carlo Orlandi,* et ce nom ne lui rappela rien. La lettre était de la comtesse Goffredi ; deux lignes de recommandation, qu'elle parcourut d'un œil rapide.

— Faites entrer ce monsieur.

Le domestique sortit et revint quelques instants après suivi de l'étranger — qui du seuil, salua profondément. — C'était un vieux personnage d'apparence joviale, dont la silhouette ne manquait pas d'un côté comique, tandis que la figure — une bonne figure large et rougeaude entourée de gros favoris blancs — exprimait une gaieté tranquille, une grande indulgence pour tout le monde, et un très grand contentement de lui-même. Sa bouche s'ouvrait, largement fendue ; sous un nez un peu épaté, des sourcils très épais abritaient de tout petits yeux gris, remplis de bonhomie et de malice à la fois ; une forêt de cheveux coupés en brosse et d'un blanc argenté, couvrait la tête énorme. Petit et gros, il portait un pantalon gris perle, des bottes luisantes, un surtout noir et un gilet en velours marron à petites fleurs rouges, sur lequel s'étalait une lourde chaîne d'or, d'où pendaient des cachets qui battaient son ventre respectable. Dans la main droite il tenait son chapeau, ses gants et une canne.

— Madame la marquise, dit-il d'une voix essoufflée, excusez-moi si je me présente avec si peu de cérémonie. La comtesse, qui a eu la bonté de me donner cette lettre, m'a aussi chargé de vous porter ceci.

Et il offrit un petit paquet cacheté à Élisa.

C'était un bijou qu'Élisa attendait en effet. Elle le regarda un instant, le posa sur un guéridon, en disant : Veuillez vous asseoir. C'est bien aimable à vous de vous être dérangé pour si peu. En même temps, elle observait son interlocuteur, dont la visite lui semblait étrange ou plutôt inutile, et qui, de son côté, continuait à souffler. Il s'assit lourdement sur un fauteuil qu'il changea de place pour ne pas avoir la lumière dans les yeux, et quand il eut un peu repris haleine, il répondit :

— Oh ! madame, bien heureux !... La comtesse Goffredi a... toujours... été très bonne pour moi.

— Vous la connaissez depuis longtemps ?

— Oh oui, madame la marquise, je l'ai connue toute petite. Je l'ai vue hier. Je suis allé exprès lui demander un mot pour me présenter à vous. Elle m'a chargé de tous ses compliments. C'est une bien aimable dame... et ma foi, bien jolie, ajouta-t-il en riant tout à coup. — Il était visiblement embarrassé, mais après une pause, il continua :

— Figurez-vous, madame la marquise, que je suis à Florence depuis quelques jours. J'avais absolument besoin de vous voir. Mais comment me présenter chez vous sans avoir l'honneur de vous connaître ? La difficulté me parut d'autant plus grande quand j'appris que vous étiez à la campagne et que vous y viviez très retirée. Et ce qu'il y a de plus drôle, c'est que j'avais déjà vu la comtesse plusieurs fois sans songer à m'adresser à elle. Ce fut elle qui, par hasard, vous nomma. — « Vous connaissez la marquise d'Astorre ? » m'écriai-je. « C'est ma meilleure amie », me répondit-elle.

— C'est vrai, et je la remercie de le dire tout haut. Recommandé par elle, vous ne pouviez douter d'être bien reçu.

Le vieux monsieur continua à causer, s'embrouillant un peu, ne sachant décidément comment venir au fait, parlant d'une façon diffuse, comme quelqu'un qui n'est pas pressé. Pendant ce temps Élisa, s'apercevant qu'elle avait affaire à un excellent homme, un peu original, mais pas déplaisant du tout, l'écoutait et se demandait : où va-t-il en venir ? Un peu ennuyée encore d'avoir été troublée dans sa solitude, un peu amusée par les manières et le bavardage de l'inconnu.

C'était un homme très riche, on le voyait tout de suite, et, du reste, il ne laissait pas longtemps ignorer cette circonstance, car il parlait volontiers de sa fortune. Il entretint Élisa de plusieurs achats qu'il venait de faire chez un antiquaire qu'il prétendait avoir déniché, entre autres choses d'une coupe ciselée par Benvenuto, qui lui coûtait cinquante mille francs; il s'enhardit jusqu'à lui parler de deux chevaux alezans qu'on voulait lui vendre, mais en ajoutant qu'il se méfiait, ne s'y connaissant guère.

Puis il s'arrêta, et il y eut un silence. Élisa un peu embarrassée, elle aussi, cherchait un sujet de conversation, mais, au moment où elle était sur le point de lui adresser une question sur Mme Goffredi, il dit tout à coup, tâchant de prendre un air dégagé :

— Pardon, madame la marquise, vous souvenez-vous d'un ami d'enfance qui s'appelait Giulio Bardi ?

Élisa sentit tout son sang se précipiter au cœur. Elle pâlit horriblement.

Jamais comme en cette minute elle n'avait eu besoin de toute sa force, de toute sa science de dissimulation. Elle sut arrêter le tremblement qui s'emparait de son corps, et ce fut d'une voix presque assurée qu'elle répondit après un instant :

— Certainement. Le connaissez-vous ?

— Je suis son oncle.

Une lueur se fit tout à coup dans l'esprit d'Élisa : elle se rappela ce nom d'Orlandi qu'elle avait par-

fois entendu prononcer jadis — un siècle auparavant — là bas, dans la petite maisonnette au bord
du lac. Maintenant elle enveloppa son interlocuteur
dans un seul regard rempli d'une curiosité intense.
Elle était calme ; seulement, tout en le regardant,
tandis qu'il parlait toujours de sa façon prolixe, elle
ne parvenait pas à fixer son attention, et parfois des
phrases entières lui échappaient. Elle contempla,
pendant quelques minutes, la chaîne d'or du vieux
monsieur et les petites fleurs rouges de son gilet.
D'un long discours qu'il lui fit, où il mêla la nar-
ration de son voyage à l'histoire d'un procès qu'il
avait commencé à Londres contre un marchand de
tableaux, et la comtesse Goffredi à son neveu, elle
n'entendit que ces mots : « Giulio est arrivé avec
moi à Florence »; — et elle les entendait toujours,
tandis que M. Orlandi avait déjà entamé trois nouveaux sujets.

Elle finit cependant par prêter toute son attention.

— Oui, madame la marquise, disait M. Orlandi,
si vous le voulez bien, je vous raconterai la simple
histoire des années qu'il a passées avec nous à Calcutta. Et d'abord croyez que tout le bien que je
pourrais dire de lui ne serait jamais que la moitié
de ce qu'il mérite. Ce n'est pas seulement un
brave garçon, c'est un homme comme il n'y en a
pas. On pourra me croire aveuglé par un amour

paternel. Non, madame, je vous assure ; je l'aime comme s'il était mon fils, c'est vrai, mais il ne serait pas même mon neveu, que je n'en parlerais pas autrement. Du reste, tous ceux qui le connaissent sont là pour me donner raison. — Pourquoi faut-il qu'il ne soit pas heureux, lui qui mériterait tant de bonheur !... Tenez, madame, j'aurais bien des choses à vous dire, si j'osais vous parler à cœur ouvert. Et je regretterais certes bien amèrement de devoir partir sans l'avoir fait, étant venu exprès pour cela, mais jamais je n'y arriverai si vous ne me dites pas que vous le permettez, si vous ne m'encouragez pas un peu.

— Dites tout, monsieur, parlez librement, et soyez sûr que vous m'intéressez.

— Merci. Eh bien ! avant tout, laissez-moi vous dire que je vous estime et que je vous approuve d'avoir su trouver pratiquement le bonheur, de n'avoir pas sacrifié toute votre vie à un rêve irréalisable, comme mon stupide neveu, que j'adore, mais qui, en cela est un fou. — Je prends courage, car, permettez-moi de vous le dire, vous m'inspirez une grande sympathie, et il me semble que je vous connais depuis longtemps. (C'est vrai d'ailleurs, en un certain sens). Oui, je prends courage, puisque je vois que vous êtes aussi bonne qu'on me l'a toujours dit. — Si vous saviez comme Giulio a lutté vaillamment, à travers tous les obstacles, et à quel prix il a gagné la belle position qu'il occupe maintenant, et qui toutefois le réjouit si peu ! Si vous saviez à quel point il a dans le temps travaillé pour… pour retourner en Europe, et avec quelle force de caractère il a continué à travailler même lorsque le but avait disparu, et qu'il continuait sa besogne seulement pour supporter sa douleur comme un homme !

Élisa n'était plus pâle maintenant, mais elle respirait difficilement. Elle posa une question d'une voix très-basse.

— Et comment eut lieu son mariage ?

— Quel mariage ? Ah oui ! le bruit qu'on a fait courir de son mariage avec la belle Mme Harris, la veuve du général ! C'est faux.

— Impossible. Je lui en ai parlé moi-même dans mes lettres, et il ne m'a jamais contredite.

— Voulez-vous que je vous dise toute la vérité ?

— Oui.

— C'est Mme Valenti qui l'a exigé de lui.

— Mais qui a pu le forcer à mentir ?

— Il n'a pas menti, madame la marquise, mais il a consenti à ne pas nier. C'est aussi par mon conseil qu'il a agi ainsi. Et n'était-ce pas juste ? Pouvait-il permettre que vous l'attendissiez toute votre vie ? Sans ce mensonge, vous auriez voulu aussi garder inutilement vos promesses, et peut-être ne vous seriez-vous jamais décidée à être heureuse comme vous l'êtes maintenant.

En parlant de son neveu, M. Orlandi trouvait un langage plus clair, plus précis et pouvait devenir presque éloquent. Il continua sans qu'Élisa songeât à l'interrompre. Il raconta comment Giulio, à Calcutta, s'était mis à la tâche avec courage et persévérance, travaillant du matin au soir, plein d'un espoir qui perçait sous sa mélancolie habituelle — aimé de tous, adoré dans la famille, estimé par les ouvriers. Tout en ne négligeant aucun de ses devoirs, il étudiait sans cesse et fut bientôt capable d'occuper dans la fabrique une place assez élevée. Jamais on n'avait vu un jeune homme de son âge montrer une telle force de volonté. Son oncle lui accorda alors ce qu'il avait déjà fait pour ses propres enfants, qui, au nombre de quatre, étaient aussi employés dans ses bureaux : il l'associa aux bénéfices tout en élevant son salaire. Giulio était comme pris par la fièvre du travail, car il allait droit devant lui, résolûment, ne permettant pas aux obstacles de ralentir sa marche, l'œil fixé sur le but lumineux qui l'empêchait de sentir la fatigue.

Mais une tentation se présenta à laquelle il ne put résister. Un de ses camarades de bureau lui offrit de l'associer à une spéculation chanceuse, mais qui, en cas de succès, décuplait leurs modestes capitaux. Déjà l'ami de Giulio avait réalisé une partie des bénéfices. Celui-ci comprit tout d'abord qu'il n'avait pas le droit de tout risquer ainsi sur un coup de dé, mais peu à peu la pensée qu'il pourrait peut-être, en un mois, mettre fin à son incertitude, à toutes ses angoisses, retourner en Italie et épouser celle qu'il aimait, l'obséda tellement, qu'il finit par céder aux instances de son ami. — Qu'on juge de son désespoir lorsque, quinze jours plus tard, arrivèrent de mauvaises nouvelles. Il crut devenir fou, car à sa douleur s'unit le remords : tout était perdu, et perdu par sa faute ! Comme il maudit l'impatience nostalgique qui l'avait poussé à accepter ce parti imprudent, comme il se repentit d'avoir écouté la voix de l'espérance superstitieuse qui lui avait dit : tu réussiras. — Jamais Giulio ne fit preuve de tant de courage que lorsqu'il retrouva la force nécessaire pour se remettre au travail après le coup dont il venait d'être frappé. Plus rien ne le soutenait maintenant. Ce fut alors que ses lettres à Élisa, devenues plus rares pendant l'excitation de l'espoir, cessèrent tout à fait. Que pouvait-il écrire ? Il sentait bien qu'il fallait accomplir son devoir et lui dire la vérité, et que, n'étant plus sûr maintenant de pouvoir jamais retourner en Europe, il devait la délier de toute promesse, la prier même de l'oublier et de ne pas sacrifier sa vie à son souvenir — mais le faire était au-dessus de ses forces. Enfin il se décida à écrire à M. Valenti. Ce fut Mme Valenii qui répondit, en lui disant, en termes fort durs, que son devoir d'honnête homme était d'ôter toute illusion à sa fille, pour la guérir de son « absurde folie » et de son obstination, et qu'il ne pouvait plus attendre. Il fit ce qu'on voulait, la mort dans l'âme — et continua à travailler comme un somnambule.

Quelque temps après, Mme Harris, veuve d'un général anglais, tué dans un guet-apens par les Cipayes, vint demeurer chez M. Orlandi, qui la connaissait depuis longtemps. Très-belle, très-fantasque, et, à ce qu'on disait, très-riche, son mari lui ayant laissé une fortune considérable, elle parut d'abord accablée de douleur; mais elle se consola bien vite et montra à Giulio une sympathie si marquée que tout le monde en parla. Elle devait passer trois semaines chez M. Orlandi, elle resta six mois, et partit avec tant de regret, qu'il était facile de voir qu'elle n'eût pas mieux demandé que de rester toujours. Giulio excita d'abord l'envie, puis on finit par se moquer de lui. Dans la famille on s'efforça de toutes les manières possibles pour le persuader à épouser la belle veuve. Comment refuser le bonheur accompagné d'une si grande fortune ? Quelle chance inespérée ! Il fut ferme cependant, rien ne put le faire plier. — Sans qu'on sût jamais de quelle manière, — Mme Valenti apprit ce qui se passait à Calcutta, et, racontant les choses à sa guise, elle commença par dire que Giulio était l'amant d'une lady excentrique, qui demeurait dans la maison même de son oncle. Elle le répétait, comme le lecteur le sait déjà, à sa fille, soir et matin, et elle finit par lui donner la nouvelle que Giulio avait épousé la « belle aventurière », comme elle ne se gênait pas de l'appeler. Puis elle écrivit à Giulio que sa dernière lettre n'ayant pas suffi pour vaincre la folle ténacité d'Élisa, elle lui avait donné la nouvelle de son mariage — en lui conseillant de le faire si ce n'était pas encore fait, et en le priant, en tout cas, de l'annoncer lui-même à Élisa; « car, disait-elle, c'est le seul moyen de la décider à vous oublier et à se marier, comme c'est son devoir. » Giulio, désespéré, trouva cependant qu'elle avait raison, et laissa croire à Élisa qu'il était marié.

— Mon sournois de neveu, continua M. Orlandi, ne voulant pas s'entendre reprocher sa fidélité à une promesse dont vous l'aviez délié et qu'il ne pouvait plus jamais espérer de réaliser, opposa une seule raison à toutes nos prières, en disant qu'il était trop fier pour épouser une femme aussi riche que Mme Harris. A moi seul il dit la vérité, en m'assurant qu'il ne se marierait jamais, que tout lui était indifférent du moment qu'il vous avait perdue, qu'il n'aimerait que vous toujours, et qu'il n'attendait plus rien de la vie. Il ajouta que l'idée d'un suicide ne lui était jamais venue, tout simplement

parce qu'il ne croyait pas que l'homme eût le droit
de mettre fin lui-même à son existence, et que,
devant vivre, il continuerait à travailler sans se
plaindre... mais que c'était tout ce qu'il pouvait
faire pour moi.

Tandis que le vieux monsieur parlait, Élisa, tout
en l'écoutant avidement, tenait souvent les yeux
baissés et la tête tournée contre le jour pour cacher
son émotion. Pendant un silence, et ayant retrouvé
son empire sur elle-même, elle se retourna, et, à
travers les vitres fermées, vit le jardin, les arbres
encore tout mouillés et l'horizon qui s'éclaircissait.
Elle regarda les allées, la longue balustrade de la
terrasse, le parterre de fleurs, et il lui sembla ne
plus reconnaître ce site si familier à ses yeux.

— Lorsque la nouvelle de votre mariage avec le
marquis d'Astorre nous arriva, j'épiais mon neveu ;
je compris que c'était un coup terrible pour lui,
bien qu'il eût renoncé à tout espoir. Il se maîtrisa
cependant, et après quelques jours il ne me parut
pas plus triste que d'habitude. Il me dit même qu'il
vous approuvait, et qu'il faisait les vœux les plus
sincères pour qu'aux avantages d'une si haute position s'ajoutât le bonheur. Nous quittâmes Calcutta
vers la fin de l'année passée. J'ai cédé mon établissement là-bas à mon fils aîné et je me suis fixé à
Londres, où j'ai une maison de banque. Giulio,
qui restera avec moi, en sera le directeur en chef,

et moi je vivrai à peu près retiré des affaires. J'ai
assez travaillé pour mon compte.

— Et resterez-vous encore quelque temps à
Florence ?

— Nous partons dans trois ou quatre jours. Je
n'ai plus rien qui me retienne. J'ai vu mes corres-
pondants, j'ai serré la main à quelques vieux amis,
et puisque vous avez la bonté de me laisser tout
dire, lorsque je vous quitterai, madame la marquise, ma mission sera terminée ; car, ajouta-t-il
en baissant un peu la voix, c'est lui qui m'a prié
de vous voir et de vous parler.

Élisa tressaillit légèrement.

— Et maintenant, madame, ce qui me reste à
dire est le plus difficile.

M. Orlandi hésitait et semblait plus embarrassé
que jamais.

Élisa le regardait. Elle ne pouvait plus considérer
cet excellent homme comme un étranger ; il lui
inspirait la confiance qu'inspire un vieil ami, et
elle sentit qu'elle devait parler librement. De plus,
frappée comme elle l'était par ce qu'elle avait entendu, ne réussissant que par un effort intense à ne
pas montrer le désarroi que ces brusques révéla-
tions mettaient dans ses sentiments, elle voulait
cependant tout savoir ; il fallait donc l'encourager.

— Pardonnez-moi mon trouble, dit-elle. Vous
venez d'évoquer devant moi tous les souvenirs de

ma vie, tout un passé que je n'ai jamais oublié, que je n'oublierai jamais, mais qui est enfermé au fond de mon cœur et dont je croyais devoir ne plus entendre parler... encore moins parler moi-même. Vous comprendrez facilement à quel point cela m'est difficile. De plus, vous venez de m'apprendre des choses que j'ignorais, et il est bien naturel que tout cela me trouble profondément. Rien ne peut changer dans ma vie, monsieur Orlandi, ni dans mes sentiments, et les découvertes douloureuses que je pourrais faire sur les circonstances qui m'ont guidée, peuvent m'émouvoir, mais ne peuvent avoir aucune influence sur moi. Elles ne seront au contraire qu'inutilement pénibles. — N'importe, il faut que je sache tout.

Elle s'arrêta un instant, puis elle reprit, étonnée elle-même de pouvoir prononcer ces paroles avec tant de calme :

— Vous m'avez appris ce que j'aurais dû ignorer toujours : que j'ai été trompée... et trompée par ma mère. Elle a cru bien faire, elle a eu peut-être raison, et en l'aidant à me persuader de son mensonge, on a cru accomplir un devoir. Toutefois, ce que vous venez me raconter tout à coup, au moment où je m'y attendais si peu, me trouble, je le répète. Mais je veux que vous me disiez tout ce que vous avez à me dire. Il le faut. Vous voyez que je vous parle sincèrement, et que je vous donne l'exemple. Notre entrevue, monsieur Orlandi, est bien exceptionnelle. Mais à moi aussi maintenant, il me semble vous connaître depuis longtemps; parlez donc sans crainte.

—Merci, madame la marquise, vous me mettez tout à fait à mon aise, et pour vous montrer que je vous obéis, je vous poserai une question bien indiscrète. Êtes-vous réellement heureuse? — Pardon, je sais que vous l'êtes, tout le monde le dit, tout le prouve, et je le vois. Mais je désirerais l'entendre de votre bouche.

— Oui, je suis heureuse; aussi heureuse qu'il m'est possible de l'être.

— J'en étais sûr, et je suis très-content de l'entendre confirmer par vous. C'est bien assez d'un seul malheureux. Mais il y a des gens qui sont nés pour être tristes; on dirait que cela les amuse. Mon neveu est de ceux-là. Je l'aime autant que mes propres enfants, vous le savez, mais, à ce point de vue, c'est un idiot. Ayant dû renoncer à vous, il a renoncé à tout. Il est presque riche maintenant, et comme il travaille toujours (je crois qu'il serait mort sans cela) il le sera encore plus. Mais il ne vivra jamais que dans le passé. Longtemps j'ai espéré un changement, maintenant je n'espère plus rien; je suis bien sûr qu'il ne changera jamais. Un nouveau séjour lui fera peut-être du bien; voilà tout.

Maintenant, s'il a voulu venir à Florence, c'est
uniquement parce qu'il ne cesse de penser à vous.
Déjà, dans les premiers temps de votre mariage, il
avait trouvé moyen d'avoir de vos nouvelles et des
informations sur le marquis. Vous me permettrez
de tout dire, n'est-ce pas?

— Oui, vous le savez.

— Eh bien, on lui avait dit tout le mal possible
de M. d'Astorre. Pendant longtemps il vous a crue
malheureuse. Plus tard il a su la vérité. On lui a
appris que votre mariage avait été, des deux côtés,
un mariage d'amour, et que si votre mari avait eu
quelques torts dans le commencement, il se conduisait maintenant d'une façon exemplaire; que
vous l'aimiez, et que, réellement, vous aviez at-
trapé le gros lot à la loterie de la vie, ayant tout :
la fortune (et quelle fortune!), la position, les
honneurs... et le bonheur, le vrai bonheur par-
dessus le marché! — Madame, on ne sait pas ce
qu'il y a de bonté, d'abnégation dans le cœur de
Giulio!... Il a été joyeux d'apprendre tout cela,
car, du jour où il vous a irrévocablement perdue,
il n'a jamais souhaité que votre bonheur. — Il s'est
assuré à Florence de la vérité de tout ce qu'on lui
avait dit; il a vu le marquis, et il a tout compris.
On lui a confirmé ce qu'il savait, et au fond c'est
pour cela qu'il a voulu venir.

Mais ce n'est pas pour cela seulement. Je viens

au fait. Il y avait aussi un autre désir qui le poussait; le désir de vous revoir.

— A quoi bon ? dit tristement Élisa.

— Laissez-moi finir, madame. Il voulait vous
voir, il le voulait absolument. Il espérait au moins
vous apercevoir, pouvoir vous regarder de loin, à
votre insu, à la promenade ou au théâtre. On lui
dit que vous étiez à la campagne pour longtemps.
C'est alors qu'il m'a prié, moi, de trouver un
moyen de me faire présenter à vous, de venir ici,
et d'avoir enfin l'entretien intime que vous venez
de m'accorder. Il a voulu que moi, au moins, je
vous visse, et que j'entendisse de votre bouche
que... que vous êtes heureuse. Il m'a supplié de
tout observer, de lui décrire la villa que vous
habitez, de lui rapporter vos moindres paroles.

Élisa fit un mouvement pour parler, mais elle
s'arrêta.

— Ce n'est pas tout, continua M. Orlandi. Il
m'a chargé de vous dire enfin la vérité sur le passé.
Je l'ai fait. Il m'a dit de vous exprimer les vœux
sincères qu'il a toujours formés pour vous... De
plus, madame, il m'a fait promettre de vous dire
que sa vie tout entière vous appartenait, qu'il dé-
pendrait de vous, et qu'il vous obéirait en tout.

— En quoi veut-il donc m'obéir ?

— En ce qu'il va faire. Doit-il rester, doit-il
partir ?

— Mais, monsieur, ne m'aviez-vous pas dit
que sa décision était prise de retourner à Londres?

— Il y est tout disposé, mais il veut que ce soit
vous qui décidiez. — Écoutez, madame la marquise, je suis loin d'avoir des idées romanesques :
on n'a qu'à me regarder pour s'en convaincre.
Mais je vous assure qu'en fait d'abnégation, je crois
mon neveu capable de tout. Ce garçon-là, voyez-
vous, c'est le dévouement incarné. C'est une nature exceptionnelle, et d'après ce qu'il a fait, on
peut bien se fier à lui complètement. Il m'a donc
dit, ce pauvre Giulio, qu'ayant envisagé les choses
telles qu'elles se trouvent dans les circonstances
présentes, il y a pour lui deux chemins bien dis-
tincts à prendre : l'un, de s'éloigner tout à fait et
de se contenter de veiller de loin sur vous ; l'autre
de rester à Florence, et de devenir simplement et
noblement votre ami. Si vous croyez que sa présence puisse vous être utile de quelque façon que
ce soit, si son amitié sincère, offerte sincèrement
et sans arrière-pensée, peut ne pas vous être désagréable, il restera. Il ne vous parlera jamais du
passé, il se contentera d'une place parmi les amis
peu nombreux et choisis qui vous entourent —
heureux s'il peut vous rendre le moindre service.
Mais il prétend que c'est à vous et non pas à lui de
juger si ce projet est chimérique ou réalisable. Si

vous décidez qu'il vaut mieux ne pas le voir et qu'il doit partir, il vous obéira aveuglément.

M. Orlandi fut interrompu par le domestique qui apportait une lettre. C'était un billet de Massimo, annonçant qu'à son grand regret, il était forcé de rester encore à Florence jusqu'au surlendemain. Élisa — maintenant — fut presque heureuse de penser qu'après le départ de M. Orlandi, elle aurait encore de longues heures de solitude devant elle. Elle se leva, sortit un instant et revint au bout de deux minutes.

Elle s'assit, sérieuse, calme, un peu pâle. — Pardon, dit-elle enfin, je ne m'attendais certes pas à ce que vous venez de me dire. C'est donc lui qui vous a prié de venir ?

— Oui, madame. Mais, je vous en supplie, ne répondez qu'après avoir bien réfléchi.

— J'ai réfléchi. Il doit partir.

— Votre décision est irrévocable ?

— Absolument. Voyons, vous-même, monsieur Orlandi, ne trouvez-vous pas que j'ai raison ? Oui, n'est-ce pas ?

Il reprit, après un instant :

— Que dois-je lui dire ?

— Vous lui direz que je suis profondément touchée de tout ce que j'ai appris — et reconnaissante envers lui. Et, s'il m'obéit, comme il vous l'a promis, s'il part, comme je l'exige... vous lui direz aussi que de mon côté je n'ai jamais oublié le passé, mais qu'il est enseveli au fond de moi.

Elle s'arrêta, les yeux baissés.

— Il comprendra que j'ai raison, qu'il doit partir. Je ne crois pas qu'après avoir été si longtemps... fiancés l'un à l'autre, on puisse devenir de bons amis. C'est un rêve faux et plein d'impossibilités. Car, dites-le-lui bien, je suis parfaitement heureuse. J'aime mon mari à qui je dois tout — et tout mon avenir lui appartient. Dites-lui aussi que cela m'afflige de le savoir toujours si triste, que je fais, du fond du cœur, des vœux pour qu'il trouve encore le bonheur. Je voudrais bien qu'il ne me sacrifiât pas toute sa vie. Ne dois-je pas parler ainsi, et n'ai-je pas raison ?

— A qui le dites-vous, madame la marquise !

Ils causèrent encore pendant quelque temps. Le soleil avait fait une grande trouée dans les nuages et pénétrait à flots dans la chambre, se jouant sur les cheveux blancs et sur la bonne grosse figure de M. Orlandi, et éclairant la pâleur d'Élisa. Mais son corps frissonnant ne se réchauffait pas sous les rayons qui égayaient les tentures rouge-sombre des fenêtres et les belles peintures du plafond.

Élisa accompagna son visiteur jusqu'au jardin, où sa voiture l'attendait depuis longtemps. Il avait refusé de rester à dîner. « Giulio m'attend », avait-il répondu. Il serra chaleureusement plusieurs fois la main de la marquise, et partit.

Elle suivit des yeux la voiture jusqu'au tournant de l'allée, répondit une dernière fois de la tête au salut de M. Orlandi, et rentra dans la maison. Elle se rassit à sa place accoutumée, les yeux tantôt fixés sur le jardin tout ruisselant des derniers rayons du soleil, tantôt rivés au fauteuil qu'on avait rapproché du sien. Elle y resta longtemps immobile, le corps renversé en arrière et la tête penchée, abîmée dans une rêverie profonde.

Enfin elle se leva, et se promena lentement d'un bout à l'autre du salon. Après avoir arpenté une dizaine de fois la chambre de long en large, elle s'arrêta devant son petit bureau, et là, jetant un coup d'œil à la lettre commencée le matin, son regard se cloua sur ces mots : Samedi 8 avril.

IV

Élisa commit une faute. Lorsque son mari revint, deux jours après, elle ne lui souffla mot de la visite de M. Orlandi. Non qu'elle eût formé le projet de la lui cacher; loin de là, elle avait au contraire décidé de lui en parler; mais Massimo arriva de très bonne humeur et en racontant une foule d'histoires, de sorte que pendant tout un jour elle chercha vainement une occasion pour aborder ce sujet peu facile. — Après un silence de toute une journée, il lui parut encore plus difficile d'entrer en matière — car quelle excuse donnerait-elle pour avoir tant attendu? et si elle en parlait en passant et comme n'y attachant aucune importance, ne pourrait-elle, ayant une fois éveillé l'attention de Massimo, être forcée de répondre à des questions bien embarrassantes? Elle continua donc à se taire tout en se le reprochant, — jusqu'à ce qu'elle sentît l'impossibilité absolue de parler, et finit par se dire qu'il valait peut-être mieux que cela fût ainsi.

Elle souffrait cependant. Rien n'était changé en apparence, mais cela ne suffisait pas; elle voulait être la même en réalité, intérieurement; et cependant sa tâche, qui était devenue facile avant la visite si inattendue de M. Orlandi, lui paraissait maintenant — bien qu'elle essayât de se le nier à elle-même — au-dessus de ses forces. Aux anciennes pensées douloureuses s'ajoutait ce regret tout particulier et terrible qui forme le fond innomé de la tristesse de presque toutes les existences brisées, le regret de *ce qui aurait pu être*. L'idée de revoir sa mère la faisait trembler. Pour se montrer toujours la même avec son mari il fallait souvent jouer une comédie atroce. Elle faisait des efforts inouïs pour oublier, pour ne pas savoir ce qu'elle savait, pour reconquérir la paix, obtenue jadis avec tant de persévérance.

Et il fallait cacher ses peines inavouées, jouer son rôle en souriant et dissimuler toujours — car sa seule consolation était dans l'idée que Massimo n'en soupçonnait rien.

Mais elle se trompait. Massimo était informé de la visite de l'oncle; il avait tout compris et deviné. Il souffrait aussi, et, chose plus affreuse encore, il doutait. Un soir, au théâtre, on lui avait montré Giulio Bardi, et pendant la durée d'un opéra en cinq actes, il n'avait fait que l'observer. Il avait dû admirer un visage expressif, pâli par les souffrances,

et par le travail — des yeux, un front, des traits
d'une beauté incompréhensible ou vulgaire, mais
que certes une femme ne pouvait oublier; quelque
chose de ferme et de douloureux dans les sinuo-
sités de la bouche qu'une moustache soyeuse
cachait à peine, un menton bien dessiné et un peu
accusé, signe d'une volonté tenace. Il vit un homme
qui des pieds à la tête différait de lui autant qu'on
peut l'imaginer, un homme qu'à première vue il
estimait jalousement, mais que même en ignorant
son nom, il lui eût été impossible d'aimer. En
entendant parler de la fortune que Bardi avait
lentement acquise et de la considération dont il
jouissait, en voyant la tristesse résignée de son
regard dont lui seul, Massimo, parmi tout ce
monde, savait la cause — il devina d'un bout à
l'autre toute la vie courageuse de cet homme. Lui,
le grand seigneur sceptique, dont la philosophie
facile ne l'avait poussé qu'au plaisir, lui, le viveur
profondément intelligent, d'un esprit si fin et
d'une culture si raffinée, — maintenant qu'un
amour vrai avait illuminé son âme, — se sentit
pour la première fois humilié dans son élégance, et
envieux de ce travailleur — lui enviant sa dure vie
obscurément consacrée au devoir, ses douleurs
saines, ses sentiments inaltérables, son humble
grandeur. De plus, l'affreuse jalousie du passé, —
inconnue jusqu'à cette minute, — se déchaîna

tout à coup férocement dans tout son être — et il sentait qu'il eût été fier de serrer la main de cet homme, et heureux de le tuer.

Il avait deviné, ou à peu près, tout ce que la visite de M. Orlandi à sa femme pouvait signifier. Et son enjouement, son entrain en revenant, n'avaient été qu'un piège, où Élisa s'était laissé tomber. D'heure en heure il avait fiévreusement attendu qu'elle lui parlât de la visite qu'elle avait reçue, et le silence de sa femme lui parut coupable et confirma ses soupçons. La jalousie donne à n'importe qui l'imagination d'un poète arabe ; dans la tête de Massimo, elle éveilla des idées tellement insensées, que, par moments, il se croyait presque fou. Il épia bêtement sa femme avec autant d'esprit qu'un Vidocq épiant un criminel. Chaque attitude, chaque mot, chaque regard d'Élisa, — qui n'était qu'à moitié sur ses gardes — était analysé et commenté par lui.

Ce paradis de la *villa del Giglio*, où le décor du bonheur subsistait, où rien n'était changé, où la vie était la même, se transforma en enfer. On y jouait à chaque heure une terrible comédie à deux personnages, sous laquelle couvait un drame.

L'été venu, ils allèrent à Viareggio, car on avait recommandé à Massimo l'air de la mer. Ils louèrent une maison très-confortable sur la plage, mais à une certaine distance de la petite ville. Là, Massimo continua à être aimable et d'excellente humeur, tout en épiant à chaque moment Élisa. S'il avait pu se voir, il ne se serait pas reconnu luimême. Il fit une course à Florence, pour savoir si Bardi était parti, et on lui apprit qu'il était à Londres, depuis longtemps. Cela ne le tranquillisa qu'à moitié, et ayant perdu toute pudeur, il prit l'habitude de lire les lettres de sa femme.

Trois semaines se passèrent sans le moindre évènement. On menait la vie la plus tranquille qu'il soit possible d'imaginer, et lady Thompson, qui vint un jour de Livourne voir les d'Astorre, leur déclara qu'il fallait être fou pour préférer une plage presque déserte à la belle promenade de l'Ardenza, — où l'on se distrait si bien de la vie d'hiver, en voyant tous les jours exactement les mêmes personnes que l'on voit à Florence, et en accomplissant exactement les mêmes évolutions au même moment.

Que de longues heures terribles Massimo passait seul dans sa chambre, assis à une table près de la fenêtre, faisant semblant d'écrire, le regard perdu sur l'immensité de la mer. Éprouvant souvent un grand besoin de solitude, il avait inventé un travail historique — imaginaire — auquel il était censé se livrer lorsqu'il se retirait dans son appartement. Et cependant il n'avait rien découvert, mais l'attitude d'Élisa était loin de dissiper ses doutes — et il se tourmentait sans cesse. Il tâchait toujours, mais en vain, de se démontrer la bêtise et la méchanceté de ses soupçons. Comme de petits évènements qui certes eussent paru insignifiants à bien d'autres avaient suffi à détruire ce bonheur dont il avait goûté les délices, sans les apprécier autant qu'il le faisait maintenant que tout lui semblait remis en question ! Et comme il regrettait l'insouciance de cette félicité évanouie !

Il avait su que Giulio Bardi n'avait jamais été marié. Élisa avait-elle été dupe d'un mensonge, ou avait-elle voulu le tromper, lui, Massimo ? Puis, en pensant aux conditions de son propre mariage si exceptionnel, il voyait combien cette idée était absurde. — Mais dès que, par hasard, il avait appris que Bardi n'était pas marié, dès qu'il l'avait vu, et qu'il avait su la visite de M. Orlandi à Élisa, — il avait deviné tout le reste : la sublime fidélité inutile de Bardi, la raison de son arrivée à Florence, le motif, ou à peu près, de l'apparition de l'oncle à la *villa del Giglio*. Au théâtre, son regard ne s'était croisé qu'une fois avec celui de Giulio, mais que de choses dans ce rapide coup d'œil !

Massimo faisait aussi parfois des promenades solitaires. Un jour qu'il suivait un sentier à travers champs, il vit devant lui, à une grande distance, un homme dont la silhouette le fit pâlir, car il crut reconnaître celui à qui il pensait trop souvent.

Malgré sa vue excellente il ne pouvait être sûr de rien. Il doubla le pas et vit l'individu entrer dans une maison de paysans entourée d'un petit champ, à laquelle le sentier aboutissait. Il passa devant la maison parfaitement close, eut la tentation d'y entrer, mais pensa qu'il était peut-être imprudent de le faire, et qu'il valait mieux revenir le lendemain. Il revint en effet, et il revint tous les jours pendant une semaine sans pouvoir rien découvrir, n'osant croire au témoignage incertain de ses yeux, mais effrayé par les pressentiments de son cœur. Pendant ce temps il observait Élisa de plus en plus, et il croyait découvrir en elle un changement toujours plus visible, un embarras plein d'angoisses, qu'elle essayait en vain de cacher. Il s'imaginait la voir tressaillir à certains bruits ou pâlir sans raison. Il affecta de rester dehors longtemps, d'aller à la découverte à travers champs, et il lui semblait qu'elle se troublait, lorsqu'il racontait ses promenades. Quant à lui, excité par l'horrible désir de savoir la vérité, quelle qu'elle fût, il souffrait, sans presque avoir conscience de souffrir, et se montrait parfaitement calme.

Enfin, ayant la fièvre, ne pouvant plus supporter un tel doute, il décida qu'il en aurait le cœur net. Fatigué de passer des heures en recherches infructueuses, il alla se planter devant la maison suspecte, caché par un massif, et il y passa toute une journée. Quand vint le soir, n'ayant rien vu, il s'approcha à pas de loup, et se glissant dans l'enclos comme un voleur, en escaladant la baie, il alla regarder à travers les vitres. Il vit des paysans, assis autour d'une table, en famille, attendant le souper que la vieille mère finissait de préparer. Par moments l'ancien homme surgissait en lui, et il riait de lui-même — mais bien amèrement. — Il resta là longtemps, avec une patience obstinée, mais il dut enfin quitter son poste d'observation sans avoir rien découvert.

Trois jours après, au moment où il s'y attendait le moins, et lorsqu'il avait presque renoncé à découvrir la vérité, il vit Giulio Bardi, en personne, entrer dans un petit hôtel près de la gare. Pas de doute possible cette fois. Massimo le vit sans être vu ; il eut une secousse intérieure comme s'il avait reçu un boulet dans la poitrine. Il resta pendant quelques minutes pâle et immobile — et sans pensée. — Toutes ses idées étaient perdues, il ne sentait que la conscience d'un malheur profond. Puis il retourna machinalement à la maison. Il trouva, par hasard, Élisa en assez nombreuse compagnie ; des visites de Livourne, la marquise Riccardi avec toute sa bande. Massimo sut être aimable, et personne ne s'aperçut de rien. Il causa, et on le trouva spirituel.

Mais quel flot d'horribles pensées l'assaillit un

peu plus tard, en se retrouvant seul et rentré en
pleine possession de lui-même! Bardi avait donc
peut-être toujours été là, tandis qu'on le croyait à
Londres. Il était donc déjà revenu, ou plutôt il
n'était jamais parti, et ce faux départ n'avait été
imaginé que pour détourner les soupçons. Et comment pouvait-on supposer qu'Élisa ne le sût pas?
qu'il n'y eût pas complicité entre eux? Ils corres-
pondaient donc? Par quels moyens?

Cependant, en réfléchissant, il lui semblait impossible qu'ils eussent pu se voir. Il continua à tout
surveiller : quelque jours après il crut deviner que
Bardi était parti, mais sans pouvoir en être sûr.
Et maintenant que ses doutes s'étaient réalisés,
navré, il lui fut toutefois plus facile de dissimuler,
car il était homme d'action et on pouvait agir; il y
avait un point de départ. Il s'étonnait lui-même de
son calme devant Élisa, et il était tel que certes
elle ne pouvait le croire sur ses gardes.

Il avait été décidé, dès le commencement de
leur séjour à Viareggio, qu'Élisa avant de retourner
chez elle, irait enfin faire une visite promise depuis
très longtemps à une amie d'enfance, qu'elle
n'avait plus reçue. Cette amie, fille d'un fabricant
de porcelaines assez riche, avait épousé par amour
un pauvre employé subalterne, nommé Vegezzi,
qui, constamment maltraité et malheureux, avait
fini par accepter une pauvre place de secrétaire,

sans le moindre espoir d'avancement dans la petite ville de G..., presque un village, où il resterait probablement toujours. Mme Vegezzi écrivait de temps en temps à la marquise d'Astorre, qui, naturellement, ne l'avait pas oubliée. Mais tous les ans Élisa promettait à son humble amie d'aller la voir, elle et ses enfants (elle en avait sept), et toujours quelque obstacle avait surgi au dernier moment pour l'en empêcher. Arrivée à Viareggio, Élisa avait déclaré à Massimo que, cette fois, elle ne rentrerait pas à Florence sans être allée d'abord à G..., et Massimo lui avait répondu :

— Tu as raison, il le faut absolument. Mais tu m'excuseras si je ne t'accompagne pas. J'avoue que cela ne m'amuserait guère.

Mais la veille du départ, et comme il fallait mettre le projet à exécution, Massimo dit tout à coup, à déjeuner :

— Après tout, j'ai réfléchi, il vaut mieux que je t'accompagne à G....

Il regardait fixement sa femme en prononçant ces paroles, et il crut voir en elle un léger trouble aussitôt réprimé.

— Oui, cela vaut mieux. Tu seras peut-être forcée d'y passer la nuit...

— C'est assez probable, mais qu'est-ce que cela fait? Ma femme de chambre m'accompagne, c'est bien assez. Ce serait un trop grande sacrifice pour toi, et je ne puis le permettre. Tu t'ennuierais à mourir. Et que ferais-tu toute la journée pendant que je bavarderais avec mon amie ?

— Cependant je crois que cela vaut mieux.

— Mais non, te dis-je ; tu me reprocherais après de t'avoir laissé venir, j'en suis sûre...

— Eh bien, ce sera comme tu voudras.

Un horrible soupçon lui avait traversé l'esprit, et tout ce qu'il observa chez Élisa ne la quittant pas de toute la journée, ne fit que confirmer son idée. Son plan fut donc tout de suite arrêté.

Au moment de partir, il demanda à Elisa si Mme Vegezzi était avertie de son arrivée.

— Non, répondit-elle, je veux lui faire une surprise. D'ailleurs sa vie est tellement monotone, qu'on est toujours sûr de la trouver. Elle me l'a écrit si souvent !

Massimo accompagna sa femme à la gare. Il lui dit qu'il partait une heure après pour Livourne, où il s'arrêterait jusqu'au soir, et qu'il prendrait le dernier train pour Florence.

Il alla à Livourne, en effet, mais n'y resta pas une minute. Il n'eut que le temps de sauter dans un wagon, qu'on lui indiqua sur sa demande, sans même prendre de billet, —, et une heure et demie après sa femme, il descendit à la petite station de G.... La journée était brumeuse et triste. Massimo releva le collet du léger paletot dont il était couvert, et alla droit à l'hôtel qu'il se fit indiquer. On ne pouvait se tromper, il n'y en avait qu'un de convenable : *l'Albergo della Stella.*

L'hôtel était plein, car c'était jour de marché — et on donna à Massimo une chambre assez propre au deuxième étage, où il monta rapidement. Il se mit à la fenêtre et regarda pendant quelque temps la foule bariolée, composée de paysans poussant leurs bêtes devant eux, de marchands forains assis à côté de leur étalage, de fermières dont les croix d'or et les grandes boucles d'oreilles ouvragées brillaient sur les robes à fleurs grossières. Parlant tous à la fois, criant et gesticulant, tout ce monde se pressait dans la rue étroite et tortueuse. Une pluie fine commençait à tomber, et sur ce parterre de feutres noirs ou gris, s'ouvraient çà et là d'énormes parapluies rouges. A droite, la rue tournait brusquement; à gauche s'ouvrait une petite place où brillait l'enseigne dorée d'un café élégant, évidemment *le* café, car plusieurs officiers étaient accoudés aux petites tables qui encombraient le trottoir.

Massimo regardait tout cela, comme un rêve, et déjà il se demandait ce qu'il était venu faire. Il avait cédé à une impulsion irrésistible ; mais comme cela montrait bien le changement profond qui s'était opéré en lui ! Il se rappelait ses moqueries d'autrefois contre ceux qui avaient accompli de semblables démarches — il se rappelait ses théories d'indifférence, et combien il était sûr alors de rester toujours le même! Et il riait amèrement.

On frappa; c'était le garçon.

— Je viens savoir à quelle heure monsieur le marquis désire dîner?

Étonné d'être reconnu, Massimo regarda le garçon, qui était le *cameriere* de petite ville, grand, adroit, servile et impertinent à la fois, sale et prétentieux dans sa mise.

— Tu me connais? demanda-t-il.

— Parfaitement, répondit l'autre. Et il continua avec aplomb: Monsieur est le marquis Ferraris. Mon frère aîné a servi, dans le temps, le vieux marquis, à Parme. Je me rappelle encore les fêtes magnifiques qu'il donnait. Mais monsieur n'y était jamais; il préférait s'amuser à Milan...

— Ah! vraiment, tu m'as reconnu tout de suite!... fit Massimo, qui, heureux d'être pris pour un autre, se garda bien de détromper le garçon... Eh bien, tu me porteras à dîner dans une heure, ici.

— Monsieur a raison. Il y a trop de monde en bas aujourd'hui. Monsieur partira-t-il par le train de ce soir?

— Je ne sais pas. C'est possible.

Massimo était lui-même étonné de son propre calme.

Il mangea; goûtant machinalement aux huit plats

qu'on lui servit et faisant causer le garçon, celui-ci le mit immédiatement au courant de tous les cancans de G...

— Connais-tu M. Vegezzi ? dit le marquis.

— Je crois bien que je le connais. Mais il n'est plus ici.

Massimo se sentit pâlir.

— Depuis quand ?

— Mais... depuis bientôt un mois.

— Et il est parti... avec sa famille ?

— Oui, monsieur le marquis, avec toute sa famille, depuis un mois et plus. Est-ce que monsieur est venu pour lui parler ?

— Non ; seulement je l'ai connu jadis. Et vous avez donc beaucoup de monde aujourd'hui ?

— Comme tous les mardis. Mais nous n'avons pas seulement des marchands de bœufs. Il y a une duchesse qui est arrivée aussi ce matin et qui a pris le numéro 7.

— Une vraie duchesse ?

— Ah ! je crois bien ! Cela se voit tout de suite. Elle avait un petit sac à la main avec le chiffre E. A. en or, et une couronne. Une bien belle femme ! Elle a sa femme de chambre avec elle.

Tout à coup Massimo eut une peur vague d'en savoir trop et changea la conversation. Cependant le *cameriere* recommença bientôt à parler de la « duchesse » ; il raconta qu'aussitôt arrivée, elle était sortie, mais pour rentrer bientôt et qu'elle n'avait plus mis le pied hors de sa chambre. Qu'ensuite elle avait demandé à quelle heure partait le train pour Prato, et qu'ayant su qu'il n'y en avait plus jusqu'au lendemain à six heures et demie, elle avait donné l'ordre qu'on la réveillât à cinq heures. C'était par le garçon qui servait le premier étage qu'il avait su tous ces détails. — Massimo resta très intrigué de ce projet de départ pour Prato.

Quand il eut fini de dîner et qu'il fut seul, il marcha longtemps autour de la grande chambre presque démeublée, en fumant son cigare et en réfléchissant.

— Après tout, pensait-il encore, qu'est-ce que je suis venu faire ? C'est absurde. Comment ai-je pu imaginer… et accourir ici, sur un simple doute, sans la moindre preuve, quand au contraire en y réfléchissant, il est presque impossible… Cependant, ces Vegezzi qui n'y sont plus !… Comment l'ignorait-elle ? — C'est tout de même absurde, et je suis fou. Et puis, même si j'avais raison, que puis-je découvrir, et de quelle manière ? — Jolie situation ! Je suis bête. J'ai la fièvre. Comme j'aurais ri au nez, il y a cinq ans, de celui qui m'eût dit que je viendrais incognito dans une chambre d'auberge pour espionner ma propre femme, comme un mari de théâtre.

Il se remit à la fenêtre : la rue était presque déserte maintenant; mais il ne pleuvait plus, et le ciel éclairci s'empourprait des rayons du soleil couchant.

Une très jolie fille s'accouda au balcon de la maison d'en face. Il la regarda machinalement. Elle se retira : alors il abaissa de nouveau les yeux vers la rue. Il vit un étranger qui causait sur la porte avec le garçon. L'étranger se retourna et Massimo reconnut Giulio Bardi. Deux minutes après il le vit entrer dans l'hôtel.

Une heure plus tard, comme la nuit était tout à fait tombée, Massimo alla rôder dans l'hôtel. C'était vraiment une auberge italienne, avec quelques vagues prétentions au confort moderne. La cour était encombrée de voitures de toutes espèces, de *barrocini* poussiéreux, de chevaux à peine dételés, et parmi ces encombrements, stationnait une foule d'oisifs : paysans, marchands, colporteurs et petits bourgeois, quelques-uns disputant encore le prix d'une vente, d'autres riant, tandis que dans un coin on se querellait déjà à grands éclats de voix. La maison avait deux étages; à chaque étage un balcon extérieur à rampe de fer courait tout autour de la cour et donnait accès aux chambres dont on pouvait lire les numéros d'en bas. Il y avait deux escaliers, l'un à droite, l'autre à gauche. En bas était une salle commune dont la porte ouverte laissait passer une longue traînée de lumière et le brouhaha confus des causeries avinées. Exactement au-dessus était la salle à manger destinée aux « nobles étrangers ». Massimo y entra et la trouva vide. Deux fenêtres s'ouvraient sur une terrasse couverte qui dominait à une grande hauteur un ravin au fond duquel blanchissaient, à demi-éclairés par la lune voilée, les pierres d'un torrent à sec. De l'autre côté du ravin s'élevait une longue chaîne de collines boisées, égayées par des groupes de maisons et de villas qu'on entrevoyait à peine. A droite s'allongeait la ville.

En s'aventurant par les corridors, Massimo avait découvert que le numéro 7 se trouvait à côté de la salle à manger, mais plus élevé de la moitié d'un étage par quelques marches qu'il fallait monter, comme cela arrive souvent dans ce genre de maisons d'une construction irrégulière. Il avait résisté à la tentation de pousser la porte et d'entrer brusquement. Il avait prêté l'oreille et n'avait rien entendu. Ensuite il avait essayé d'ouvrir une des portes des chambres voisines, mais elles étaient fermées en dedans. Alors il était retourné sur la terrasse. Il resta quelques minutes à regarder le paysage, accoudé au parapet. Un immense nuage noir s'avançait rapidement; bientôt il couvrit la lune, il ne fut plus possible de voir les ondulations des collines, ni la silhouette exacte de la ville; seulement plongeant à pic dans la profondeur, le regard distinguait comme un ruban blanchâtre formé par le lit du torrent. La terrasse couverte était adossée d'un côté au corps de logis principal, où un balcon très long s'étendait. De la terrasse on pouvait presque le toucher. On devinait facilement que la première fenêtre donnant sur ce balcon devait être celle de la chambre numéro 7.

Massimo était affreusement pâle. Les douleurs articulaires dont il souffrait depuis quelque temps l'avaient repris, et par moments son cœur battait à se rompre, puis semblait vouloir s'arrêter. Comme toujours, la souffrance morale se confondait avec la douleur physique. Les horribles pensées qui s'entrechoquaient dans son cerveau l'effrayaient, et au milieu de son tourment il sentait au fond de sa conscience comme une voix moqueuse et méprisante qui raillait sa misère. Mille choses du passé, dont quelques-unes n'avaient plus le moindre rapport avec la situation présente, surgissaient devant lui; et, d'une façon irrégulière et illogique, toute sa vie apparut à ses yeux. Et voilà où il en était arrivé! Qu'était-ce que ce terrible et douloureux rajeunissement de l'âme qui le faisait trembler? Qu'était devenue la froide supériorité qui le rendait toujours maître de ses passions? Comment avait-il perdu cette cynique indulgence pour toutes les fautes des femmes, fût-ce d'une femme aimée, qui lui avait fait autrefois considérer la jalousie comme une faiblesse indigne d'un homme qui sent son mérite, comme une maladie surannée, condamnée au ridicule dans notre société moderne? — Descendu maintenant au niveau de ceux dont il s'était le plus moqué, il avait perdu toute sa sceptique bonté; il se sentait brutal, capable de tout, presque désireux de scandale. Il s'attachait bourgeoisement à ses droits de mari et sentait en même temps dans tout son être bouillonner les fureurs d'un amant trompé. Les lois sociales dont il avait souvent blâmé en riant l'injuste sévérité lui apparurent molles et insuffisantes. Il ne se reconnaissait plus.

Un sentiment tout nouveau se changeait en douleur et le mordait aux entrailles, — la haine, — et à la force de cette haine il mesura à quel point il aimait cette femme qui le trompait. Il lui sembla tout à coup sentir son amour s'agrandir comme pour faire éclater son cœur; il aimait au point de tuer et d'en mourir. De mauvaises passions inconnues jusque-là s'éveillaient en lui; un effrayant désir de vengeance l'étreignait. Puis des attendrissements lui venaient, des minutes dans lesquelles tout le désespoir d'une vie était contenu.

Il se rappelait les différentes phases de sa vie depuis qu'il avait connu Élisa, et il rêvait en considérant où son bizarre mariage l'avait conduit.

Quel charmant et original point de départ, et quelle chute vulgaire!

Mais il n'était plus maître de lui-même. Le souvenir sacré de sa sœur qui lui traversa l'esprit n'eut pas le pouvoir de le calmer.

Les pensées calomnieuses qui maintenant l'obsédaient contre sa femme, remontaient en arrière jusqu'au jour où il avait rencontré Élisa Valenti. Au fond il était tombé dans un piège comme un imbécile. Croyant Bardi marié, elle avait été heureuse de l'épouser à la place de Gorletti; mais peut-être avait-elle toujours été en correspondance avec son amant. Il oubliait que cela lui eût été indifférent autrefois.

Mais sa rage, sa haine cachaient une terrible douleur. Il n'en avait peut-être pas conscience, mais il demandait la vengeance moins pour elle-même que dans l'espoir d'y trouver un soulagement à son insupportable torture. — Les yeux fixés au balcon, il pensait que certes *il* devait être là, derrière ce mur, seul avec elle. Et alors les plus douces heures de la *villa del Giglio* lui revenaient à la mémoire, et il se rappelait les longues soirées d'été dans le grand salon silencieux, lorsque la lune des belles nuits posait l'enchantement de sa lueur sur les cheveux défaits d'Élisa... Et il se souvenait de ses doutes renaissants et par elle dissipés avec tant de bonté... Elle mentait donc vulgairement, elle aussi! — Ah! maintenant il n'y avait plus à douter. Elle le trompait, lui à qui elle devait tout. Pourquoi n'avait-elle pas eu au moins la pitié de le laisser fuir loin d'elle lorsqu'il l'avait voulu? Il n'avait plus qu'à rendre le mal pour le mal, et ensuite à espérer que la fin de cette mauvaise farce qu'on appelle la vie ne se fît pas trop attendre. — Et sa douleur était noble et vulgaire à la fois; il souffrait au plus profond de son âme, et en même temps — lui si supérieur aux petites vanités — il se sentait, pour la première fois, blessé au vif dans son amour-propre.

Il regardait toujours le balcon, mesurait la hauteur qui l'en séparait. Évidemment il n'y avait pas d'autre moyen. Il fit le tour de la terrasse, il n'y trouva personne.

Alors, il jeta un dernier coup d'œil autour de lui, puis monta sur le parapet de pierre. Se cramponnant, d'une main d'abord, puis de l'autre, aux barreaux du balcon, il fut balancé dans l'espace sur le gouffre noir. Le fer lui coupait les doigts, mais par la tension de ses muscles exercés, il monta lentement. Tout à coup une de ces horribles piqûres qui lui venaient parfois lui traversa le cœur. Il eut une seconde de défaillance. Mais après un instant de suprême angoisse, il se raidit et, par un effort violent, il continua et arriva à s'aider des genoux et des pieds. Enfin, après une minute d'un siècle, il enjamba le balcon qui s'étendait devant lui en toute sa longueur. Il s'approcha de la fenêtre avec les plus grandes précautions. L'idée lui avait traversé l'esprit que tout serait inutile si les volets étaient clos. Ils ne l'étaient pas. On avait même laissé les vitres ouvertes. Les fentes des jalousies fermées étaient si larges qu'on pouvait voir tout ce qui se passait à l'intérieur et tout entendre.

Élisa, seule, un livre à la main, assise dans un fauteuil à côté d'une petite table sur laquelle brûlaient deux bougies, lisait tranquillement. Massimo resta les yeux fixés sur elle.

A ce même moment on frappa à la porte. Élisa posa son livre, et prêta l'oreille. On frappa un peu plus fort.

— Entrez, — dit-elle d'une voix un peu timide, et Giulio Bardi entra.

V

Élisa se leva en sursaut, et reconnaissant Giulio à la clarté vacillante des bougies, elle devint blanche. Sa bouche s'ouvrit comme pour laisser passer un cri qui ne sortit pas, et, toute tremblante, elle s'appuya des deux mains à la table. Elle avait sur la figure quelque chose de l'étonnement qu'on éprouve à la vue d'un revenant.

Giulio, très ému, s'était arrêté contre la porte en la refermant sans bruit derrière lui. Ils restèrent sans pouvoir parler. Élisa était non-seulement sans paroles, mais sans idées — elle ne vivait que par les yeux. Une réalité, qui ressemblait à un rêve, la fascinait. Ils balbutièrent ensemble quelques mots sans les comprendre.

— Vous, vous ici? dit-elle enfin de sa voix à peine recouvrée.

— Oui, moi... pardonnez... mais il ne continua pas tout de suite, s'oubliant à la regarder. Elle tremblait toujours.

— Comment êtes-vous venu? Pourquoi êtes-vous ici? répéta-t-elle d'un ton exalté.

— Je vous en supplie, ne soyez pas si troublée. Permettez-moi de vous parler, il le faut.

Élisa retomba dans son fauteuil et se cacha la tête entre les mains.

— Non, partez, je ne peux pas vous écouter! Que pouvons-nous nous dire?

Elle sentit ses mains écartées de son visage par celles de Giulio, puis elle le vit assis en face d'elle et tenant toujours une de ses mains dans les siennes qu'elle essayait de retirer. Elle revit ce visage doux et sérieux que depuis si longtemps elle n'avait plus contemplé que dans ses rêves, et un regard inoublié plongea dans le sien.

— Laissez-moi, murmura-t-elle, laissez-moi!

Mais il ne bougeait pas et retenait toujours sa main qu'il serrait fébrilement. Son regard douloureux n'implorait que la pitié:

— Si vous saviez tout ce que j'ai fait pour arriver jusqu'à vous, vous ne parleriez pas de me chasser.

— Comment êtes-vous venu? répéta-t-elle.

— Je ne le sais... je n'ai pas le temps de vous le raconter. Pardon, reprit-il après une pause, et en lâchant sa main, il faut me pardonner. C'était nécessaire. J'ai appris que vous étiez ici, n'importe de quelle manière, que vous étiez seule, et je vous

y ai suivie, car il m'était impossible de m'exiler,
comme vous m'en avez donné l'ordre, sans vous
voir une dernière fois. Calmez-vous, je vous en
supplie. — Je vous fais donc peur, hélas ! — Mon
oncle m'a dit tout ce dont vous l'aviez chargé pour
moi. Malgré vos bonnes paroles, j'ai d'abord trouvé
votre arrêt cruel, tout en vous comprenant...

— Eh bien ! Comment êtes-vous venu, alors ?

— Ce n'est que maintenant, devant vous que je
sens à mon émotion profonde que vous aviez
réellement raison. Et je vous obéirai sans murmure. Je m'abusais moi-même en pensant autre
chose. Je partirai, et je ne vous reverrai peut-être
plus jamais. J'y étais déjà décidé, et je le suis
encore, je vous le jure... Mais, je le répète, partir
sans vous avoir parlé une fois m'eût été impossible.
Voilà pourquoi je suis venu... Vous tremblez ? Que
pouvez-vous craindre ?... Ai-je même essayé d'aller
chez vous depuis que vous me l'avez défendu ?...
Pensez : je suis revenu de Londres exprès pour
vous voir, ne fût-ce qu'un instant, dans la rue —
sans me montrer. Vous étiez à la campagne. Ce
que mon oncle m'a dit ne m'a pas navré comme
vous pourriez le croire. Savoir par vous-même que
vous étiez heureuse... vous au moins, a presque
été une consolation pour moi. J'avais fait un dernier rêve... impossible, je le sens maintenant —
j'avais espéré pouvoir devenir votre ami et vous voir

de temps en temps ; — en apprenant votre refus, j'ai obéi sans me plaindre. Je suis reparti. Mais une pensée me poursuivait, poignante, horrible. Je me disais que je quittais l'Italie sans vous avoir même vue... et que chaque jour, chaque heure, élargirait encore l'espace qui nous sépare. Ma dernière chance était perdue. C'était au-dessus de mes forces ; je revins à Florence mystérieusement, presque comme un voleur. Je mentis à mon oncle, et, à son insu, je retournai seul, sans personne pour me soutenir dans mes bonnes résolutions, pour me faire rougir de moi-même, si je ne suivais pas la voie que je m'étais prescrite comme celle du devoir. Je vécus caché... faisant épier vos mouvements par un moyen sans danger que je trouvais. Ce fut ainsi que j'arrivais à vous voir, à la gare, perdu dans la foule, le jour de votre départ pour Viareggio. Quand je me trouvai devant vous, moi qui avais résisté à tout, je crus m'évanouir. Vous ne m'avez pas vu.

— Vous vous trompez. Je vous ai aperçu... Mais, grand Dieu ! Comment, pourquoi m'avez-vous poursuivie jusqu'ici ?... Vous me faites horriblement souffrir !...

— Vraiment ?... Vous m'aviez vu ?... Je l'ai cru une minute, puis je me suis dit : non, tu es fou ! Je l'espérais et je le craignais... Mais, moi, depuis ce moment, ma force m'abandonna. Tout en me reprochant mon manque de logique, ma folie, mon imprudence, je partis le surlendemain pour Viareggio ; — je partis sans but, sans raison, poussé par un désir irrésistible... simplement pour vous voir encore. Et vraiment, à la gare, vous m'avez reconnu ?...

— Tout de suite. Et cependant...

— Je suis changé, n'est-ce pas ? très changé. Pensez aux années qui se sont écoulées depuis que nous nous sommes quittés, et pensez à tout ce que j'ai souffert. N'en parlons pas. Laissez-moi vous regarder maintenant. Celle-ci est une heure qui ne reviendra plus. Oui, je vous ai suivie, et à Viareggio, caché, j'ai passé des journées presque heureuses dans la solitude d'une chambre d'auberge, en pensant que vous n'étiez pas loin, et que, de temps à autre, je pouvais vous apercevoir un instant à la dérobée. Je ne vous ai entrevue que quatre fois en quinze jours, mais cela m'a suffi pour supporter presque gaîment ma prison volontaire. Bientôt cependant un désir de vous parler, ne fût-ce qu'une heure sans témoins, s'est emparé de moi avec tant de violence, qu'il ne me fut plus possible de lutter. Mes journées se passèrent à épier un moment favorable. Mais le risque était trop grand. J'avais peur pour vous. Enfin, je n'espérais plus, lorsque ce hasard inespéré de votre voyage ici, que j'ai pu savoir en faisant interroger habilement

votre maîtresse de maison, m'a offert une dernière chance inattendue. J'ai su que vous veniez
seule. Tout en étant sûr de vous déplaire, de vous
effrayer, comment résister à la tentation ? L'idée
même ne m'en vint pas...

— Vous l'auriez dû cependant... C'eût été mieux.

La voix d'Élisa était redevenue plus ferme, mais
elle parlait avec peine. — Pardonnez-moi la dureté
de mes paroles. Mais à quoi bon nous revoir ? Je
ne m'appartiens plus ; je suis irrévocablement liée
à un autre... que je dois aimer... que j'aime.
J'avais dit à votre oncle que vous deviez partir et ne
garder de moi qu'un ineffaçable souvenir, comme
je le garde au fond de mon âme. — Et à quelle
condition lui ai-je dit que, malgré tout, je ne
pouvais pas vous oublier ? à la condition que vous
m'obéiriez et ne tâcheriez point de me revoir. J'ai
ajouté que mon plus ardent désir était de vous
savoir moins malheureux, trouvant un peu de
bonheur dans votre vie si triste par ma faute, toute
de devoir et de sacrifice... Et vous...

— Ne me parlez pas de choses impossibles.
Vous pouvez me reprocher d'avoir désobéi et d'être
ici. — Mais vous ne pouvez commander à mes
sentiments. Mon amour pour vous est éternel,
parce qu'il est au-dessus de la vie humaine et de
notre sort passager. Être malheureux par vous est
mon droit. Vous, vous avez pu être heureuse ; je

vous approuve sincèrement — mais vous ne sauriez l'exiger de moi. Je vous jure, Élisa, que dans mes paroles, il n'y a pas l'ombre d'un reproche. Nos destinées ont été différentes, nous avons fait chacun notre devoir. Trompée par moi — et ce mensonge était nécessaire — déliée de toutes vos promesses, me croyant faible, oublieux, coupable peut-être, — lorsque je ne fus qu'imprudent, d'une imprudence que j'ai payée par le malheur de toute ma vie, — vous m'avez encore attendu, vous avez lutté, oh! je le sais, et je devine! vous vous êtes longtemps obstinée, — puis enfin, le temps a fait son œuvre, la vie a eu son influence, un nouveau sentiment a pu trouver place dans votre cœur — et vous avez dû accepter le bonheur. Vous avez bien fait. Mais moi, qui n'avais rien à reprocher qu'à moi-même, moi, qui savais toute la force de votre caractère et toute l'infinie bonté de votre âme, moi, qui étais sûr que, si je n'avais menti, vous m'auriez attendu toujours, moi, qui devais désirer votre bonheur par un autre, puisque moi-même je vous y avais poussée, — et la profonde approbation de ma conscience a à peine compensé l'immensité du sacrifice! — pouvais-je être heureux en vous ayant perdue, pouvais-je vivre autrement par le souvenir? L'avenir, possible, nécessaire pour vous, n'existait pas pour moi. Et cependant j'ai tout enfermé en moi-même. Sait-on réellement comme j'ai vécu? J'ai obéi autant que je le pouvais aux lois sociales ; j'ai pu trouver la résignation apparente pour ceux que j'aimais ; j'ai travaillé, et j'ai été utile aux autres et à moi, — mais qu'on ne demande pas plus. Personne n'en a le droit.

— Si vous saviez comme vous me faites souffrir ! Vous voyez bien mon émotion, — je n'essaye pas de la cacher. Un frisson m'a saisie dès que vous avez ouvert cette porte, et je tremble encore... Épargnez-moi !

Il la regarda avec une expression nouvelle sur la figure ; puis il répondit d'un ton amer :

— Ah ! je comprends. Dans votre vie calme, mon souvenir est resté comme un écho lointain de votre première jeunesse, mais vous vivez en pleine vie réelle, comme une femme du monde que vous êtes ; vous avez cherché et trouvé la paix ; vos journées, pareilles dans leur aimable variété, se suivent sans secousse, vous vous épanouissez dans l'existence tranquille et opulente des heureux d'ici-bas, et votre mélancolie, charmante aux yeux des autres, s'est adoucie même pour vous, et brusquement je surgis ici comme le spectre brutal du passé, et je viens — moi que le monde n'a jamais pu railler, tant j'ai su me taire, — je viens étaler devant vous mes douleurs que vous-même ne pouvez plus comprendre !

Il se leva et marcha jusqu'au fond de la chambre, lentement, la tête baissée. Lorsqu'il leva les yeux et revint, il vit Élisa qui le regardait fixement, la figure contractée, et quand leurs yeux se rencontrèrent, de grosses larmes qu'elle ne put retenir lui coulèrent sur les joues; et, après un instant de lutte inutile, elle cacha sa figure sur son bras appuyée sur la table, et fondit en larmes.

Giulio resta une minute, immobile, comme pétrifié, à la contempler. Puis il tomba à ses pieds, et lui prenant la tête dans ses deux mains, il la força à tourner vers lui son visage mouillé de pleurs. Il regarda ses yeux rouges, ses lèvres convulsées par les sanglots, il sentit près de lui le souffle haletant de son sein, et son haleine sur sa bouche, et il se rejeta en arrière, puis il se pencha sur ses mains blanches devenues inertes qu'il couvrit de baisers. Il y eut un silence. Il resta immobile, la face presque sur les genoux d'Élisa. — Elle revit cette tête, ce cou, qu'elle avait si souvent vus ainsi, — et pendant un instant, dix années de sa vie disparurent.

Le passé surgissait devant elle, dans son ancienne et impérissable beauté. Elle revoyait la maison du lac de Como, les sentiers où les pieds s'embarrassaient dans les broussailles et où le regard s'emplissait de l'azur de l'eau et du ciel, l'arbre sous lequel ils avaient tant pleuré à leur première séparation, — et le petit salon des rendez-vous nocturnes à l'époque du retour inattendu de Giulio, ces rapides jours de fiévreux bonheur qui étaient restés comme la note la plus sonore de sa vie. Les souvenirs aux chères nuances pâlies redevenaient des souvenirs d'hier, elle revoyait chaque pierre, chaque buisson du chemin conduisant à Torno, de ce chemin que tant de fois elle avait parcouru en allant au bureau de poste, le cœur plein d'espérance, pour s'en retourner, l'âme toute remplie d'une mortelle tristesse; elle revoyait le petit canot dans lequel ils s'étaient parfois risqués sur le lac, le tournant de chemin où ils avaient tant de peine à se quitter après leur longues promenades, sa chambre où toujours ses pensées se tournaient vers lui, à travers l'océan, après son départ. — Puis la nuit profonde de son âme, lorsqu'elle avait enfin perdu tout espoir, les angoisses de la lutte d'où elle était sortie résignée, — les désirs insupportables et fous de le voir encore une fois et de mourir.

Et maintenant il était là, penché sur elle, à ses pieds; elle sentait ses mains qui touchaient les siennes, elle voyait sa tête appuyée contre ses genoux. Et elle le contemplait, absorbée dans une extase inconsciente, dans un oubli absolu du présent.

Tout à coup, elle remarqua que ces cheveux si connus, ces cheveux d'enfant soyeux et ondés, étaient parsemés de fils blancs. — Et avec la sensation d'une horrible étreinte au cœur, elle se dégagea enfin.

Mais en se réveillant, elle se retrouva encore dans un rêve. Pourquoi était-elle, avec lui, dans cette chambre banale, avec ses murs sales peints à carreaux jaunes et rouges, ses meubles communs et dépareillés, son alcôve à rideaux fanés?

Alors, tandis qu'elle écoutait comme en rêve ce que Giulio continuait à lui dire, sa pensée revint aux jours plus récents, — au nouveau changement de sa vie, au temps qui s'était déjà écoulé, rapide et douloureux, après la visite de M. Orlandi, — depuis le moment où il était venu la troubler en lui annonçant l'arrivée de son neveu à Florence, jusqu'aux derniers jours de souffrances secrètes à Viareggio, où elle remarquait avec une crainte l'attitude incompréhensible de Massimo. Changé pour elle, sans qu'elle sût deviner pourquoi, il était devenu dur, froid et distrait au moment où elle aurait eu le plus grand besoin d'être soutenue et encouragée. Elle eût voulu se cramponner à lui, et Massimo semblait s'éloigner d'elle. Il devait avoir des soupçons, elle le devinait, mais lesquels? Craintive, elle n'osait l'interroger, ni le sonder d'aucune façon, — que savait-il? que pensait-il? Elle avait cru que Giulio était retourné à Londres, et, d'abord, elle avait éprouvé une espèce de soulagement. Mais, peu à peu, dans la tristesse de la solitude, devant son mari qu'elle ne reconnaissait plus, — un regret s'éleva dans son cœur.

Pendant ses longues journées solitaires, dans le petit salon étouffant de son appartement garni, alanguie par la chaleur accablante, l'œil fixé sur la grande mer qui paraissait assoupie sous les rayons d'un soleil torride, une idée s'emparait d'elle qu'elle essayait en vain de chasser. Ayant revu Giulio pendant une minute, un désir la remplissait de le revoir encore. Le mot *jamais* se dessinait devant ses yeux en lettres de feu. L'ayant revu, — et comment oublier le choc de cette seconde ? — il lui semblait impossible de devoir se dire : je mourrai sans avoir entendu encore une fois le son de sa voix, sans lui avoir dit un mot.

Et maintenant il était là.

Il lui parlait d'une voix douce, qui semblait venir de loin — et qui, en effet, s'élevait pour elle dans un murmure, comme du fond des années mortes. Il lui demandait toujours pardon d'être venu, et l'assurait avec un si triste regard ! — que jamais il ne chercherait plus à la voir. Il ne voulait qu'un dernier sourire et qu'une main indulgente dans la sienne. Et, sans ordre, s'interrompant, avec toutes sortes de digressions imprévues, il lui racontait sa vie, les événements de tout ce temps qui les avait séparés, ses désespoirs — et dans ce récit les mots n'étaient rien. Elle les écoutait machinalement, lisant dans ses yeux tous les secrets de ses douleurs, toutes les luttes de sa conscience et la terrible victoire sur lui-même. Il lui parla de sa longue absence, de son malheur, du mensonge auquel il avait dû consentir — puis de son retour, et de ce qu'il avait senti en apprenant qu'elle était mariée au marquis d'Astorre...

En parlant, Giulio avait été sincère. Vraiment, en venant, malgré tous les risques, jusque dans cet hôtel pour la revoir, aucune pensée n'avait germé dans son cerveau qu'il eût à se reprocher. Pour rien au monde il n'eût voulu troubler la paix, le bonheur de celle qu'il adorait d'un amour sanctifié par tant de souffrances. Il était entré le soir dans cette chambre, où personne ne pouvait même soupçonner sa présence, parfaitement sûr de lui-même. Et il n'avait pas douté d'en sortir — peut-être consolé, peut-être plus navré qu'auparavant — mais sans que sa conscience eût rien à lui reprocher. Une voiture était prête, qui devait le conduire à une gare, d'où il repartirait pour ne plus revenir. Il savait bien qu'en revoyant Élisa, en lui parlant, il éprouverait la plus forte émotion de sa vie, et que peut-être, à travers son amour épuré, toutes les violences de la passion se réveilleraient en lui — mais il savait aussi qu'Elisa appartenait volontairement à un autre, qu'elle l'aimait, qu'elle lui devait le bonheur, et il sentait qu'il ne faillirait point à son devoir, et qu'il se montrerait à elle comme il devait être.

Mais il ne s'était pas attendu à la trouver telle qu'elle lui apparaissait alors. « Certes elle sera bien émue aussi en me revoyant », s'était-il dit, mais il n'avait jamais cru voir des pleurs brûlants démentir les froides paroles qu'elle avait essayé de lui adresser, ni sentir sa main aussi fiévreuse que la sienne, ni lire dans ses yeux la révélation involontaire de tout l'ancien amour ressuscité. Un soupçon lui traversa l'esprit, qui le rendit comme fou et lui fit tout oublier : elle avait peut-être menti à son oncle, elle essayait de mentir encore, mais tout ce qu'elle disait était faux et elle l'aimait comme autrefois !

Alors il sentit toutes ses résolutions s'écrouler au dedans de lui — et il lui sembla qu'un gouffre s'ouvrait à ses pieds, plein de désespoir et de joie. Il se tut tout à coup, et plongea dans les yeux d'Élisa un regard qui voulait pénétrer dans son âme.

— Continuez, dit-elle. Puisque vous êtes là, parlez. Et parlez vite, car le temps presse.

— Non, rien ne presse, répondit-il sourdement.

Puis se serrant les tempes dans sa main droite, il s'écria d'une voix changée :

— Grand Dieu ! penser que si j'étais revenu quelques mois plus tôt, alors, vous n'appartiendriez pas à un autre ! Ironie outrageante du destin ! Vous, Élisa, mon Élisa, je vous regarde et je n'en ai pas

le droit, je prends vos mains dans les miennes et je
dois me cacher pour le faire ! — Vous n'êtes plus
Élisa, vous êtes la marquise d'Astorre. Mais songez
donc, après tout, vous m'avez longuement et pa-
tiemment attendu, ma pauvre enfant, mon ange
adoré, et plus que vous ne deviez ; mais pourquoi
Dieu a-t-il permis que, malgré votre courage, j'ar-
rivasse trop tard ? Et comme je l'avais prédit autrefois, je reviens riche, considéré, et j'aurais pu vous
avoir ! Non, c'est trop ! Pourquoi ne suis-je pas
mort pendant la traversée, en revenant !...

— Au nom du ciel, calmez-vous ! Pourquoi
cette exaltation, pourquoi ce changement ? dit
Élisa d'une voix étouffée.

— Pourquoi ? — Parce que je lis dans vos yeux,
parce que vos paroles ont menti et que vos regards
sont sincères, parce que tu m'aimes encore, Élisa,
parce que nous nous aimons toujours !

Et, faible comme elle l'était, il la prit dans ses
bras.

— Viens, lui dit-il, partons ! — Tu vois bien
que c'est moi ! Je te retrouve ! Ton corps fré-
mit entre mes mains, comment puis-je croire
à tes paroles ? Je te jure que tu m'aimes ! —
J'oublie tout. Puisque nous nous aimons, tout le
reste est faux ! Oh ! Élisa, ne sens-tu pas l'éternité
de notre amour ? Comment veux-tu que de ce
passé il ne reste plus rien ?... Quoi ! tout devrait

être vain ? et inutiles nos souffrances ? Nous aurions donc menti alors, nous nous serions trompés ? Ceux qui nient l'amour auraient donc raison, et nous aurions pris un éclair pour la lumière immortelle ?... Te rappelles-tu nos serments ? Ne sens-tu pas que les liens qui nous unissaient ne sont pas brisés ? Mettez sur un plateau de la balance toutes les lois sociales, tous les devoirs mondains, toutes les chaînes de la vie — et sur l'autre un sentiment d'origine divine, de quel côté penchera-t-elle ? — Tu as été à moi, tu l'es toujours. Je ferai tout ce que tu voudras. Fuyons loin de tous, que personne ne nous voie plus !

— ... Taisez-vous !

Et par un effort violent, Élisa se dégagea.

Elle se tourna vers la fenêtre — et Massimo, qui entendait tout, vit tourné vers lui le visage de sa femme, et sur ce visage une expression qu'il n'oublierait jamais. Il vit ses yeux levés au ciel, ses traits contractés par une lutte dernière, une angoisse suprême qui agitait tout son corps.

Giulio voulut la suivre à l'autre bout de la chambre.

— Restez, lui dit-elle. Vous ne saurez jamais combien je souffre. Par pitié, Giulio ! (il tressaillit en s'entendant appeler par son nom) calmez-vous ! Ne m'approchez plus !

Elle resta quelque temps accablée, ne pouvant

parler. Le silence était étrange dans cette chambre, entre ces deux personnes. Puis enfin elle dit à voix très basse avec un effort :

— Si vous saviez combien j'aime réellement mon mari et combien et pourquoi je l'aime, vous ne me parleriez pas comme vous faites.

— C'est faux. Vous ne l'aimez pas, puisque vous m'aimez. Je l'ai vu, je le vois encore. Je ne puis croire à vos paroles. Rien n'est vrai que le tremblement de votre main dans la mienne. Vous êtes une nature sincère et droite, Élisa ; jamais vous n'avez su mentir. Mais je ne vous accuse pas, je vous estime, au contraire, et je vous admire plus que jamais. On comprend tout quand on aime comme moi. Votre mensonge est sublime. Vous imposez silence à votre âme pour faire ce que vous croyez votre devoir. Mais moi, en ce moment suprême, je vois au delà des considérations humaines. Regardez, je suis calme maintenant. Écoutez-moi. J'ai prouvé, moi aussi, que je sais tout sacrifier à l'idée du devoir. C'est pour faire ce que je devais que je me suis condamné moi-même à mentir, que j'ai broyé mon propre cœur. Je peux donc juger. Eh bien ! je vous le dis en toute sincérité, votre devoir ne peut être d'aimer cet homme. En dépit des lois et de la morale passagère de ce monde, quels sont ses droits comparés aux miens ? moi, j'ai eu votre première parole d'amour, et je vois que vous m'aimez encore ; moi, je vous ai tout donné et tout sacrifié, et je serais prêt à sacrifier tout encore, si vraiment vous l'aimiez. Mais comment me feriez-vous croire que vous l'aimez ? — Qu'a-t-il fait, lui ! Oh ! croyez-le ! j'ai raison. Je voudrais que M. d'Astorre fût ici et qu'il m'entendît.

— Giulio, c'est moi que vous devez écouter, dit Élisa lentement. Ne parlez plus ainsi ; ne dites rien dont vous puissiez vous repentir plus tard. Au nom du passé, qui reste sacré dans ma mémoire, je vous en supplie !

Il y avait quelque chose de si décisif, de si solennel dans sa voix que Giulio en fut frappé au milieu de son exaltation, et qu'il se tut tandis qu'Élisa paraissait réfléchir.

— Savez-vous quelles furent pour moi les années qui suivirent votre départ ? continua-t-elle enfin, et comme si elle se parlait à elle-même. Vous imaginez-vous le deuil qui s'étendit pour moi sur la nature, le désespoir qui m'alourdit le cœur ? Quel vieillard, désabusé de tout et fatigué de ses longs jours, sentit jamais le poids de l'existence trop lourde pour ses forces, comme je le sentis alors au commencement de la vie, jeune fille à qui le monde souriait ? Et moi, je n'avais pas même un travail, une tâche pour me distraire. Je n'avais que ma solitude et mes pensées, et on ne me les permettait pas. Souffrir m'était défendu, et de jour en jour on épiait l'instant où ma douleur éternelle cesserait. Tandis que je désirais mourir, on pensait à me marier. Je refusais toujours, je luttais. Mais enfin on décida malgré moi mon mariage... savez-vous avec qui? avec cet homme que vous détestiez aussi et qui venait si souvent chez nous. Ce mariage était une nécessité absolue : la misère surgissait devant nous, et je devais sauver ma famille. Tous me conseillèrent de céder, même les personnes les meilleures et les plus intelligentes. Je ne savais pas résister aux menaces de ma mère, aux prières désolées de mon père, à l'avis de tout le monde. Mourir! comme je l'aurais voulu! mais je le pouvais encore moins. Le sacrifice était décidé; malgré ma répugnance, malgré mon horreur, j'avais dû consentir. Seule, je ne pouvais lutter contre tous et contre le sort. On me plaignait, mais personne n'eut l'idée de me venir en aide.

Et, tout à coup, au dernier moment, un homme arriva qui le fit. Comme un ange sauveur, il s'interposa entre moi et le destin, et d'une main puissante, arrêta sur le bord du précipice celle que ses amis voyaient tomber avec de vains regrets. Et cet homme me connaissait à peine, je n'étais pour lui qu'une indifférente, qu'une connaissance banale. Mais il comprit et il me sauva. Et pour le faire, il m'épousa; il me donna son nom, sa fortune, son appui, et ne me demanda rien en échange. Pouvais-je refuser? Avais-je le choix?

— Vous ne l'aimiez donc pas?

— Non, je ne l'aimais pas alors. Mais déjà je me sentis irrévocablement liée à lui par une reconnaissance qui ne pouvait s'acquitter. Il m'avait rendue à une vie possible. Vous, je vous croyais à tout jamais perdu, marié à une autre : vous viviez toujours dans mon âme, mais par le souvenir seulement. Le temps s'écoulait pour moi, calme; j'étais triste, mais j'existais comme dans un rêve. M. d'Astorre, au contraire, remuant, actif, poursuivant toujours quelque projet que j'ignorais, vivait d'une façon bizarre, désordonnée, que je ne comprenais pas. Il était absent la plupart du temps, mais de loin ou de près, toujours la bonté même. Pour moi il n'était, comme le premier jour, qu'un ami sûr et sincère.

Puis, peu à peu, il changea. Toutes les choses du dehors cessèrent de l'intéresser; il s'attacha de plus en plus à moi et à la maison; il cessa de s'absenter. Il me demanda si je voulais être tout pour lui. Il redoubla de soins, de délicatesse. Lui qui m'intimidait parfois, sut gagner ma confiance entière; il se corrigea de tous ses défauts.—Et, du jour où il m'aima ainsi, je crus de mon devoir de l'aimer, et je l'aimai réellement. — Eh bien, ne comprenez-vous pas que maintenant je

dois mourir, plutôt que de le tromper ? Ah ! Giulio !
le bonheur ·idéal que nous avons espéré autrefois
s'est évanoui à jamais et rien ne le peut ressusciter
ici-bas. Vous, vous avez vécu comme j'avais l'intention de vivre, c'est-à-dire en renonçant à la vie ;
moi, j'ai dû commencer une nouvelle existence et
j'y ai trouvé la paix et une félicité calme qui est
pour moi le devoir. Le souvenir du passé ne
peut mourir en moi, et mon mari le sait ; car
je n'ai rien voulu lui cacher, mais ma vie lui
appartient désormais. J'ai souffert autant que
vous ; j'ai peut-être pensé davantage. Réfléchissez,
et vous serez forcé de me donner raison. Dans mes
longues rêveries j'ai tout prévu, même cette heure.
Je suis faible, c'est vrai, et l'émotion que j'a
éprouvée en vous voyant apparaître au moment
où je m'y attendais le moins, m'a fortement
ébranlée... Mais j'ai tant pensé que je ne puis
faillir...

— C'est que le souvenir pour vous n'est pas
aussi vivant qu'il l'est pour moi.

— Non ! vous vous trompez encore ; si je vous
parle ainsi, ce n'est pas parce que j'oublie, mais
parce que je me souviens. Comparez ce que fut
votre amour à ce qu'il serait maintenant ! Au lieu
de l'ébouissante splendeur, de l'ivresse sainte que
nous avons connue, qu'aurions-nous ? — Une passion coupable et faussée, un bonheur mauvais,

empoisonné de remords. Notre passé, si beau dans nos souvenirs, et que, séparés, nous ne pourrons jamais oublier, serait gâté lui-même par un présent coupable, et qui semblerait la parodie de ce que nous avons rêvé. Toute ma vie s'interpose entre nous.

Giulio n'osait plus l'interrompre. Il écoutait, tête baissée, ces paroles si vraies qui résonnaient étrangement dans cette chambre, regardant parfois les deux bougies déjà à moitié consumées, parfois se tournant vers Élisa avec un geste de violente dénégation qu'elle réprimait d'un mot.

— Tout ce que vous me dites est vrai à un certain point de vue, dit-il enfin tristement après une pause, cruellement vrai. Je vous le répète : vous avez raison, et je vous estime hautement de parler ainsi, bien que vous me déchiriez le cœur. Notre amour serait coupable maintenant, c'est vrai. Le devoir vous le défend; mais, croyez-le, le devoir seulement. Vous voyez, je suis calme. Je serai fort, j'aurai l'horrible courage de vous obéir. Un mot de vous m'est sacré. Mais à cette heure suprême, Élisa, avouez la vérité. C'est le devoir qui nous sépare encore, inexorable, rien que le devoir. Mais vous m'aimez, vous m'aimez comme toujours, vous m'aimez comme je vous aime. Donnez-moi cette consolation terriblement amère de me l'avouer, et je partirai.

— Ce ne serait pas une consolation. Tandis que si vous pouviez me comprendre, entrevoir la vérité telle qu'elle est et telle que je veux vous la dire tout entière, vous y trouverez un apaisement réel, et la force de vous résigner aux lois tristes de la vie que nous ne pouvons discuter. En disant qu'il y a dans notre passé quelque chose d'éternel qui ne peut mourir, et que nos âmes sont unies par un lien indissoluble, vous dites vrai, mais vous vous trompez en croyant que je puisse vous aimer comme autrefois. Alors je pouvais me donner à vous toute entière, vous consacrer toutes les heures de mon temps, toutes mes pensées et toutes mes sensations; maintenant j'appartiens à un autre et depuis des années il a ma vie de tous les jours... et comment aurais-je pu être à lui, sans rien lui donner de mon cœur? Pourquoi voulez-vous qu'en vous disant que je l'aime, je ne le dise que pour vous faire souffrir plus cruellement encore?—Oh! non, Giulio, il ne s'agit pas du devoir seulement, du devoir social, comme vous vous obstinez à le croire... Si j'avais pu être toute à vous, purement, autrefois, n'eussé-je pas foulé aux pieds tous les devoirs? Mais pourquoi voudriez-vous que nous nous rendissions maintenant malheureux en cherchant un bonheur impossible que nous ne pourrions trouver qu'en le payant de la paix de notre conscience?

Élisa lui dit qu'elle avait longuement réfléchi dans ses heures de solitude. Elle lui expliqua que la vie est multiple et que quand nos vœux ne sont pas aidés par des circonstances exceptionnelles, l'idéal est bien vite étouffé par la réalité et ne peut plus exister que dans le secret de nos âmes. S'il ne nous est pas permis de nous isoler du monde, nous sommes bientôt pris dans la mêlée, nous sommes forcés de quitter les grands espaces purs où notre imagination planait, et de marcher dans l'herbe au bord de la route.

Élisa, tout en disant cela, était aussi pâle que Giulio.

Lui avait baissé la tête ; il était vaincu. Il voyait enfin clairement combien elle avait raison. Par un mouvement brusque, il se leva comme pour partir.

Élisa tressaillit, et alors, elle qui avait su parler avec tant de calme et tant de vérité, brisée par l'émotion intense et par la tension de l'effort, elle se mit à pleurer.

— Par pitié, Élisa, si vous voulez que j'aie la force de faire ce que je dois, ne pleurez pas ! Voyez, je vous ai comprise, je suis redevenu moi-même. Et c'est vous qui êtes faible... je vous en supplie... Et cependant merci ! merci pour ces larmes !

Elle lui tendit ses mains maintenant, en s'essuyant les yeux.

— J'ai bien raison, n'est-ce pas ? Vous jurez donc de m'obéir ?

— Je le jure.

— Restez encore un peu alors. Que je puisse avoir la douceur de vous parler librement, maintenant que je suis aussi sûre de vous que de moi-même, que je puisse garder sans crainte pour quelques instants votre main dans la mienne ! Si vous saviez combien, moi aussi, je désirais vous parler encore une fois, comme je l'ai surtout désiré, du jour où je vous ai revu ! — Oui, j'ose vous le dire, malgré l'imprudence, malgré le danger, malgré tout, je ne puis vous blâmer d'être venu. C'est un bonheur inespéré et que personne ne peut me reprocher — et je serai plus forte dorénavant. Vous êtes bon et grand, Giulio, comme vous l'avez toujours été. Oh ! sans faillir, sans avoir rien à me reprocher, pouvoir vous parler sincèrement une fois encore ! Oh ! si je pouvais espérer que vous aussi, vous serez moins malheureux après m'avoir vue ! — Mais tout est si triste !...

Giulio regarda sa montre.

— J'ai encore une heure à rester, dit-il. Laissez-moi vous regarder.

Cependant, Massimo, dehors, sur ce balcon où, à l'entrée de Bardi dans la chambre, il avait dû se cramponner à la rampe pour ne pas faire irruption, ayant sur la tête la sérénité du ciel étoilé, sous ses pieds un abîme béant, et devant les yeux, à travers les fentes des persiennes, la scène que nous venons de décrire — avait vécu autant d'années qu'il s'était passé de minutes, toute une vie, si on considère le tumulte des passions diverses, changeant à chaque nouvelle phase du dialogue, et la douloureuse variété de ses pensées et des mouvements de son âme. Devant cette scène, où son avenir était en jeu, une de ces transformations avait dû s'accomplir en lui, qui, trop brusquement amenées et par secousses violentes, peuvent tuer un homme, surtout quand on le soupçonne d'avoir un commencement de maladie au cœur. Mais une curiosité si intense l'avait cloué à sa place qu'il était passé de l'épouvante et de l'horreur à l'admiration, presque sans le sentir. Il trembla des pieds à la tête sans que son œil s'abaissât une seconde, sans que ses mains pussent bouger. Il resta jusqu'au bout, atterré, navré, consolé tout à la fois et tour à tour. Il avait tout soupçonné, excepté ce qu'il voyait et qu'il entendait. Du premier moment où il s'était senti comme traversé de part en part par la certitude acérée que tout était perdu, il avait craint, espéré, douté, prêt à maudire ou à pleurer, jusqu'à la fin ; et tout l'avait étonné, arraché de la logique de son expérience, pour ouvrir à ses réflexions des horizons inexplorés.

A un moment il avait levé les yeux à la voûte

sombre et splendide, et on aurait pu le croire sur le point de tomber à genoux, comme si une prière reconnaissante montait à ses lèvres.

Mais il ne se sentit pas heureux quand il eut tout vu. Un désespoir nouveau s'amassait lentement en lui. — Toute sa passion brutale, ses désirs de vengeance et ses fureurs pleines d'angoisses se dissipaient, et il ne sentait plus que la honte, la haine de lui-même, l'admiration et la pitié. Il disparaissait moralement devant ces deux personnes qu'il avait regardées comme criminelles, et qu'il contemplait maintenant comme des êtres supérieurs — quelque chose se tordait au dedans de lui en mourant et un sentiment tout nouveau naissait. A la place de son amour troublé, qui eût pu le conduire jusqu'au crime, surgissait une tendresse infinie qui avait presque soif de l'amère volupté du sacrifice.

Il venait de voir l'amour dans son expression la plus haute — et, par moments, il avait été forcé d'oublier que lui-même aimait cette femme, aux pieds de laquelle il voyait un autre.

Il avait compris cet amour, dont il connaissait depuis longtemps la première partie, et à la fin duquel il avait si étrangement assisté. Que devenaient ses sentiments à lui, comparés aux sentiments dont il avait entendu l'involontaire éloquence? Il avait senti sa jalousie humiliée en entrevoyant les secrètes profondeurs de ces deux âmes, entendant plus que les mots ne disaient, croyant lire sur leurs traits des aveux inexprimés.

Son regard plongeait en bas, et en voyant les pierres du torrent blanchir toujours dans l'horreur des ténèbres, il eut un instant le vertige de la profondeur, du silence, du gouffre où tout s'oublie, et lui, qui, deux heures auparavant, voulait vivre pour se venger et pour punir, pensa alors qu'il eût mieux valu, succombant à la douleur dont il avait été assailli dans son ascension périlleuse sur le balcon, tomber dans l'abîme et y trouver la mort, qui eût été la paix pour lui et le bonheur pour les autres.

VI

Dans sa chambre rose, dans ce même lit où elle avait dormi pour la première fois en arrivant de Lombardie à la *villa del Giglio*, Élisa était couchée. Un beau rayon de soleil encore chaud pénétrait par la fenêtre entr'ouverte, illuminait la couleur rose des rideaux, faisait chatoyer la dorure d'un cadre, et paraissait vouloir donner des couleurs aux joues pâles de la convalescente.

Élisa avait eu une fausse couche, et, pendant quelques jours, on l'avait crue très-malade. Ses parents étaient arrivés. L'espoir tardivement conçu et encore trompé de voir un enfant égayer bientôt la maison, avait affligé tout le monde, mais Mme Valenti surtout pleurait à chaudes larmes la perte du petit héritier. — Élisa, qui, malgré ses efforts pour réprimer ce sentiment, avait été péniblement affectée à l'arrivée de sa mère, après l'avoir vue assise à son chevet, avait fini par répondre à une de ses embrassades exaltées, par un baiser silencieux qui était, sans que personne le sût, un baiser de pardon, — et, plus que jamais, après tout ce qui s'était passé, la présence de son père, si bon malgré ses faiblesses, lui avait fait du bien.

Mme Valenti venait de quitter la chambre. Massimo était assis au pied du lit, dans le grand fauteuil, où, malade lui-même, il avait passé cinq nuits de suite à veiller. Nulle part, d'ailleurs, il n'aurait pu dormir. Il avait passé là des heures interminables, dans la pénombre vaguement rose de la chambre éclairée par la douce lueur d'une veilleuse — les yeux grands ouverts, faisant parfois, tout éveillé, les rêves les plus étranges, parfois revoyant les événements du passé récent, se dessiner, avec une netteté extraordinaire, sur le fond de pâles ténèbres où se perdait son regard. Toujours il revoyait à la scène qui avait apporté en lui une nouvelle transformation, toujours il pensait à la manière dont il était parti, ouvrant machinalement, du balcon, la porte-fenêtre mal fermée de la chambre voisine de celle occupée par sa femme ; comment il s'était, plus tard, trouvé à la gare presque sans le savoir, et comment il était revenu à la villa, et y avait trouvé un télégramme d'Élisa l'avertissant qu'elle n'arriverait que le lendemain. Elle était arrivée en effet, et lui avait raconté qu'elle n'avait pas trouvé Mme Vegezzi à G... ; car son mari avait été transféré à Prato, deux mois auparavant, et qu'alors elle s'était décidée à y aller, ce qui avait fait un retard d'un jour — que les Vegezzi se portaient très bien, eux et leurs sept enfants, et qu'ils avaient été très heureux et très flattés de sa visite. — Deux jours après, elle s'était mise au lit.

Pendant les heures passées à G..., Massimo avait été ballotté entre les extrêmes de l'amour : de la passion tourmentée et violente à la tendresse sans bornes, de toutes les fureurs de l'égoïsme exaspéré au renoncement complet de lui-même.

Maintenant l'équilibre se refaisait. Il sentait combien l'amour qu'il portait à Élisa était plein de tendresse, mais bien que l'idée de se sacrifier le hantât, il comprenait qu'il en était incapable. Tout se confondait dans sa tête affaiblie. La pensée s'était mêlée en lui au rêve durant ces longues insomnies. Honteux de sa jalousie passée, depuis qu'il avait entendu les nobles paroles de sa femme, il jugeait amèrement la situation comme aurait pu la juger un tiers désintéressé, mais en le faisant, une douleur si aiguë le remplissait qu'elle ne manquait pas d'une certaine horrible volupté.

Il se disait : une fois, par hasard, il est arrivé que dans notre société triste et dépravée, deux êtres s'aimassent réellement du rare et véritable amour éternel. On les sépara, mais ils se sentirent réunis à mille lieues de distance par leurs âmes, comme si leurs mains ne se fussent pas lâchées. Le jeune homme avait pu enfin revenir en Europe, ayant dû mentir pour que sa fiancée fût libre, et il l'avait trouvée mariée à un autre qui l'avait épousée pour la sauver, poussé à cette facile bonne action par la bonté légère qui est au fond des natures corrompues. Et ce mari qui avait ensuite aimé sa femme par caprice, devait rendre à tout jamais impossible le bonheur entre deux êtres qui semblaient avoir été créés pour s'aimer !

Et, exalté, exagérant même ce qui lui semblait la vérité, il se persuadait qu'il avait fait le malheur d'Élisa. — Elle serait heureuse maintenant, si elle ne l'avait pas rencontré alors sur son chemin. Et que méritait-il, ne lui ayant apporté qu'un amour tardif, après une vie déréglée, un amour auquel elle ne pouvait correspondre que par une idée de devoir ? Si, réellement, il sentait pour Élisa une amitié profonde, si vraiment il voulait faire quelque chose pour son bonheur, pourquoi ne le ferait-il pas en se sacrifiant, comme jadis il l'avait fait sans peine ; pourquoi, ayant voulu autrefois la sauver de M. Gorletti, ne la sauverait-il pas maintenant de lui-même ?

... Mais il sentait qu'il ne le pouvait pas. Il regrettait bien encore parfois de n'être pas tombé au fond du gouffre sur lequel il était resté un instant suspendu dans l'inoubliable soirée à G..., mais maintenant, malgré tout, les mollesses de l'amour égoïste le reprenaient, en contemplant Élisa endormie, pâle, sur la blancheur de ses coussins.

Et Élisa aussi, les yeux demi-clos, regardait son mari longuement, sans qu'il s'en aperçût. Dans l'engourdissement de la maladie, toutes ses idées s'étaient comme voilées, — et les événements qui l'avaient tant émue lui paraissaient lointains. Mais Massimo lui inspirait toujours une crainte pénible. Elle le voyait dévoué, attentif à ses moindres désirs, mais toujours triste et inquiet — et elle attendait en vain de lui une parole qui brisât la glace, ce quelque chose d'extraordinairement tendu qui était entre eux.

Sa vie avait changé. Les journées pénibles de Viareggio n'avaient été qu'une lente préparation à une crise qu'elle pressentait. Et, en effet, la présence inattendue de Giulio à G... et les heures passées avec lui, avaient marqué un point d'arrêt dans son existence. Et il fallait tourner une nouvelle page maintenant. Il fallait que la vie interrompue fût reprise, et rendue possible. Elle le désirait ardemment, de tout son cœur, mais pour cela il était nécessaire que Massimo l'encourageât, trouvât le mot qui devait tout délier. Bien qu'elle ne se sentît pas coupable, elle eût voulu tout dire, mais une contrainte invincible l'arrêtait — et elle eût voulu d'abord lui entendre prononcer un seul mot comme autrefois.

La maison semblait plus silencieuse que jamais, malgré la présence de M. et Mme Valenti. Les domestiques eux-mêmes, avec leur flair instinctif, sentaient un changement dans l'air, dont ils essayaient en vain de préciser la cause. Les grandes salles du rez-de-chaussée toujours vides, paraissaient aussi attendre quelque chose qui ne devait jamais arriver. On restait dans les appartements du premier, à portée de la chambre d'Élisa. Quand ils y étaient tous les quatre, ils éprouvaient tous une gêne indescriptible, — chacun à sa manière.

Massimo arpentait seul ce jardin, où il s'était si souvent promené avec Élisa, — et les souvenirs qui s'élevaient à chaque pas, sortant des grands arbres, comme chuchotés par les dernières feuilles que déjà la brise d'automne secouait, lui semblaient des souvenirs de choses mortes, pour toujours ensevelies dans le passé lointain, et que rien ne pourrait faire revivre. Il lui paraissait certain que ce silence planant partout ne pourrait plus être interrompu. Les douces causeries, les tranquilles gaietés qui lui rendaient une jeunesse nouvelle, les délices de sentir le monde oublié dans les douceurs d'un égoïsme à deux, — tout cela s'était envolé à jamais. S'il regardait à l'heure du couchant les avalanches de pourpre et d'or s'éteindre lentement à l'horizon, et l'ombre envahir peu à peu la silhouette éloignée de Florence, il se disait que ce poème céleste, varié tous les jours et constamment sublime, ne donnerait plus des ailes à sa rêverie ; car il ne trouverait plus en lui-même les mille nuances changeantes d'un amour impérissable s'harmonisant avec le ciel.

Il arrivait à se dire que sa femme se trompait elle-même en croyant l'aimer, et qu'il resterait toujours entre eux un pénible secret qui les séparerait. Que de fois, depuis qu'elle était convalescente, il avait voulu parler, et que de fois il avait senti l'impossibilité d'articuler les mots !

Enfin ce jour-là, sans qu'il sût qui lui donnait ce courage, il prit la main d'Élisa qu'il garda longuement dans la sienne, et il lui demanda de l'écouter, bien décidé à tout dire.

Mais elle tressaillit, et, devenue sérieuse, se souleva sur son séant en s'écriant :

— C'est moi qui dois vous parler.

Et alors, peu à peu, s'arrêtant souvent, en proie à une visible souffrance, mais bien fermement décidée à faire ce qu'elle méditait depuis longtemps, et en même temps comme soulagée à chaque parole qui sortait de ses lèvres, elle lui raconta tout ce qui s'était passé à G...

Massimo s'arrêta tout à coup, et se garda bien de l'interrompre. Pâle, attentif, il ne perdait pas une syllabe, et parfois un sourire ému lui illuminait les yeux. Elle raconta tout, sans rien vouloir cacher ni atténuer, avec la sincérité absolue d'une femme à qui la dissimulation avait déjà coûté comme un mensonge. Rien au monde n'aurait pu émouvoir Massimo autant que ce récit dont chaque mot flamboyait devant lui. Il se maîtrisa et sut écouter jusqu'au bout cette noble confession, humblement dite. Élisa parlait lentement, les yeux baissés, sentant la main de son mari serrer toujours plus fortement la sienne.

Mais il n'y tint plus dès qu'elle eut fini et se précipitant à genoux contre le lit, il s'écria : Je savais tout ! — Et au grand étonnement d'Élisa, il lui raconta de quelle manière et avec quels sentiments il avait été témoin de toute la scène.

Élisa, brisée par l'émotion, sentit alors quelque chose de providentiel, dans ce fait que l'injuste soupçon qui avait poussé son mari à l'espionner, avait servi à lui montrer toute la vérité, dans son évidence, avec une certitude que rien au monde n'aurait pu lui donner. Pendant que Massimo parlait, les souvenirs ineffaçables de son entrevue avec Giulio lui apparaissaient maintenant sous un jour nouveau : elle sentait avoir été comme inspirée par une puissance supérieure à prononcer tout ce qu'elle avait su dire en ce moment suprême. A chaque phrase du récit de son mari, à chaque mot qui parfois sortait péniblement, elle voyait tout ce qu'il avait dû souffrir dans cette journée, et chaque regard, chaque geste lui montrait la noblesse cachée au fond de cette âme, et que ni les corruptions du monde ni le scepticisme de sa vie, n'avaient pu étouffer.

Après cette confession, ils se sentirent tous les deux soulagés — mais cela ne suffit pas à ôter la barrière qui semblait les séparer, ni à dissiper l'ombre qui pesait sur la villa.

Élisa guérit vite, mais on lui recommanda les plus grands soins, en lui conseillant en même temps de se distraire. Massimo continua à s'occuper d'elle exclusivement, mais sans pouvoir retrouver ni sa force de caractère, ni son courage moral, — se disant que puisque le sort n'avait pas permis qu'un enfant formât un lien nouveau entre lui et sa femme, il ne pouvait plus espérer dans l'avenir.

Massimo proposa à Élisa de s'installer pour trois mois à Florence, et d'y aller plus tôt qu'ils n'avaient décidé pour y accompagner Mme Valenti, qui désirait y passer quelques jours avant de retourner à Milan. Sa villa, qu'il aimait tant autrefois, ne lui plaisait plus, et il pensa qu'un changement lui serait peut-être salutaire.

Il comptait sur les distractions forcées. De plus, hélas! la solitude complète avec Élisa lui semblait mauvaise pour elle et pour lui.

Dans les premiers jours passés au palais d'Astorre, il arriva en effet que les soins d'installation, des visites à recevoir et à rendre, des affaires un peu négligées et dont il fallait s'occuper, les exigences de Mme Valenti, la compagnie de Mme Goffredi et de quelques autres amis intimes, prirent une bonne partie de leur temps. D'un commun accord inexprimé, ils acceptèrent, dans une certaine mesure, toutes les banalités de la vie de ville, et ils se créèrent de petites occupations de tous les devoirs négligés jadis avec tant de bonheur. Ils cédaient parfois paresseusement à toutes sortes d'envies baroques qui passaient par la tête de Mme Valenti; et Élisa accompagnait souvent son père dans ses interminables flâneries par les rues, écoutant son bavardage un peu vide, mais affectueux, et lui entendant répéter, presque avec une sorte de plaisir, toutes les histoires de sa jeunesse qu'elle connaissait par cœur, et qu'elle lui avait toujours entendu débiter avec la même expression de fatuité fatiguée.

A Florence, on trouva Massimo changé. Il n'était ni moins beau, ni moins élégant; la pâleur de son visage un peu amaigri donnait au contraire un charme nouveau à sa figure, qui n'était pas altérée, mais plus sérieuse. Seulement il parlait peu, et paraissait préoccupé. Son regard, devenu plus profond, ne se fixait plus sur les gens avec cette rapide fixité d'observation qui troublait et fascinait autrefois; il était devenu distrait et pensif. Il avait perdu cette prompte répartie qui l'avait rendu célèbre, et le trait, parfois décoché encore par habitude, partait comme languissamment et en retard, et il le voyait tomber à terre, insoucieux.

On le disait malade, atteint d'une maladie au cœur, plus sérieusement qu'il ne croyait, car lui-même en parlait en riant. La vérité était que les fortes secousses morales avaient altéré sa santé et un peu entamé cette constitution de fer qui avait résisté à tout le reste. Son médecin, de la sincérité duquel il était sûr, tout en lui recommandant d'éviter les émotions et de vivre régulièrement, l'avait rassuré; mais parfois il sentait, lui, le vague pressentiment qu'il mourrait jeune, comme son père.

Certes ce n'était pas lui qui se préoccuperait de quelques années de plus ou de moins à vivre. Mais ce qu'il voulait, c'était reconquérir d'abord le bonheur perdu, trouver en lui la force qui vaincrait la destinée, revivre comme il avait vécu pendant trois ans, en savourant bien mieux sa félicité maintenant.

— Toutefois, dans ses heures de découragement lorsqu'il n'espérait pas, il arrivait à désirer que les médecins se fussent trompés, et à souhaiter de s'en aller bientôt, tout à coup, sans souffrance, comme il arrive dans le genre de maladie qu'il s'imaginait avoir. Car, malgré tous les raisonnements qu'il se faisait dans ces moments lucides, il était bien découragé. Un effort était nécessaire, il le sentait et la force lui manquait. Le ressort semblait brisé en lui. Le désir immense qui le remplissait, qui le faisait souffrir et espérer, qui seul l'aidait à vivre, ce désir était infini, mais impuissant. Par moments, il n'éprouvait plus rien, qu'un grand besoin de repos. Il se sentait encore une âme fière et des muscles d'athlète, mais il ne savait plus s'en servir et avait perdu toute confiance. Il devenait parfois presque indifférent et tombait peu à peu dans cette apathie morne qui nous endort pendant des journées entières, et d'où le coup lancinant de la douleur qui revient brusquement, pareil à une souffrance physique, nous réveille en sursaut.

Dans le monde on le regardait beaucoup avec une curiosité nouvelle; pendant longtemps il ne s'en aperçut presque pas. Des nuages étaient donc venus obscurcir cette lune de miel qui paraissait devoir briller toujours, se disait-on. Un jour que Massimo restait silencieux dans son coin, lady Thompson lança ce mot profond :

— Il paraît que même le bonheur ne rend pas heureux.

Mais, à une soirée, tandis qu'il assistait à une partie de piquet, et qu'on le croyait absorbé dans la marche du jeu, qu'en réalité il ne voyait même pas, il entendit quelques jeunes gens qui parlaient de lui. On le plaignait.

Il excitait donc la pitié maintenant ! La blessure, que ressentit tout à coup son amour-propre, lui fut un coup d'éperon. Il leva la tête et se redressa de toute sa hauteur. En se mirant dans une glace devant lui, il vit qu'il n'était plus le même, qu'il fallait le redevenir, et qu'à ce prix seul il pourrait peut-être reconquérir le bonheur. Il regarda autour de lui comme un homme qui se réveille, et son énergie lui revint. Ce fut comme une transformation. Par un violent effort de volonté, il se changea. Il retourna dans le grand salon, où lady Thompson aussi parlait de lui à voix basse, entourée de ses intimes, et ce fut comme si Massimo d'Astorre faisait son entrée après une longue absence. Tandis qu'il parlait, avec sa verve retrouvée, il voyait par la porte large ouverte, dans le salon à côté, Élisa, qui, au milieu d'un groupe de femmes affublées de toilettes prétentieuses, dominait par sa simplicité même et par le tranquille éclat de sa beauté. Jamais elle ne lui avait paru si charmante. Il l'aima en ce moment-là au point d'oublier ses récentes douleurs. En le voyant causer, elle lui sourit — et par ce seul sourire il se sentit rempli d'un orgueil sans bornes. Il se trouva subitement à son aise, comme chez lui, et il eut une vraie jouissance dans la reprise de possession de lui-même.

Depuis ce moment, Massimo eut bien encore des défaillances, mais il recommença à lutter. Il s'applaudit d'être à Florence, car là seulement il avait pu sortir peu à peu du marasme où il était tombé. Il redevint pour Elisa ce qu'il avait été dans les premiers jours de son amour. Il regarda sa beauté refleurir après la convalescence ; l'entourant de soins discrets, avec toutes les délicatesses de sa nature raffinée. Il sut retrouver les séductions que la passion inspire, et elles étaient plus charmantes, voilées par la tristesse qu'il ne lui cachait pas, à elle. Et, cependant, il ne s'imposait pas, comprenant qu'il fallait laisser le temps agir ; il la poussait à se distraire un peu, cherchant tout ce qui pouvait mieux lui plaire. Et il ne lui montrait plus ses craintes, ses troubles, ses découragements ; il se cachait dans les heures mauvaises. Encore bien malheureux, il passait toutefois au milieu de la foule, fier de se voir envié. Il réunissait tout ce qui lui restait de force, de jeunesse et d'esprit dans un dernier effort. Pour le moment, il sentait qu'ils étaient plus rapprochés au milieu du monde que seuls. Il étudiait chaque geste, chaque attitude d'Élisa, tâchait de voir passer ses pensées sur son front, d'interpréter les mots, de lire dans ses yeux, et un regard morne suffisait à le glacer pendant un instant, comme un serrement de main avait la puissance de lui rendre tout son courage.

Par un accord tacite, ils ne parlaient pas de ce qui s'était passé. L'apaisement qui se faisait pouvait être facilement troublé, ils le sentaient, et une gêne vague était encore entre eux. Ils comprenaient que le silence était bon et aidait le temps. Pour le quart d'heure, ils se cachaient à eux-mêmes leurs propres secrets.

Massimo d'ailleurs sortait, la laissait avec ses parents, et Mme Valenti, qui ne savait rien, était très satisfaite des bonnes dispositions de son gendre à son égard, et en profitait pour prolonger son séjour en Toscane, — bienheureuse de se montrer aux Cascines dans le magnifique équipage de sa fille.

On s'empressait autour d'Élisa, et tous les jeunes gens lui faisaient une espèce de cour respectueuse. Ceux qui s'obstinaient à la bouder étaient maintenant mal reçus. Lady Thompson disait que Mme d'Astorre perdait son seul défaut, celui d'être un peu sauvage — et elle ne parlait plus d'Élisa que comme de sa meilleure amie, prétendant qu'elle était jalouse de la comtesse Goffredi. Celle-ci, seule, devinait qu'il devait s'être passé quelque chose d'insolite à la *villa del Giglio*. Elle ne pouvait rien comprendre toutefois, et regrettait bien que Paolo

fût absent, car lui seul peut être eût su découvrir la
vérité. Mais Paolo était en Orient, faisant partie
d'une expédition scientifique.

Cependant Élisa, en se retrouvant au milieu du
monde, saisissait une foule de choses jadis obscures
pour elle. La lumière se faisait encore une fois —
et certaines habitudes étranges lui paraissaient
maintenant presque naturelles. Moins farouche,
elle sentait que la distraction peut parfois être
nécessaire — et elle subissait volontiers l'influence
des choses extérieures, du bruit que la vie mondaine faisait autour d'elle, et qui mettait la sourdine à ses pensées incessantes, à ses souvenirs
encore trop vifs.

Et elle comprit mieux son mari. Elle devina
combien chez les hommes le caractère, la conduite
est subordonnée aux circonstances, à la position
sociale, au premier pas de la jeunesse, à l'exemple
des autres, à la vanité excitée, à une curiosité insatiable lorsqu'elle n'est contenue par aucun principe.

Elle réussissait à être bonne et aimante, à montrer que rien n'était changé en elle. Mais parfois,
quand ils se trouvaient seuls, le regard fixe de Massimo cherchant à pénétrer jusqu'au fond de son
âme, la décourageait — et elle sentait un trouble
plein d'effroi, lorsque, après une étreinte follement
passionnée, il se dégageait tout à coup et se reje-

tait en arrière, avec une expression de souffrance, et comme s'il avait sur les lèvres une question qu'il ne pouvait formuler. Et elle ne pouvait certes pas deviner ce que son mari pensait alors.

Il pensait qu'une condamnation pesait sur lui, et qu'ayant appris si tard à aimer il ne pouvait être complètement aimé. Le sort lui refusait les joies méconnues autrefois, maintenant qu'il les comprenait, et à lui qui n'avait vu que le côté plastique de l'amour, les suprêmes délices de l'union absolue des sentiments étaient refusées à tout jamais. Quand il voyait Élisa lui sourire, quand il la serrait sur son cœur, il sentait cependant qu'il ne la possédait pas tout entière. Que n'aurait-il pas donné pour l'avoir rencontrée le premier, pour régner dans son âme en maître absolu, pour être seul au monde à l'adorer, pour qu'elle n'eût pas une seule pensée secrète, un seul souvenir qui ne lui appartînt pas ! Lui, si orgueilleux jadis de sa liberté, se sentait maintenant fier d'appartenir tout entier et pour toujours à une femme, et il méprisait son passé si plein et si vide à la fois — mais il eût voulu assouvir toutes les exigences de la possession ; il comprenait que le désir humain est toujours incomplet, mais qu'il doit être au moins satisfait dans toute l'extension que les lois humaines permettent. Il songeait que dans cette solitude de l'amour qui met le désert entre nous et le monde, il ne possé-

dait pas toute l'âme d'Élisa, même lorsqu'il l'enfermait dans le réseau de ses tendresses, comme en
un filet dont on ne peut rompre une seule maille.
Et il se sentait alors envahir par une immense
détresse qui le laissait faible comme un enfant.

Il pensait souvent, trop souvent, à Giulio Bardi.
Du jour où il avait vu et compris cet homme,
quelque chose de nouveau s'était révélé à lui. Il
avait commencé par le haïr avec une haine intense,
puis il l'avait admiré. Maintenant, il songeait sans
cesse à ce rival à tout jamais éloigné, mais qui
restait toujours présent à son souvenir.

Il pensait que cet homme, voué au travail dès sa
première jeunesse, avait été condamné à l'exil et à
un labeur incessant, presque matériel et sans doute
inférieur à son intelligence, et que dans cette vie
toute de devoir, l'amour avait été le seul point
lumineux, un amour sublime et fort, allant jusqu'au
renoncement complet. Lui, Massimo, au contraire, né parmi les heureux du monde, possesseur d'un grand nom et d'une fortune colossale,
ayant connu tous les plaisirs, toutes les jouissances,
et même les émotions qui sont les plus rares dans
les classes privilégiées, lui, admiré, flatté, gâté,
choyé, caressé dans toutes ses vanités, n'avait
jamais pensé qu'à lui-même, et avait dédaigné les
sentiments les plus nobles de la vie. Et maintenant,
converti, aspirant aux voluptés les plus élevées,

après s'être vautré dans les plus basses, fatigué de tout, blasé, se tournant vers la vérité par un dernier caprice, et ne comprenant la curiosité de la passion, complète et idéale, qu'après avoir eu toutes les autres, — il était venu, lui qui avait tout, voler l'amour de toute sa vie à l'autre qui n'avait rien !

Mais, malgré ces pensées, — que certes les gens du monde n'auraient pas comprises, — il voulait vaincre.

VII

On dut toutefois finir par retourner à la villa. Un jour, Élisa, devinant le désir que son mari n'osait exprimer, le lui avait demandé la première. Et, en effet, Massimo avait brusquement senti le besoin de revoir la maison qu'il aimait, le jardin où les arbres lui avaient paru autrefois plus verts qu'ailleurs, plus murmurante la brise et plus roses les roses, l'horizon vers lequel s'étaient enfuis ses plus heureux rêves. Il craignait cependant d'y retourner, et lorsqu'ils partirent enfin, il eut l'air de céder à la volonté de sa femme.

Et, vraiment, un vague sentiment de peur s'empara de lui quand la voiture s'arrêta au perron.

Mais, dès les premiers jours, tout alla assez bien. La situation ne s'était faite ni meilleure ni pire. M. et Mme Valenti les avaient quittés, mais ils invitèrent quelques amis à venir les voir, et, pendant quelque temps, ils ne furent pas souvent seuls.

Peu à peu Massimo s'aperçut qu'il avait eu tort

de craindre. Le silence, la paix de la campagne lui
firent du bien, l'apaisèrent. Il arriva à n'être plus
effrayé par l'idée de la solitude, à la désirer presque
encore. Les anciennes habitudes s'emparèrent de
lui de nouveau, et il s'y abandonna.

Mais il souffrait toujours secrètement, le sourire
aux lèvres, la tête haute ; jouant son rôle avec
toutes ses forces réunies par une continuelle tension de sa volonté, étudiant Élisa sans cesse,
l'aimant avec les précautions que suggère l'espérance non rassurée.

Presque à leur insu, par la pente naturelle des
choses, la solitude se refit lentement autour d'eux.

Le luxe dont ils étaient entourés et qui, naguère,
eût paru charmant à un artiste, faisant un joli contraste par sa lourdeur et son inutilité avec le simple
tête-à-tête des amoureux — ajoutait maintenant à
la mélancolie de la villa et semblait l'entourage
naturel de ce couple devenu sérieux. Car en les
voyant, on eût difficilement deviné la lutte cachée
qui les séparait malgré eux, et, par leur attitude et
leur manière d'être, on les eût réellement pris pour
des époux unis par les liens du mariage, par l'estime
et une froide affection mutuelle, qui, se retrouvant
seuls dissimulent poliment leur aristocratique ennui.

Et, en réalité, il leur arrivait souvent d'interrompre un long silence pour reprendre une causerie banale, qui ne les empêchait pas de suivre leurs

pensées habituelles. D'heure en heure il leur devenait plus difficile de parler, et en même temps plus pénible de se taire. Et tout marchait avec précision autour d'eux ; les nombreux domestiques en petite livrée accomplissaient leur devoir sans bruit, avec la solennité d'une fonction, chaque chose arrivant ponctuellement à son heure. Massimo s'occupait maintenant de la régularité du service, et aucun caprice ne troublait plus la somptueuse élégance de la table. Maintenant le cocher anglais osait déranger les maîtres, pour venir, la mine sérieuse sur sa haute cravate, poser de graves questions à l'oreille de Monsieur ; car Élisa ne montait plus à cheval, mais chaque jour une voiture parfaite se présentait au perron vers trois heures, et on allait faire un tour.

A la fin d'une journée particulièrement belle, comme l'air était doux et parfumé, Massimo proposa d'aller prendre le café sur la terrasse. Le repas avait été très silencieux, et dans la vaste salle à manger sonore on n'entendait que le léger bruit inévitable du service le mieux fait.

Élisa accepta, et traversant le jardin, ils allèrent s'asseoir dans les fauteuils en bois pliant qui sur la terrasse semblaient attendre perpétuellement quelqu'un. Sur le bas et large parapet de marbre, d'énormes vases d'où une plante rare débordait, mettaient une tache verdoyante à distances égales.

En s'accoudant et en baissant les yeux, on voyait une haute muraille droite, au pied de laquelle le désordre enchevêtré d'un taillis touffu, à verdure très sombre, cachait un étroit chemin où ne résonnait que rarement le pas d'un enfant maraudeur. Puis le regard courait sur les dômes obscurs des arbres, et se perdait ensuite dans la plaine, à végétation pauvre, dont la couleur terreuse prenait des teintes dorées sous les derniers rayons du soleil. Plus loin on distinguait à peine, dans la brume chaude, l'ondulation molle des collines, et dans un poudroiement éloigné on ne pouvait marquer la ligne de l'horizon. Dans la vaste étendue où le regard flottait, les rêves vagues qui surgissent en nous aux dernières heures du jour, pouvaient en rencontrer d'autres épars dans les mille couleurs de ce décor changeant, se confondre et, insaisissables, se perdre dans l'espace.

Pas une feuille ne remuait; il ne soufflait aucune brise. Dans le jardin, sur la terrasse, par la vaste étendue, tout était immobile. La variété étonnante des teintes du ciel, où le poème du couchant se déroulait ce soir-là avec une richesse spéciale, contrastait avec le silence profond et l'absence de mouvement. On n'entendait rien, et l'œil voyait des explosions de couleurs, des échos perdus de nuances, qui semblaient des sonorités visibles. Un voile vaporeux d'une diaphanéité idéale s'étendait partout. Les plus légers bruits prenaient une importance étrange.

Sur une table rustique, un plateau d'argent avait été posé, et les tasses, la cafetière, le sucrier, où la lumière tombante allumait des lueurs fugitives, prenaient l'aspect d'élégance inusitée, qu'acquièrent en plein air les objets faits pour l'intérieur. Un petit page, frais comme une rose, tout habillé en drap vert foncé, son corps fluet serré dans l'étroite veste à trois rangs de boutons de métal, les cheveux raides, se tenait droit, attendant. Sur une autre table étroite, à côté de Massimo, étaient des boîtes de cigarettes, des journaux, un livre entre les feuillets duquel brillait un couteau à papier émaillé.

Lui, presque couché dans le fauteuil très renversé en arrière, regardait dans le vide. L'attitude languissante de son corps robuste donnait l'idée de la force au repos, et le coussin brun attaché au dossier faisait ressortir la pâleur de son visage. Il semblait réfléchir, et parfois son regard se fixait sur sa femme, sans qu'il parût la voir. Élisa appuyée sur le coude regardait le paysage ; la traîne de son étroite et longue robe claire s'enroulant autour de son siège. Un mouvement qu'elle fit attira l'attention de Massimo sur sa main fine couverte de bagues, et il rompit le silence par une observation banale.

Ces trois personnes sur cette terrasse, devant ce

soleil couchant, — c'était un tableau tout fait pour un peintre de *high-life*.

Mais un observateur eût difficilement deviné le sens caché dans l'attitude du mari et de la femme, dans leurs discours nonchalants. Il eût remarqué seulement une espèce de fatigue qui pesait sur eux, un ennui mélancolique, des symptômes de maladie morale, — le contraste entre la beauté et l'élégance de ce couple et le sérieux de leurs physionomies. Ils lui auraient apparu comme une preuve nouvelle du manque de bonheur possible au milieu des raffinements de l'opulence. Leur solitude dorée semblait en ce moment-là lourde pour eux, et on voyait que ni la richesse des choses matérielles, ni les magnificences de la nature ne pouvaient les distraire. Et cependant entre eux flottait l'amour.

Restés seuls, ils essayaient de parler de choses et d'autres, — naturellement comme ils avaient maintenant appris à le faire; mais ce jour-là leur conversation tombait à chaque instant, — et le silence leur était plus pénible que jamais. Ils se sentaient chacun le cœur gros de tout ce qu'ils ne disaient pas, mais les mots se figeaient dans leurs bouches. Élisa souriait à son mari; mais lui regardait ses yeux et ne voyait pas son sourire.

On avait pris le café, et quelques phrases insignifiantes avaient encore été échangées, — puis le silence était redevenu profond. Mais Massimo allait parler. L'heure était venue. Peut-être sentait il seulement l'influence, — comme nous la sentons toujours, — de se trouver dans un endroit où depuis longtemps il n'avait pas l'habitude de rester : sur cette terrasse, au grand air. Tout à coup il dit quelques mots, mais d'une voix si gutturale, si suffoquée, qu'Élisa les entendit mal, n'osant les deviner. Il pâlit encore plus, et, courageusement, répéta les mêmes paroles :

— Élisa, pensez-vous souvent à lui?

Les syllabes, claires cette fois, résonnèrent étrangement, et leur vibration dans l'air immobile, effraya presque celui qui les avait prononcées. Il eût peut-être voulu dire autre chose, mais son idée fixe, à ce moment-là, s'était à son insu formulée. Élisa ne comprit la question qu'après quelques secondes. Une minute interminable passa. Mais l'obstacle était franchi, la digue rompue, et il fallait parler maintenant.

Le ciel s'assombrissait peu à peu, le soir tombait dans un long crépuscule.

Massimo s'approcha de sa femme, s'assit sur les coussins qui étaient à ses pieds, et la regarda dans les yeux.

— Tu es étonnée, dit-il, tu gardes le silence; mais il faut que je parle, et il faut que tu me répondes. Ce moment devait venir; si nous n'en profitions pas, il ne reviendrait peut-être plus, et nous serions toujours malheureux. Nous ne ressemblons pas aux autres ; nous nous sommes connus et nous avons vécu d'une manière si différente, que nous devons nous dire tout, même ce qu'on ne dit pas. J'ai trop souffert ces derniers jours. Si je dois vivre encore, il faut que je retrouve le bonheur perdu, qu'il n'y ait plus entre nous ce quelque chose que nous ne pouvons nommer, et qui nous sépare. Le veux-tu ? Peux-tu m'aimer encore ?

— Tu le sais bien, répondit-elle enfin doucement. J'ai aussi un seul désir ; c'est de te voir plus heureux, mais je n'osais l'espérer. Et cependant je t'ai bien prouvé que je t'aime. Tu penses toujours au passé ; mais de moi tu sais tout, tu me vois telle que je suis, et tu dois bien comprendre que je veux me dédier à toi.

— Élisa, ce n'est pas comme cela que je voudrais t'entendre parler. D'ailleurs tu n'as pas répondu à ma question. Eh bien, n'y réponds pas. Je peux bien deviner. C'est moi qui ai trop pensé à lui, qui ne peux m'en défendre. Du jour où je l'ai vu, où je l'ai entendu, où je l'ai compris, des horizons nouveaux se sont ouverts devant moi ; j'ai reconnu bien des vérités que j'avais en vain essayé de nier autrefois. J'ai longuement réfléchi ; j'ai surtout comparé. L'amour que tu peux me donner ne peut être, je le sais, que le fruit d'un effort, d'un oubli volontaire de ta part, et que le résultat de mon

amour à moi qui t'enveloppera sans cesse. Je sais
bien que, l'ayant revu, tu as pu te séparer de lui,
mais que tu ne peux pas l'oublier. Mais, puisque tu es
ici, puisque le sort t'a donnée à moi, je veux retrouver tout le bonheur perdu, et le rendre plus grand.
Mais qu'il y ait entre nous une confiance absolue !

— Oh! Massimo, comme tes paroles me font
du bien! L'indifférence apparente qui paraissait
exister entre nous, me pesait comme à toi. Mais je
n'osais rien dire. Tu dois cependant savoir que je
suis tout à fait sincère, et que nous n'aurons jamais
rien de caché l'un pour l'autre. Je souffrais aussi.
Il faut que nous soyons aussi heureux que possible.
Tu verras comme je saurai être bonne. Je veux
faire des projets. D'abord nous resterons ici tant
que tu voudras, puis, pour te distraire, nous irons
voyager un peu.

— Oui, mais pour revenir ici.

— Oh! je ne demande pas mieux. J'adore cette
maison.

— Merci, ma chérie, je voudrais te faire connaître toute ma vie, toutes mes pensées, tout ce
que j'ai vu, tout ce que j'ai connu et tout ce que je
sens maintenant, pour que tu puisses comprendre
de quelle manière toute spéciale je t'aime. Nous
autres, dont la vie a été irrégulière et mauvaise,
abandonnée à tous les caprices d'une imagination
à laquelle aucune nécessité ne mettait de bornes,

lorsque enfin l'amour véritable se révèle à nous, nous aimons avec des joies et des douleurs particulières, difficilement comprises, et le bonheur est pour nous, qui ne le méritons pas, bien plus exquis que pour ceux à qui il est dû; il a le charme du prix immérité, du fruit défendu, du trésor volé. Pour le posséder, ne fût-ce qu'un seul instant, nous employons toutes nos forces, toute notre expérience, et nous combattons avec acharnement dans une lutte suprême contre la destinée que nous nous sommes faite.

Élisa écoutait les paroles de Massimo, lui révélant des choses qu'elle avait devinées depuis longtemps, qu'elle voyait alors. Il continuait à parler, assis presque à ses pieds, se serrant contre elle, trouvant des accents de passion différents de ceux qu'elle connaissait. Elle était très émue — et dans l'ombre croissante, au milieu des fleurs qui exhalaient leurs derniers parfums, elle se livrait tout entière au trouble qui l'envahissait, le flot de pensées mêlées dans sa tête se neutralisant dans une rêverie où la sensation dominait. Elle se sentait heureuse et avait envie de pleurer, tandis que les ténèbres s'avançaient sur la campagne, que les grands vases blanchissaient dans la pénombre, et que dans le ciel d'un azur sombre apparaissaient les premières étoiles.

A un certain moment Massimo se leva et alla

s'accouder au parapet de la terrasse, regardant devant lui comme s'il interrogeait l'horizon. Élisa le suivit des yeux, et bientôt le rappela. Il vint se rasseoir dans son fauteuil en s'approchant de sa femme, et il l'observa encore fixement, sa figure ayant encore changé d'expression. Élisa penchée vers lui, toute vibrante de ce qu'elle avait entendu, émue par la solennité tendre de l'heure, par le silence des choses, par le regard lumineux qui éclairait la pâleur de Massimo, recommença à lui parler à voix basse, doucement.

Mais il parut ne pas l'entendre, et, l'interrompant, il dit enfin :

— Il faut que je te dévoile toute ma pensée, que je te dise quelque chose que je ne répéterai jamais. Tu es bien jeune encore, Élisa, et à ton âge on croit encore la vie plus courte qu'elle ne l'est réellement. Souvent dans une existence nous recommençons la vie plusieurs fois. Eh bien ! tu pourras peut-être un jour la recommencer, et ce jour n'est peut-être pas loin.

— Je ne comprends pas.

— C'est bien simple. Il est rare que dans ma famille on vive longuement, et je suis malade....

— Massimo ! s'écria-t-elle, en lui prenant les mains, je te défends de parler comme cela !

— Tu vas au contraire m'écouter tranquillement jusqu'au bout. Il n'y a rien de si effrayant dans ce

que j'ai à dire. Je le répète, je dois t'en parler une
fois, puis cela sera fini. Tu sais que je déteste tout
ce qui a une apparence lugubre. Du reste, il n'y a
rien à y faire et tout se passera comme Dieu voudra. Mon pressentiment peut me tromper, mais je
dois te le dire.

— Mais je ne veux pas!

Il lui imposa silence d'un geste et d'un sourire.

— Oui, Élisa, je me sens bien maintenant, je ne
souffre pas, et peut-être n'aurai-je pas à souffrir;
mais le mal existe. Tu ne sais pas tout d'ailleurs.
Un jour, il n'y a pas très longtemps de cela, j'ai désiré
mourir. Il m'a semblé qu'en disparaissant, j'aurais
presque fait mon devoir, et moi qui oublie toujours
ce que je lis, je me suis souvenu d'un roman qui
m'avait vivement impressionné à dix-huit ans, où
le personnage principal se tue pour laisser sa femme
libre, en arrangeant son suicide de façon qu'on le
crût victime d'un accident. Mais je ne suis qu'un
homme, et je n'ai pas ces sublimes vertus du sacrifice qui peuvent faire d'un paysan un héros.

Non, j'ai senti que mon immense amour était
pourtant égoïste, que je te voulais encore, que, moi
vivant, je ne pouvais te céder à personne! Non,
vois-tu, je veux entière ma part de bonheur, si
courte qu'elle puisse être! Après, tu recommen-
ceras la vie, toi, mais pendant ce temps, mon Élisa,

il faut m'aimer beaucoup, il faut m'aimer comme je t'aime !

Ces paroles prononcées avec un calme étrange, contrastant avec l'attitude et le geste passionnés, tombèrent toutes chaudes dans le silence de la nuit sereine. Et, avant encore qu'il eût fini, Élisa était dans ses bras, les yeux voilés de larmes, s'abandonnant sur lui, sa tête penchée sur sa poitrine.

Massimo la serra dans une étreinte folle, voulant encore parler, mais ne le pouvant plus. Son regard alla au ciel étoilé pour venir se reposer sur cette tête amoureuse, et il se sentit tellement heureux qu'il comprit n'avoir plus rien à craindre dans la vie ni à regretter dans la mort.

C'était le premier triomphe du marquis d'Astorre. Ce soir-là il avait vaincu.

FIN

BIBLIOTHÈQUE CONTEMPORAINE

VOLUMES IN-18 JÉSUS, IMPRIMÉS SUR PAPIER VÉLIN

Chaque volume, 3 fr. 50.

* BATAILLARD.	*L'Ane glorifié.*	I vol.
* A. CANEL.	*Recherches sur les Fous des rois de France.*	I vol.
LÉON CLADEL.	*Les Va-nu-pieds* (épuisé).	
A. DAUDET.	*Les Femmes d'artistes,* avec une eau-forte de Gill.	I vol.
ERNEST DÉTRÉ (d'Argis).	*Au coin du feu.*	I vol.
— —	*Entre intimes.*	I vol.
* JEAN DOLENT.	*Petit manuel d'Art* avec 6 eaux-fortes.	I vol.
* — —	*Le livre d'art des femmes.*	I vol.
FERDINAND FABRE.	*L'Abbé Tigrane.*	I vol.
LUIGI GUALDO.	*Une Ressemblance.*	I vol.
CH. HUGO.	*Les Hommes de l'exil.*	I vol.
* LOUIS DE LAINCEL.	*Voyage humouristique dans le Midi de la France.* I fort vol. in-18 jésus.	I vol.
* C. ROBINOT-BERTRAND.	*Les Songères.*	I vol.
LOUISA SIEFERT.	*Méline.*	I vol.
LOUIS VERBRUGGHE.	*Les Deux Singes.*	I vol.

Paris. — Imprimerie Ch. Unsinger, 83, rue du Bac.

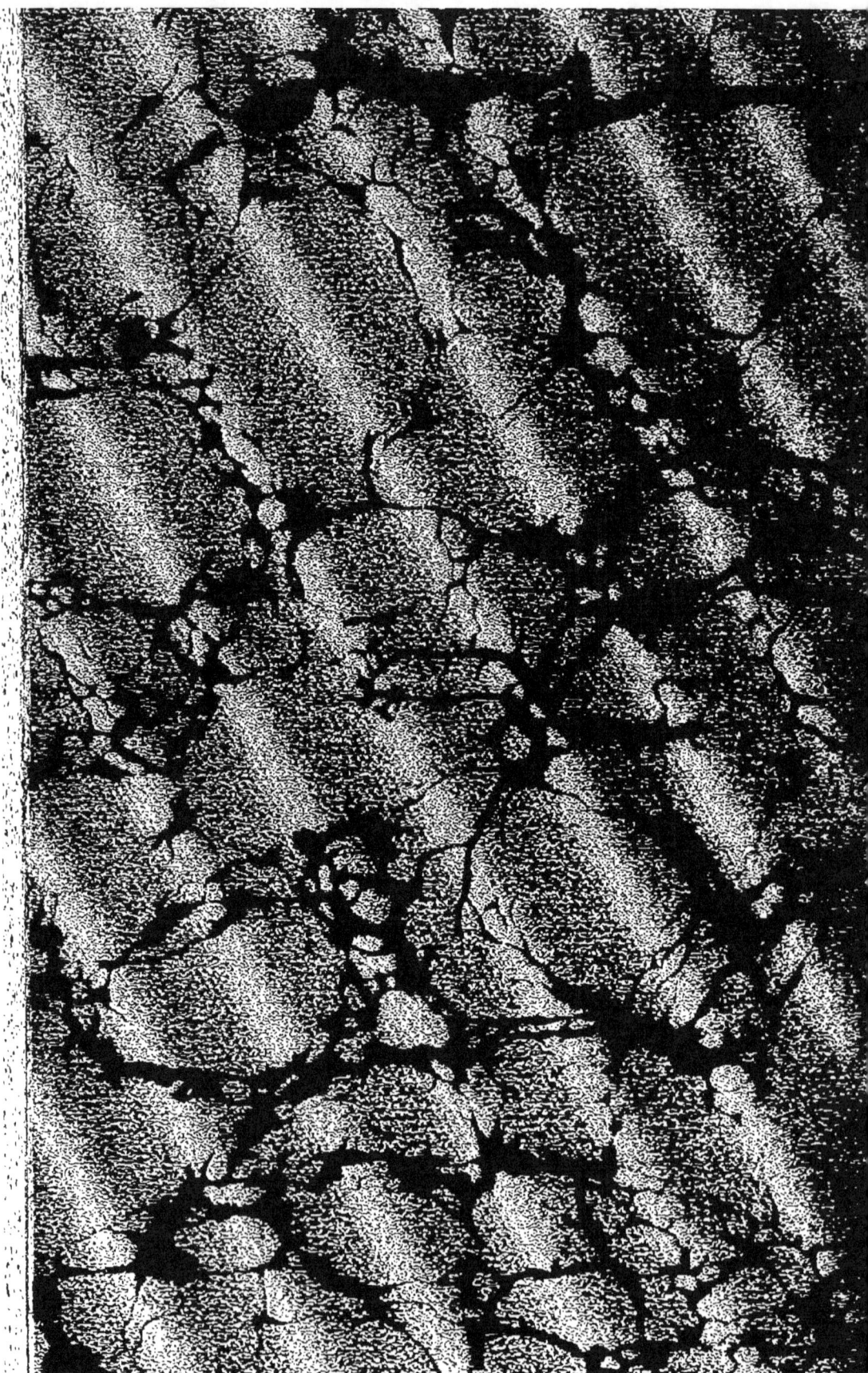

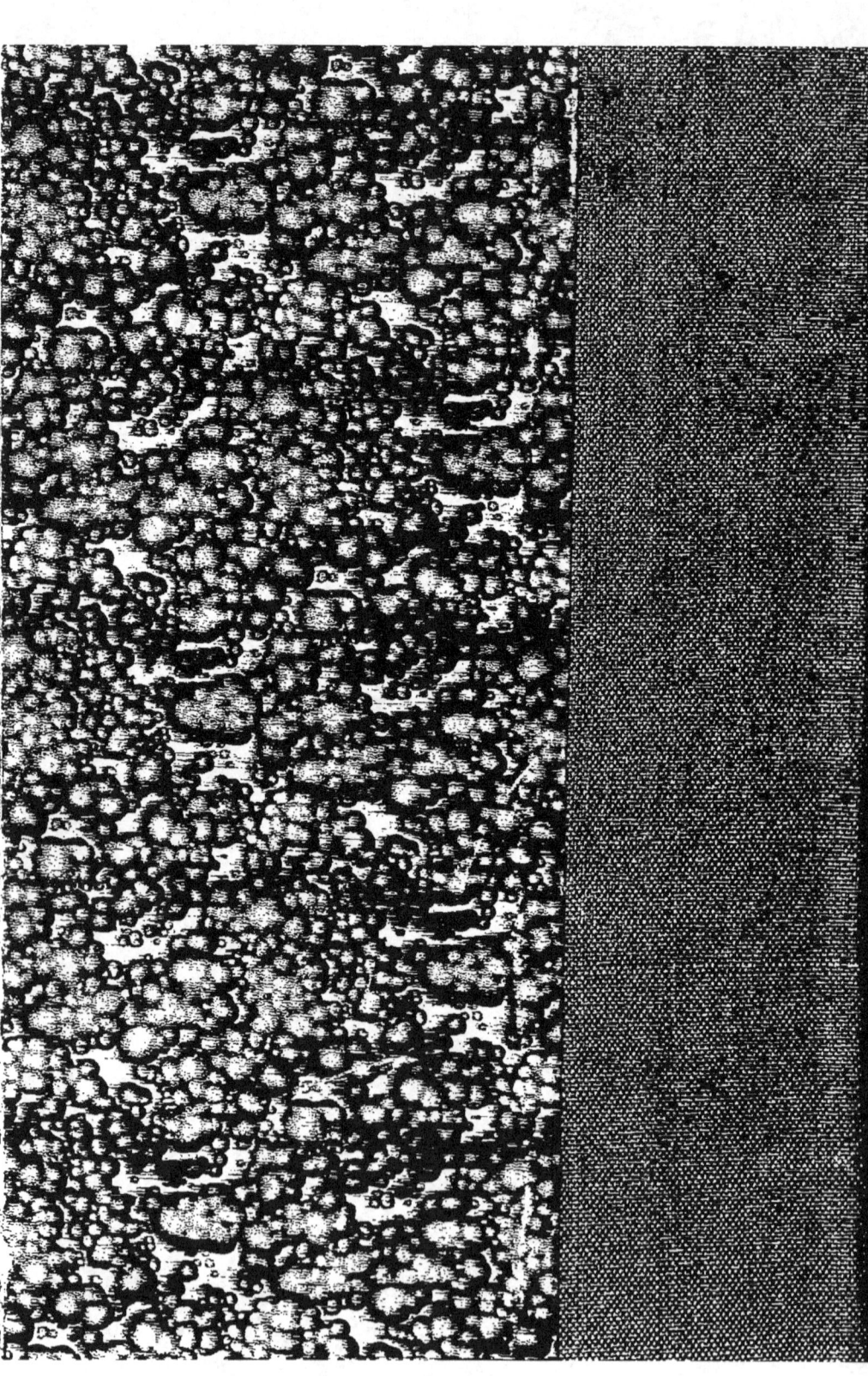